ro
ro
ro

Donald Antrim, geboren 1958, lebt in Brooklyn und stand auf der allerersten «New Yorker»-Liste der «20 unter 40». Die seit Studienzeiten eng mit ihm befreundeten Schriftsteller Jonathan Franzen und Jeffrey Eugenides halten ihn für «das eigentliche Genie». Mit dem Roman «Die hundert Brüder» war er Finalist des PEN/Faulkner Awards, 2013 wurde er mit dem MacArthur Genius Grant ausgezeichnet. Er lehrt Literatur an der Columbia University. Weitere Veröffentlichungen: «Mutter. Kein Roman», «Die hundert Brüder», «Wählt Mr. Robinson für eine bessere Welt», «Das smaragdene Licht in der Luft».

DONALD
ANTRIM

DER WAHRHEITS-FINDER

ROMAN

Mit einer Einführung
von George Saunders

Aus dem Englischen
von Brigitte Heinrich

ROWOHLT

Die Originalausgabe erschien 2000
unter dem Titel «The Verificationist»
bei Alfred A. Knopf, New York.

Die deutsche Erstausgabe erschien 2001
unter dem Titel «Ein Ego kommt selten allein»
im Residenz Verlag, Salzburg–Wien–Frankfurt/Main.
Für die vorliegende Ausgabe wurde der Roman
durch eine Einleitung von George Saunders ergänzt.
Deren Übersetzung besorgte Nikolaus Stingl.

Veröffentlicht im Rowohlt Taschenbuch Verlag,
Reinbek bei Hamburg, November 2015

Umschlaggestaltung Anzinger | Wüschner | Rasp, München
Abbildungen Oivind Hovland, fstop/Ikon Images/Corbis
Satz Caslon 540 PostScript, InDesign,
bei Pinkuin Satz und Datentechnik, Berlin
Druck und Bindung
CPI books GmbH, Leck, Germany
ISBN 978 3 499 27079 6

EINLEITUNG
von George Saunders

Wuff, warum fühlt sich dieses Gras so phantastisch an?
Manchmal hält ein Hund, der sich, auf dem Rücken liegend, genüsslich windet, kurz inne, um seinem Besitzer einen Blick zuzuwerfen, als wollte er sagen: «Entschuldigung, Herrchen. Bin hier drüben nur gerade ein bisschen in mein Vergnügen vertieft.»

In irgendeiner Form, wage ich vorauszusagen, werden auch Sie sich im Gras winden, wenn Sie *Der Wahrheitsfinder* lesen, einen der vergnüglichsten, komischsten, eigensinnigsten, kompliziertesten, süchtigmachendsten Romane der letzten zwanzig Jahre. Wenn man meine Reaktion zum Maßstab nimmt, wird Sie der Roman sofort in seinen Bann ziehen, und Sie werden mit wachsendem Vergnügen hindurchgleiten, begeistert von Antrims Kühnheit und aufs Neue daran erinnert, dass Sparsamkeit der Mittel und geistige Großzügigkeit sich nicht gegenseitig ausschließen.

Doch wenn wir Menschen so angenehm von einem Kunstwerk vereinnahmt werden, wie ich es Ihnen prophezeie, kann es leider passieren, dass wir, anders als jener Hund, dem Vergnügen misstrauen und das Bedürfnis verspüren, das, was uns Freude bereitet hat, zu analysieren und in noch verwerflicheren Fällen sogar eine Einleitung dazu zu schreiben. Besonders wenn das Werk diese Freude auf neue, unerwartete Weise erzeugt (d.h. originell ist), fühlen wir uns davon vielleicht ein wenig … aus dem Gleichgewicht gebracht. Unsicher, schwindelig, haltlos –

meine Güte, denken wir, was ist mir da gerade passiert? Wie schafft es eine Schilderung von Ereignissen, die nie stattgefunden haben und, in diesem Fall, unmöglich stattfinden können, dass ich mich so furchtbar lebendig fühle?

Ich werde mein Leben in dieser Knickerbocker verbringen

Der Wahrheitsfinder ist eine Geschichte über das Erwachsenwerden. Ein Junge ist bestrebt, zum Mann zu werden. Zwar spielt diese Geschichte über das Erwachsenwerden in einer einzigen Nacht, an einem seltsamen Ort mit Namen Pancake House & Bar; zwar ist der Junge (Tom) ein zur Glatze neigender Psychoanalytiker mittleren Alters mit Rückenproblemen; zwar verbringt Tom den größten Teil des Buches damit, etwas zu tun, das sich der Realität widersetzt, und dabei hat er unentwegt den Ständer einer möglichen Vaterfigur im Kreuz; zwar ist er nicht direkt «bestrebt», zum Mann zu werden, sondern tut alles, um es zu vermeiden – trotzdem ist es eine Geschichte über das Erwachsenwerden, die eine einfache Frage stellt: Warum geht Tom nicht nach Hause, ehrt die gute, schöne, geduldige, offenbar sinnliche Frau (Jane), mit der er verheiratet ist, und zeugt ein Kind mit ihr?

Tom ist einer der großen Rüpel der amerikanischen Literatur. Ich sage «Rüpel», nicht «Schurke», weil – nun ja, weil ich ihn mag. Ich glaube, das wird Ihnen auch so gehen. Er ist (jawohl): herabsetzend, auf Kontrolle bedacht, oberlehrerhaft, schnell angeekelt (von Essen, Körpern, Sex – suchen Sie es sich aus), blind gegenüber dem, was er hat. Er hat eine Neigung, mit Lob anzufangen und mit Tadel zu enden; blendet seine eigenen Fehler aus und reagiert zugleich hyperempfindlich auf die von anderen; macht jeden

Augenblick echter zwischenmenschlicher Verbindung mit einem Schwall von kaltem, gelehrtem psychoanalytischem Geschwafel zunichte – aber wir mögen ihn, zum Teil deshalb, weil wir ihm häufig beipflichten, wenn er mit seinen grausamen Urteilen herausplatzt. (Ein Beispiel gefällig? «Ist Ihnen das je aufgefallen? – Menschen, so schön oder begehrenswert sie auch sein mögen, bekommen, wenn man sie bei der Verrichtung alltäglicher Dinge des Überlebens genau beobachtet, unweigerlich etwas Monströses.»)

Am meisten aber mögen wir ihn natürlich, weil er unser Erzähler ist, und der Leser braucht vielleicht eine Weile, um dahinterzukommen, dass Tom tatsächlich genau das ist, was seine Kollegen ständig von ihm behaupten: ein egoistisches Mann-Kind, das sich weigert, erwachsen zu werden, das Hemmungslosigkeit mit Spontaneität verwechselt und glaubt, dass Sex (wie Wasserspucken, Toastwerfen und Kein-Baby-Bekommen) den Tod abwehrt.

Toms Geschichte ist durch und durch modern und, wie ich fürchte, amerikanisch: Ein Mann hat alles, kann aber nichts damit anfangen. Tom ist so weltfremd – so unvertraut mit dem Tod, der ihm Angst macht und vor dem er die Augen verschließt –, dass er sein Leben anscheinend (insgeheim, ohne sich selbst zu belasten) dem Bemühen widmet, alles (Intimität, Kinder, Ehrlichkeit etc.) zu vermeiden, was eine Auseinandersetzung mit seiner Sterblichkeit erzwingen könnte. Aber diese Flucht erweist sich seit kurzem als nicht mehr haltbar. Er steckt in der Klemme, und er weiß es: kann nicht mit dem Gedanken leben, erwachsen zu sein, kann nicht ohne leben. «Das Problem ist, dass ich nicht weiß, wie ein Mann zu sein hat», überlegt er manisch. «Ich bin im richtigen Alter, um ein Mann zu sein, aber macht mich das zu einem? … Warum habe ich solche Angst vor Kindern? Warum kann ich mit Jane nicht über ein Kind sprechen? Ist es, weil ich ein Kind sein möchte? Ich möchte ein Kind sein! Ich möchte ein Kind sein!»

Tom, so scheint es, will nicht erwachsen werden, aber er will auch nicht nicht erwachsen werden.

Jane macht es mit Tom und bewirkt dadurch ein schmerzliches Wunder

In Zugzwang gerät Tom durch eine der schönsten Szenen der neueren amerikanischen Literatur, in der er und Jane in ihrem möglichen künftigen Kinderzimmer miteinander schlafen. Die Intensität ihrer Unterhaltung, die genauen Beschreibungen des Tages vor dem Fenster, eine geheimnisvolle, einer Motte nachjagende Katze, die sich zwischen Tom und Jane und um sie herum bewegt, während sie miteinander schlafen – es ist eine Szene voller Bedeutung und Vorzeichen, die uns überzeugt, dass es einen Weg von Toms verkümmertem Selbst zur Außenwelt gibt, und dieser Weg ist Jane. Sie hält eine überwältigende Rede, leidenschaftlich, ehrlich und von treffsicherer Genauigkeit, was ihre Diagnose Toms angeht («Du bist ein Mann, und ich bin kein Mädchen, und ich bin nicht die, für die du mich hältst, du Arschloch»), und obwohl sie Toms trostlosem kleinem psychotherapeutischem Zirkel nicht angehört, präsentiert sich Jane plötzlich als die gesündeste, am wenigsten narzisstische, erwachsenste Figur des Buches. Ihre Rede lässt Tom und seine vielen Mängel deutlich hervortreten. (Lauf weg, Jane, lauf weg, würden wir am liebsten sagen, der Kerl wird es nie gebacken kriegen, wir wissen es, weil wir Zugang zu seinen inneren Monologen haben.)

Außerdem versetzt diese Rede Tom, kaum überraschend, in Panik, und ein paar Abende später, im Pancake House & Bar, umgeben von seinen unangenehmen, aggressiven, Panamahut tragenden und Pfannkuchen essenden Psychoanalytiker-Kollegen, beginnt Tom plötzlich zu unserem Erstaunen etwas wirklich Verblüffendes zu tun – doch hier stößt der Verfasser einer Einleitung auf ein Problem. Was als Nächstes passiert und diese Geschichte über das Erwachsenwerden in etwas Unvergessliches, Leuchtendes und Einzigartiges verwandelt, ist vollkommen überraschend und außerdem ganz und gar unmöglich. Um dieses Ereignis nicht preiszugeben und Ihnen so das Vergnügen nicht zu verderben, das Sie empfinden werden, wenn Antrim es vor Ihren Augen geschehen lässt, werde ich es als die *unmögliche Handlung* bezeichnen.

Der Boden, auf dem unser Tanz stattfindet

Die *unmögliche Handlung* beginnt mit Hilfe eines sprachlichen Tricks. Es ist, erzählt uns Tom, «als ob» die *unmögliche Handlung* stattzufinden begonnen hätte. Tom hat «den Eindruck», dass sie geschieht. Später wird er sie, als mögliche Folge eines «vorübergehenden psychotischen Zusammenbruchs», als eine Form von «Astralprojektion» bezeichnen – aber fast sofort und für den Rest des Buches sieht der Leser entgegen Toms Einwänden lebhaft vor sich, wie dieser mit der *unmöglichen Handlung* beschäftigt ist, und bald wird Tom, wenn er seine *Handlung* ausübt, obwohl sie *unmöglich* ist, für den Leser so wunderbar wirklich werden wie Huck auf seinem Floß, Akakij Akakijewitsch, der seinen neuen Mantel präsentiert, und Gregor Samsa, der mit seinen Fühlern wackelt und zu spät zur Arbeit kommt.

Der Wahrheitsfinder steht in der geachteten Ahnenreihe von Erzählungen, bei denen nach einem kontrollierten Verstoß gegen die Naturgesetze alles so zügig vonstattengeht wie in unserer Welt, und auf diese Weise sehen wir in neuem Licht, wie in unserer Welt alles vonstattengeht.

Beim ersten Lesen stellt sich das Buch als ein langer, spontaner Akt reiner Erfindung dar. So habe ich es jedenfalls gesehen: als eine Art grandioses, komisches Jaulen, einen lang anhaltenden Sieg phantasievoller Spleenigkeit, einen Fiebertraum, der eine Prosa hervorgebracht hat, wie ich sie so intensiv und komisch kaum je gelesen habe: strukturlos, frei assoziierend, wild. Doch bei genauerem Hinsehen wird man feststellen, dass *Der Wahrheitsfinder* (wie jede gute Tirade – d. h. eine Tirade, die uns fasziniert und zwingt, weiter zuzuhören) auf einer ausgeklügelten, komplexen Struktur aufbaut: dem gelungenen Boden, der gleichsam die Trance-Tänzer trägt.

Diese Struktur lässt sich wie folgt beschreiben: Tom begibt sich auf eine verdrehte Form der klassischen Heldenfahrt. Er versucht, an einen Ort (Jane) zu gelangen, doch unterwegs kommen ihm Hindernisse in die Quere, die größtenteils selbst verschuldet sind. Um Jane/sein Zuhause/das Mannsein zu vermeiden, versucht er, eine Essensschlacht vom Zaun zu brechen, eine alte Affäre wiederzubeleben, eine neue anzufangen (mit einer Kellnerin im Teenageralter) – aber nichts funktioniert. Der Tod kommt, kommt trotzdem, Jane wartet trotzdem zu Hause, wartet darauf, das Kind zu zeugen, das die unerträgliche Tatsache von Toms Vergänglichkeit unterstreichen wird.

Dieser einfache Bogen wird mit einem komplizierten System von Mustern ausgeschmückt, zu dem unter anderem Verdoppelungen, Gestaltwandel/Mimikry, eine Folge psychosexueller Paradigmen und sowohl räumliche als auch zeitliche Verzerrungen gehören.

Das sorgt für eine dichte fiktionale Welt voller Querschüsse und wilder Anspielungen. Es ist eine Welt von absurder Komik, und die Geschichte endet, wie es sich für etwas absurd Komisches gehört (stellen Sie sich die Marx Brothers vor, wie sie aus der Schiffskabine stolpern): Sie eskaliert und eskaliert, bis sie schließlich explodiert.

Plötzlich geschieht ganz viel auf einmal

Antrim hat die Erzählung so angelegt, dass das *unmögliche Ereignis* sowohl unbestreitbar passiert (wir sehen es vor uns und glauben daran) als auch, für Tom, *nicht* passiert (d.h. Folge einer Halluzination oder eines Zusammenbruchs irgendeiner Art ist). Gegen Ende des Buches, noch während das *unmögliche Ereignis* weiterhin zugleich geschieht und nicht geschieht, erhöht Antrim den Einsatz, indem er Tom eine projektive Phantasie der Flucht aus dem Pancake House erleben lässt, eine Phantasie, die uns dank der Gewandtheit von Antrims Erzählstimme bald wirklich erscheinen wird (d.h. wir werden vergessen, dass es sich um eine Phantasie handelt). Dann kommt es innerhalb dieser projektiven Phantasie zu einer weiteren, in der Tom sich vorstellt, wie er Jane die Ereignisse des Abends beichtet. So hat man das Gefühl, dass gleichzeitig mehrere (sechs? neun? zwölf?) tragfähige erzählerische Wirklichkeiten existieren. (Während Tom entweder an dem *unmöglichen Ereignis* beteiligt ist oder es halluziniert, entflieht er dem Pancake House und entflieht ihm zugleich nicht, und in beiden Fällen beichtet er das Ganze Jane oder stellt sich lebhaft vor, dass er es ihr beichtet, während sie entweder auf dem Weg ins Pancake House ist, um Tom zu retten, oder zu Hause auf den Mann wartet, der entweder ihr Liebhaber ist oder es nicht ist.) Man kommt sich vor, als sähe man ein riesiges Kreuzfahrtschiff mit mehreren Decks auf einen Hafen zuhalten, der nicht recht bereit dafür ist, während sich auf jedem dieser Decks irgendeine komplizierte Version der zentralen Frage des Romans (nämlich *Wird Tom erwachsen?*) abspielt. Das ist ein Bravourstück, das jedenfalls bei mir als Leser einen Zustand leuchtenden Schwindels hervorruft, bei dem ich alle Logik fahren lasse und mich reiner Glückseligkeit hingebe – als Lektüre ist das so, wie wenn man seine Kleider von sich wirft und ins Wasser springt, obwohl ein Gewitter im Anzug ist und man eigentlich Geschworenenpflichten hat.

Der Leser setzt, mit anderen Worten, alles auf eine Karte.

Antrim gewinnt.

Die Kunst gewinnt.

Ich bin krank, aber so krank nun auch wieder nicht, oder? Tatsächlich nähert sich dieses Kreuzfahrtschiff nicht einem Hafen, sondern einem Krankenhaus.

Dieses Krankenhaus (pyramidenförmig, modern-abersteinalt) erschleicht sich langsam die Dominanz über das Buch. Mehrere lyrische Beschreibungen des beschaulichen College-Städtchens enden (wie das Buch selbst) in diesem Krankenhaus. Einmal vergleicht Tom es mit einem Raumschiff, und tatsächlich wird es im Fortgang der Nacht und des Buches größer, kommt immer näher und wird immer bedrohlicher. Er bezeichnet es außerdem als Tempel, als heiligen Ruheort, als Grabstätte. Wie es scheint, steht für Tom viel auf dem Spiel: erwachsen werden oder durchdrehen. Einer der Psychoanalyse-Studenten unternimmt einen Versuch zu erklären, was mit Tom geschieht (während dieser weiterhin seine *unmögliche Handlung* ausübt), und dieser Erklärungsversuch leitet zu einer Vorhersage von Toms möglichem Schicksal über: «Psychotischer Zusammenbruch mit plötzlich einsetzenden schizophrenen Schüben, hm, möglicherweise feindseliges Verhalten, das die allmähliche Auflösung einer kohärenten Identität herbeiführt, was eine antipsychotische Behandlung und ... möglicherweise ... lebenslange Einweisung notwendig macht?»

«Grundsätzliche Ablehnung gesellschaftlich verbindlicher Sitten und Konventionen, einschließlich des Ehevertrags?», prophezeit eine andere Studentin.

«Seht hin und lernt», rät ihr Lehrer, und das tun sie, genau wie wir.

Gegen Ende seiner Heldenfahrt, (vielleicht) ganz kurz vor der stark ersehnten Affäre mit der jugendlichen Kellnerin, macht Tom, und ich interpretiere das als hoffnungsvolles Zeichen, den möglicherweise ersten, zögerlichen Schritt hin zum Erwachsensein: Er sabotiert seine eigenen Wünsche, indem er den altbekannten sexuellen Spannungskiller ins Spiel bringt, d. h. *den Umstand erwähnt, dass man das Gefühl hat, man wäre von unheimlichen Gespenstern umgeben, die Sex miteinander haben.*

Auf diese Weise wird der Sex mit der jugendlichen Kellnerin verhindert. Nicht aber das Krankenhaus. Was im Krankenhaus und danach passiert, ist das wunderschöne Rätsel, mit dem das Buch endet. Tom fragt sich: «... würde Jane, wenn sie mich nackt auf einer kalten Krankenstation in einem Metallbett fände, zu mir ins Bett kriechen und mich … halten … und mir sagen, dass wir, was auch passiert ist, immer noch verheiratet seien und es ihr nichts ausmache?»

In gewisser Weise hoffen wir das. In gewisser Weise hoffen wir es nicht. Wir hoffen, dass Jane, bisher stets geduldig, stets geduldig bleibt. Andererseits hoffen wir, dass Jane Tom zwingen wird, Farbe zu bekennen. Mich beunruhigt ein wenig, dass Toms Haltung selbst zu diesem späten Zeitpunkt immer noch passiv ist, eine Andeutung von Selbstmitleid enthält und Jane immer noch als eine Art heimischen Stoßdämpfer sieht.

Aber wer weiß? Schließlich haben wir es hier mit einem Buch zu tun, in dem über hundert Seiten lang eine *unmögliche Handlung* aufrechterhalten wurde und erstaunliche Früchte getragen hat.

In ihm und außerhalb davon, haben wir nun das Gefühl, kann alles Mögliche passieren.

Ja, okay, aber was haben wir davon?

Antrim gehört jener höchsten Ordnung von Schriftstellern an, für die Stil und Inhalt nicht voneinander zu trennen sind und die dafür leben, jene spezielle Form von Schönheit hervorzubringen, die entsteht, wenn Sprache unmittelbar Ereignisse erzeugt: die wissen, dass ein Buch, bevor es irgendetwas sein kann – bevor es ein Thema vermitteln, Ideen kritisieren oder Identität darstellen kann –, magisch sein, uns überzeugen muss, und der wichtigste Bestandteil dieser Magie ist die Sprache.

Sie werden feststellen, dies ist ein Buch voller verschiedener Facetten einer überwältigenden Sprache: schlitzohrig, feierlich, komprimiert, ekstatisch, ausufernd. Außerdem werden Sie es komisch finden – in einer sehr speziellen, skurrilen Spielart, die niemand so beherrscht wie Antrim und die die Autorität, Demut, Schlichtheit und Zwangsläufigkeit wahrhaft großer komischer Literatur besitzt.

Sie werden außerdem einen erfrischenden Mangel an erkennbaren Absichten des Autors feststellen. Wir empfinden das Buch als kühnen, selbstbewussten Ausdruck von Energie, doch wenn wir nach irgendeiner schlichten Intentionalität hinter dieser Energie suchen, bekommen wir angenehmerweise eine Abfuhr. In weniger bedeutenden Erzählungen ist die Absicht des Autors (allzu) leicht festzustellen. Autorin A versucht einem mitzuteilen, dass sie einmal durch Ruanda getrampt ist. Autor B trifft eine eindringliche Aussage über die Rolle der sozialen Medien beim Niedergang der modernen amerikanischen Familie. Selbst in eher experimentellen Erzählungen erschnuppern wir oft die Absicht des Autors: der mechanische Elefant, der zum Leben erwacht und sehr streng und fies und gegen Abtreibung ist? Das ist bestimmt die Republikanische Partei. Dem Mann, dem Hörner wachsen (igitt), wachsen sie deshalb, weil seine Frau ihn betrügt. Und so weiter.

In der besten Erzählliteratur geht die Intention des Autors in der eigentlichen Energie des Buches verloren oder wird von dieser umgewandelt. Die Geschichte pfeift auf Methode und Absicht und beginnt sich selbst zu konstruieren, folgt den Regeln der Freude, sucht nach ihrer eigenen, natürlichen Energie, ihrem besten Selbst, und spendet Sinn der höchsten Art: irreduzibel, wohltuend komplex, absichtslos, ekstatisch. Wir genießen das seltsame Vergnügen, jemandem dabei zuzusehen, wie er sich im schöpferischen Akt verliert. Das zu beobachten ist spannend. Warum das so ist? Irgendwie macht es uns Hoffnung mitzuerleben, wie einer unserer Mitmenschen mit so viel Selbstbewusstsein und, nun ja, Liebe eine Parallelwelt erfindet. Denn – ungeachtet der Oberflächenironie und des finsteren Witzes – enthält das Antrimeske ungemein viel Liebe. Wenn Liebe, wie ich immer wieder höre, mit Aufmerksamkeit gleichzusetzen ist, dann quillt dieses Buch vor Liebe über: Liebe zur physischen Landschaft des heutigen Amerikas, zu jenen armen, deformierten, sich abstrampelnden Dingern, die man Menschen nennt, zur Liebe selbst. So unerschrocken hinzusehen wie Antrim, so anschaulich zu beschreiben wie er, die Menschen für ihre Schwächen so gnadenlos und vergnügt dranzukriegen wie er – das sind Akte der Liebe. Wer sonst, wenn nicht ein Liebender betreibt das Hinsehen/Beschreiben/Drankriegen mit solcher Energie?

Und ihm dabei zuzusehen, wie er die Welt auf diese Weise liebt, macht uns glücklich. Wer weiß, warum? Warum empfinden wir eine solche Zuneigung für Donald Antrim, während er vorangeht in das verrückte, aber stimmige Land seines Buches? Man denkt an Philip Petit, circa 1974, auf dem Drahtseil zwischen den Twin Towers. Die Spannung ergibt sich daraus, dass wir jemandem zusehen, der vom schöpferischen Akt verzückt und in ihn versunken ist. Dieser erscheint großzügig, unmotiviert, jenseits der Vernunft, heilig.

Und das ist er auch.

DER WAHRHEITSFINDER

Die Pfannkuchen-Essen waren meine Idee. Der Plan, so wie ich ihn mir vorgestellt hatte, war völlig unverfänglich: höfliche, zwanglose abendliche Treffen, eines im frühen Frühjahr ein paar Tage vor Ostern, ein weiteres einige Zeit nach dem Wicker-Beaver-Festival Ende Oktober, bei denen alle Lehranalytiker freundschaftlich zusammenkommen, unendliche Mengen an Kaffee trinken, Meinungen und Eindrücke über die verschiedenen Kandidaten am Institut austauschen, über Krisen oder Durchbrüche von Patienten in unseren Privatpraxen, über neue Ideen zu dem anscheinend immerwährenden Problem, die klassische Metapsychologie mit unserem besonderen Zweig der Self/Other-Konflikttheorie zu versöhnen. Ich war der Ansicht, dass die Stimmung bei diesen Pfannkuchen-Geschichten möglichst leicht gehalten werden sollte, und deshalb entschied ich mich statt für das neue, teure Frühstücksrestaurant auf der Woodrow Avenue – Jane hatte vom Essen geschwärmt, doch ich hatte aus Gründen, die im Zusammenhang mit der gegenwärtigen Diskussion wohl kaum von Belang sind, noch nie einen Fuß hineingesetzt – für das bescheidenere, die ganze Nacht über geöffnete Pancake House & Bar auf dem Eureka Drive, weit hinter der Bücherfabrik gelegen, den gefährlich steilen Hügel hinab, der zu unserer berühmten überdachten Brücke führte und jenseits der Brücke zu dem von Unkraut überwucherten aufgelassenen Flugplatz.

Es stimmt, dass das für meine Kollegen, die auf der Nordseite wohnen, eine lange Fahrt bedeutete. Eine gelegentliche Tour durch die heruntergekommenen Viertel der Stadt ist die Zeit und Mühe wert. Das Krakower Institut hat wie jede privilegierte Organisation eine wichtige Verantwortung der Gemeinschaft gegenüber, und ich werde das Gefühl nicht los, dass wir dieser trotz unseres Peergruppen-Beratungsprogramms für weibliche Teenager nicht ganz gerecht werden. Erlauben Sie mir dennoch zu berichten, dass unsere allererste Analytiker-Pfannkuchen-Party ein monumentaler Erfolg war. Die hinterhältige, merkwürdig nette, bedrohlich intime und vollkommen unerwartete, kränkende Umarmung zwischen Richard Bernhardt und Ihrem sehr Ergebenen verdarb den Abend nicht im Geringsten. Nicht spürbar jedenfalls. Alles hängt davon ab, wie man diese Dinge betrachtet. Ich erinnere mich, dass ich Blaubeerpfannkuchen mit kanadischem Schinken bestellte, einen großen Orangensaft und, weil dies das Abendessen war, einen Salat nach Art des Hauses. Es war, wie ich mich erinnere, ein prächtiger Abend, eine dieser idealen frühen Aprilnächte: An einem von Blau in Schwarz übergehenden Himmel waren bereits die Sterne zu sehen, und die Nachtluft roch frisch nach Abfallfeuern, die in den Gärten hinter den Häusern in Verbrennungsöfen schwelten. Man konnte in den austreibenden Bäumen, die den Parkplatz des Restaurants umsäumten, die Singvögel hören, die sich dort versammelt hatten, und in der Ferne das hohe, jaulende Summen selbstgebastelter Sperrholz- und Papierflugzeuge, die über ihren Piloten kreisten, örtlichen Modellbauern, die auf dem aufgebrochenen Rollfeld des Flugplatzes standen und ihre Fernsteuerungen umklammert hielten.

Ich liebe unsere mittelgroße Stadt mit ihrer Geschichte aus dem Revolutionskrieg und ihrer gelassenen Art, ihren Bezirksliga-Sportmannschaften und ihrer bescheidenen Skyline – die von meiner bequemen Nische im Pancake House aus in der Ferne zu sehen war. Wenn ich durch die teilweise von Vorhängen verdeckten Fenster blickte, konnte ich den pyramidenartigen Turm des neuen Städtischen Krankenhauses sehen, der im letzten Licht der untergehenden Sonne in blendendem Orange erstrahlte.

Jenseits des Krankenhauses stieg hinter der Innenstadt und unserem beliebten Marktviertel am Flussufer steil der College Hill an. In den Häusern, die auf die ausgedehnten, gewellten Rasenflächen des Hügels hingetupft waren, welche im frühen neunzehnten Jahrhundert aus dem letzten Urwald der Gegend herausgeschlagen worden waren, brannten die Lichter. Das Kernberg College ist interessanterweise anfangs eine Musikakademie für Waisenkinder gewesen; und in dem alten Musiksaal, der in dem bizarren, turmbewehrten, angeblich von Geistern heimgesuchten, oben auf dem College Hill gelegenen Herrenhaus untergebracht ist, ist der wohltätige Geist unserer wunderbaren, leuchtenden Stadt am besten eingefangen – oder wenigstens schien mir das so in jener Nacht, als ich vom Pancake House auf all dies hinausblickte.

«Thomas, das kommt davon, wenn man dich den Ort für ein Abendessen aussuchen lässt.»

Der Sprecher war Manuel Escobar, der bekannte Kleinianer. Er saß mir in der Nische am Fenster gegenüber, und ich erklärte ihm: «Frühstücksgerichte, mit Ausnahme von Zerealien, die unmäßige Mengen an Zucker enthalten, wirken meiner Erfahrung nach tröstlich und antidepressiv.»

«Ich schätze, das stimmt, wenn du Amerikaner bist», sagte Escobar, während er sich im Raum umschaute und dann ungeduldig unserer schönen Kellnerin winkte.

«Hör auf zu starren.»

«Ich starre nicht, Thomas. Ich finde junge Mädchen bezaubernd, wenn auch nicht unwiderstehlich. Ich bin glücklich mit Conchita.» Dann war die Kellnerin an unserem Tisch, und Escobar sagte mit gesenkten Lidern: «Hallo, ich bin Escobar, und das ist mein Freund Thomas.»

«Sehr erfreut, willkommen im Pancake House & Bar, ich bin Ihre Kellnerin.»

«Es ist schön, hier zu sein», sagte ich. Warum sagte ich das? Meine Stimme klang ganz falsch, und ich fühlte mich lächerlich.

Manuel allerdings – der sich wie immer so absurd wohlfühlte in seiner Haut, in seiner Art wie immer so schamlos direkt war – fragte mit seiner rauen, mediterranen Stimme: «Sagen Sie, wie dürfen wir Sie nennen?»

«Wie wäre es mit Rebecca?»

«Rebecca. Darf ich Sie Rebecca nennen? Ein schöner Name. Ich hätte gerne eine Tasse von Ihrem sehr heißen, sehr starken Kaffee, Rebecca.»

«Den Kaffee mit Milch und Zucker?»

«Schwarz.»

«Einmal schwarzer Kaffee. Und für Sie, Thomas?», fragte sie. Sie sah mich direkt an. Ich verliebte mich augenblicklich.

«Wie? Noch nichts. Wasser wäre schön.»

Sie schrieb etwas auf ihren Block. Sie reichte uns die Speisekarten. Sie sagte: «Einen Kaffee und ein Wasser.» Sie ging davon.

«Unglaublich», flüsterte ich Manuel zu, nachdem unsere Kellnerin auf langen Beinen davonmarschiert war. Escobar nickte, und ich merkte, dass er dachte, ich bezöge das nicht auf ihn, auf seine unverfrorene Art, sondern auf das dunkelhaarige Mädchen, auf ihr gutes Aussehen. Ich ließ die Sache fallen, da er in gewisser Weise recht hatte.

«Wie geht es deiner Jane?», fragte er mich.

Warum war ich außerstande, mit einer einfachen, nichtssagenden Antwort auf diese unbedeutende Höflichkeitsfloskel zu reagieren? Weil ich intuitiv begriff, dass Escobar mit meiner Frau schlafen wollte, und ich deshalb zögerte, ihm Zugang zu ihr zu gewähren, sogar durch mich – besonders durch mich.

Tatsächlich habe ich nichts gegen Escobar. Von Zeit zu Zeit ist mir der Gedanke gekommen, dass eine Affäre zwischen diesem Mann und meiner Frau ziemlich harmlos wäre und eventuell in meinem häuslichen Leben eine ganze Reihe von Problemen lösen könnte. Ich antwortete strategisch: «Jane mag dich. Neulich abends machte sie eine Bemerkung, wie gerne sie sich mit dir unterhält. Ruf sie an, Manuel. Komm mal bei uns vorbei.»

«Nein, Thomas, ich würde mich fehl am Platz fühlen.» Escobar klang aufrichtig, und ungeachtet der Tatsache, dass ich es alarmierend fand, wie er sein Unbehagen formulierte (was genau könnte «richtig am Platz» sein? – Ein Stundenmotel an der Schnellstraße?), hatte ich einen Augenblick lang das Gefühl, diesen Mann intensiv zu mögen; und dann öffnete sich die Eingangstür des Restaurants, und eine Gruppe von Analytikern trat ein, unter ihnen Maria, die auf ihren hohen Absätzen eilig herüberklapperte, an der Kasse und dem kleinen Barbereich vorbei, wo

Flaschenbiere ausgestellt waren, um das Aquarium und um die mit Süßigkeiten, Sirup und eingemachten Früchten gefüllte Verkaufsvitrine herum. Sie kam, die Tische umrundend, auf uns zu. Maria klackte zu unserer Nische herüber, beugte sich über die Gedecke, küsste Escobar auf die Lippen und verkündete: «Dein Aufsatz über Geschwistermord-Phantasien bei Kindern ehemaliger Alkoholiker ist außerordentlich, Manuel.»

«Ah», antwortete Escobar.

Mir verursachen diese Rituale professioneller Anerkennung immer ein ungutes Gefühl. Ich finde, etablierte Kollegen tun gut daran, einander Integrität und Bildung zu unterstellen und es dabei zu belassen. Ich habe es mir zur Regel gemacht, den Leuten gegenüber nie eine positive Meinung zu ihrer Arbeit zu äußern – nicht einmal gegenüber jenen außergewöhnlichen, offenen Menschen, die meine Theorien über Realität und ihre Auflösung durch höfliche Plauderei bewundern.

«Er ist ein Genie», sagte Maria zu mir. Sie zog ihren Mantel aus und hängte ihn an einen Haken in der Nähe unserer Nische.

«Wer ist ein Genie? *Tom?* Der tote Lieutenant?», schrie ein Mann, der hinter Maria stand. Es war Bernhardt in seinem roten Sportjackett und mit dem lächerlichen Panamahut, den er, soweit ich weiß, in der Öffentlichkeit niemals absetzt. Bernhardt zwängte sich neben mich in die Nische, Maria quetschte sich neben Escobar, und wir saßen alle schweigend da – ich habe festgestellt, dass Gruppen, zu denen Bernhardt dazustößt, sofort ängstlich, vorsichtig, befangen werden; und dies ist ein Problem für den Mann, da er auf Gruppen spezialisiert ist –, bis Rebecca mit Escobars espressostarkem Kaffee ankam. Ich stellte fest, dass ich es nicht lassen konnte, auf die schwarzen Haare des Mädchens zu starren. Waren sie gefärbt oder natürlich? Ich machte mir innerlich eine Notiz, Rebecca meine Rekrutierungsrede zu halten – etwas später, unter vier Augen, ohne all diese Psychiater, in deren Beisein sie sich inadäquat und unsicher fühlen würde – für mein Programm für Starke Junge Frauen am Krakower Institut.

In der Zwischenzeit sagte ich, um Bernhardt zu ärgern und um ihm eins auszuwischen, weil er einen alten Spitznamen von mir gebraucht hatte, den ich nicht gerne hörte: «Ich bin der gleichen Meinung wie Maria. Manuel ist einer unserer großen Denker.»

Danach fühlte ich mich deprimiert, wie immer, wenn ich einen Kollegen oder sogar einen Vertrauten gelobt hatte.

In Wirklichkeit ist Escobar ein kluger, verständnisvoller, mitfühlender Therapeut. Man mochte sich wünschen, dass er sich außerhalb des Sprechzimmers weniger in das Leben seiner Patienten verwickeln ließe (dabei fällt einem der jüngste, beunruhigende Zwischenfall mit Mrs. Jackson und den gegengezeichneten Versicherungsschecks ein) – doch Escobar ist Europäer. Seine unorthodoxen, interdisziplinären Methoden reflektieren natürlich eine bestimmte Art traditioneller kultureller Orientierung.

«Sie sind diese Doktoren aus der psychiatrischen Klinik, nicht wahr?», fragte Rebecca.

«Das ist richtig», antwortete Bernhardt und gab mir die wundervolle Gelegenheit, ihm in einem feinen Punkt zu widersprechen. Ich wusste, ich hätte das nicht tun sollen – man muss bei Bernhardt darauf achten, wo man hintritt; er ist pompös und verliert die Beherrschung, und gelegentlich beginnt er zu schreien –, aber es war unwiderstehlich.

«Wir sind keine Doktoren. Wenigstens glaube ich nicht, dass irgendjemand hier am Tisch einen medizinischen Abschluss hat», sagte ich und blickte in die Gesichter meiner Gefährten.

Bernhardt sagte: «Tom, ich weiß nicht, wie das bei dir ist, aber ich habe einen Doktor in klinischer Psychologie.» Das Essen war noch nicht serviert, und Richard regte sich bereits über Probleme genitaler Machtausübung auf.

Ich erklärte unserer Kellnerin: «Es stimmt, dass wir klinische Psychologen sind. Die mit einem Doktortitel dürfen sich Doktor nennen, wenn sie wollen, aber die meisten von uns, mit Ausnahme von Sherwin natürlich, sind nicht das, was sich die Leute üblicherweise unter einem Doktor vorstellen.»

Sie – die Gute – erinnerte sich: «Ich hatte in der elften Klasse so einen Idioten von einem Geschichtslehrer. Er kriegte einen Doktortitel durch die Post oder so und ließ sich dann von allen *Doktor* Woody nennen.»

«Mein Doktor stammt *nicht* aus dem Katalog.» Bernhardts Gesicht unter dem Panamahut war plötzlich leuchtend rot.

«Schon gut, Richard. Reg dich nicht auf.» Maria griff über den Tisch und strich über Bernhardts Ärmel, leicht, beruhigend, professionell.

«Wie soll ich mich da nicht aufregen? Tom hat keine Ahnung, wie man mit Gleichgestellten umgeht. Ich habe für meinen Doktor hart gearbeitet. Das geht so weit, dass ich Angst habe, auf meine Bildung stolz zu sein.»

«Tom wollte dich nicht verletzen, Richard, ich bin sicher,

dass er Respekt hat vor deinen Referenzen. Stimmt das nicht, Tom?», fragte Maria, die Diplomatin.

«Gewiss.»

In diesem Augenblick platzten weitere Analytiker herein. Peter Konwicki, Elizabeth Cole, Dan Graham, Terry Kropp, Mike Breuer – und Dr. Sherwin Lang, der Gynäkologe, der Psychiater geworden war und dessen Beziehung zum Alkohol seinen Beziehungen zu seinen Analysanden vielleicht, vielleicht auch nicht, im Wege stand. Man tauschte Begrüßungen aus, und die Sache mit Bernhardt entschärfte sich vorübergehend, als die benachbarten Tische einer nach dem anderen besetzt wurden. Jemand steckte Geld in eine Jukebox neben dem Tisch, und eine populäre Melodie erklang. Die Kellnerinnen in ihren blauen Kleidern kamen und gingen, schulterten Teller mit Abendessen und Metalltabletts voller Bestecke. Unsere Kellnerin kam und sagte: «Bereit, Doktoren?»

«Zwei umgedrehte Spiegeleier mit Bratkartoffeln und dazu Zimttoast mit Butter an der Seite», sagte Bernhardt.

«Die Wurst Hausmacherart mit Eiern, schätze ich», sagte Maria als Nächstes.

«Wie möchten Sie Ihre Eier?»

«Rühreier bitte.»

Manuel bat um mehr Kaffee, nichts als schwarzen Kaffee, und dann war ich an der Reihe.

«Nun, ich bin hin- und hergerissen zwischen den Blaubeerpfannkuchen und den Eiern Benedict. Sind die Blaubeeren frisch?»

«Ja.»

«Genehmige dir Pfannkuchen, Lieutenant», sagte Bernhardt.

Ich erklärte: «Ich mag Pfannkuchen, aber bei Pfannkuchen ist wenig viel. Danach fühle ich mich jedes Mal vollgestopft.»

«Ich weiß, was du meinst.»

«Andererseits bereue ich es jedes Mal, wenn ich sie bei Gelegenheit nicht bestelle.»

Rebecca wartete. Meine Institutskollegen starrten mich an, und ich fand, dass es in dem lärmerfüllten Raum ruhiger wurde. Ich stand in Gefahr akuter Unschlüssigkeit und spürte, wie mein Gesicht heiß wurde und die Haut zu kribbeln anfing. Die Wahl zu haben mit ihrer unvermeidlichen Aufforderung zum Verzicht ist immer eine solche Prüfung. Meiner Erfahrung nach spielt es keine Rolle, ob eine bestimmte Wahl aus offensichtlich wenig bedeutungsvollen Alternativen besteht. Ganz im Gegenteil. Die Wahl zwischen Banalitäten ist eine der bedrückenderen Plagen im Leben. Wir alle wissen, dass die einfachsten Dilemmata über symbolische und emotionale Pfade im Unbewussten zu größeren, häufig schmerzhaften Problemen führen können, mit denen wir bei der Arbeit oder zu Hause konfrontiert sind. Nehmen wir zum Beispiel einen hypothetischen häuslichen Fall. Oder noch besser, tun wir es nicht. Eine theoretische Diskussion kann durch intime, möglicherweise demütigende Enthüllungen nur geschwächt werden. Das einfache Beispiel, das ich geben wollte – in dem es um ein renovierungsbedürftiges Zimmer geht und um eine Schublade voller Farbmuster in verschiedenen Pastell- und matten Weißtönen –, ist nicht nur *nicht einfach*, es ist bis oben hin mit ehelichen Sorgen und den tiefsten Geheimnissen über Schicksal, Zufall und dem eigentlichen Sinn und Zweck des Lebens überfrachtet. Ich will erklären, was ich damit meine. Ich werde versuchen, objektiv zu bleiben. Ein Zimmer im oberen Stock benötigt einen Anstrich. Das Zimmer ist ganz gemütlich, mit einem hübschen Fußboden und einer Aussicht auf Bäume und benachbarte Gärten. Doch seine Wände sind von abgestoßenen Stellen, Spachtelmasse und Schmutz verunstaltet und schon seit langer, langer Zeit eine Beleidigung für das Auge – nämlich seit die gegenwärtigen Besitzer (natürlich Jane und ich) in dieses kleine Haus eingezogen sind (17 Granite Farm Road, die zweite links nach dem leer stehenden, mit Brettern vernagelten öffentlichen Schwimmbad, wo die Teenager aus der Nachbarschaft hingehen, um Sex zu haben und Stoff zu rauchen), dieses kleine Haus mit seiner flammendroten Haustür und dem Röhren-Briefkasten und den ansehnlichen Dachgauben, die einen an Schiffsluken erinnern, wenn man die von einem Zaun aus Steinen eingefasste Auffahrt hinaufgeht, die noch aus einer Zeit stammen, als diese Hügel landwirtschaftlich genutzt wurden. Es würde einen Nachmittag dauern, höchstens zwei, das Zimmer hinter den hübschen Fenstern vorzubereiten und anzustreichen. Gestrichen könnte der Raum bequem als kleines, sonniges Arbeitszimmer genutzt werden. Nichtsdestotrotz, die Jahre sind vergangen, und er bleibt unbenutzt, leer, unaufgeräumt; seine Tür wird selten geöffnet. Unten, in der Küche, in einer Schublade unter den Messern, liegt ein Manila-Umschlag, der Farbmuster enthält. Die Farben reichen von kühlen Weiß- und hellen Blautönen bis hin zu Zitronengelb und zartem Lachs. Die Frau, um die es geht (Jane), behauptet, dass ihr jede Farbe recht sei. Ihr (Janes) Mann (ich) vermutet (vermute) insgeheim, dass das nicht der Fall ist. Er (ich) glaubt (glaube), sie (Jane) möchte ein kräftiges, maskulines Blau, weil er (ich) das Gefühl hat (habe), dass sie (Jane) insgeheim auf ein Baby hofft (unseres), das dieses Zimmer bewohnen soll, und er (ich) vermutet (vermute), von anderen Dingen ausgehend, die über sie (die Ehefrau) bekannt sind – Dingen, die man derzeit besser nicht zu genau auslotet –, dass sie (meine Liebste) zweifellos einen Jungen vorziehen würde. Ich (selbst einmal ein Junge, inzwischen ein erwachsener Mann, der sich, wie alle Männer, im Leben Konflikten, Zweifeln und Unsicherheiten ausgesetzt sieht) habe die üblichen, wahrscheinlich stereotypen Ängste und Vorbehalte gegenüber kleinen Kindern und insbesondere gegenüber Jungen – die zusätzliche finanzielle Belastung, die unvermeidliche Verdrängung des Mannes (wieder ich!) durch einen anderen (wenn auch meinen eigenen kleinen Jungen), was zu einer reduzierten sexuellen Beziehung, wachsender Eifersucht, Anfällen allgemeiner Verzweiflung und schließlich zu Panik führt und von dort (wenn ich mich selbst auch nur ein bisschen kenne), als eine Form der Vergeltung, zur Flucht (am wahrscheinlichsten in eines dieser Häuser einer Motelkette an der Schnellstraße, die westlich von der Stadt wegführt), welche nach gegebener Zeit von Rückkehr, Reue, Versöhnung, schuldbewussten Wiedergutmachungsversuchen und schließlich einer erneut aufgenommenen Paartherapie bei Maria gefolgt wird: ebenso wie von bestimmten, außerordentlich *persönlichen* Schreckensmomenten, die von meiner eigenen Geschichte herrühren, da ich als Kind in einer Umgebung aufwuchs (die Ursprungsfamilie mit all *ihren* Problemen), die derzeit untersucht und in einem großen Ausmaß noch einmal durchlebt wird – in meiner Ehe, bei meiner Arbeit mit Patienten, in meiner eigenen laufenden Analyse bei dem alten Dr. Mandelbaum –, einer Umgebung, in der es mir (dem bedrückten, zweifelnden Jungen, der ich einmal war) offensichtlich nicht gelang, einen depressiven Zustand zu erreichen und daraus eine Anzahl entscheidender zwischenmenschlicher Einsichten und Fähigkeiten zu entwickeln, die man mit reifem Verhalten verbindet. Wie Sie sehen können, handelt es sich hier um kein ausgesprochen einfaches Beispiel – das ungestrichene Zimmer als Stätte unausgesprochener Gedanken, symbolisches Zuhause und Spielzimmer ungeborener Generationen, die an unsere Stelle treten und uns schließlich beerdigen werden, wenn wir, uralt, klapprig und delirierend, sterben –, besonders wenn man bedenkt, wie innere Konflikte sich in engen Beziehungen als Verletzlichkeit manifestieren. Jane stellt sich reflexiv auf meine Ängste und Wünsche ein, ebenso wie ich mich auf ihre; zusammen, als Mann und Frau, haben wir uns stillschweigend dazu verschworen, uns gegenseitig vor dem unausweichlichen und endgültigen Verlassenwerden zu beschützen und zu bewahren. Die schlichte Frage «In welcher Farbe möchtest du das Zimmer im oberen Stock anstreichen?» könnte, wenn wir aus der Sache den logischen Schluss ziehen, so gestellt werden: «Wie lebe ich mit dem Wissen, dass ich eines Tages sterben und dich verlassen werde?»

«Ich weiß es nicht! Ich weiß es nicht!», rief ich meinen Tischgenossen im Pancake House zu. Mein Atem ging kurz, und meine Hände waren eiskalt, auf Armen und Rücken brach mir der Schweiß aus, und ich fühlte mich von Schuld überwältigt.

«Sachte, Lieutenant», sagte Bernhardt. Er klang ehrlich besorgt und auch ein wenig ängstlich. Er schlug vor: «Schau, Kumpel, du kannst dir auf beiden Seiten der Speisekarte etwas aussuchen.»

«Ja?»

«Ja», sagte Rebecca.

«Wirklich?»

Es stimmte. Warum hatte ich daran nicht gedacht? Ich fragte: «Kostet das dann extra?»

«Extrateller kosten zwei Dollar zusätzlich.» Rebecca hatte eine so nette Art.

«Zwei Dollar. Das ist nicht *sooo* schlecht», sagte Maria mit kindlicher Stimme, sie holte mich runter, wie wir im Psychologiegewerbe sagen.

Ich holte tief Luft. Ich holte noch einmal tief Luft. «Okay. Dies ist ein Pfannkuchen-Restaurant. Bringen Sie mir ein paar Blaubeerpfannkuchen.»

So einfach war es vollbracht, und ich spürte, wie der schreckliche Druck verebbte, und ich war beinahe wunderbarerweise imstande, sich daraus ergebende kleinere Entscheidungen zu treffen. Mit jedem leichten Atemzug wurde ich ruhiger. Ich gab meine Bestellung auf, während es in der Welt vor dem Fenster dunkel wurde. Es war Abendessenszeit, und das Brummen der Modellflugzeuge hatte aufgehört, diese Flugzeuge aus Holz und Papier hatten auf den kaputten Rollbahnen des alten Flugplatzes ihre letzten Landungen hingelegt. Jenseits der Rollbahnen glitzerten die Lichter der Stadt. Die Vögel in den Bäumen riefen und sangen. Hinter den Bäumen schimmerte in der Ferne das Krankenhaus im Sonnenlicht, es war unser Leuchtturm.

Hier drinnen schienen die Lichter hell, und die Geräusche wurden lauter, da meine Institutskollegen einander etwas zuriefen und quer durch den Raum von Tisch zu Tisch brüllten. Es war phantastisch zu sehen, wie alle Kaffee tranken und lachten, und ich hatte ein Gefühl, das ich nur noch selten habe, dass sich die Gemeinschaft der Psychologen aus gutherzigen, freundlichen Männern und Frauen zusammensetzt.

Meine angenehme Stimmung hielt nicht an. Ich fürchte, dass ich zu einem fröhlichen oder sorglosen Blick auf die Dinge einfach nicht geneigt bin. Das heißt nicht, dass ich das Leben nicht genieße. Im Gegenteil, meine Arbeit bereitet mir Vergnügen. Hin und wieder, an schönen Tagen, wenn die Luft kalt und klar ist und süß nach den ersten Pollen der ausschlagenden Bäume duftet, wenn die späte Nachmittagssonne ihre Strahlen durch hohe purpurfarbene oder weiße Wolken schickt und sich die Lichter der Büros in dem sich dahinschlängelnden, eisigen Fluss spiegeln, wenn alles auf der Welt großartig und strahlend silbern erscheint, wie von innen beleuchtet – die Bäume, die Autos, das von einem Spuk heimgesuchte Musikgebäude auf dem Hügel –, in dieser strahlenden Stunde vor der Dunkelheit, nach dem langen Tag und vor Einbruch der Nacht, scheinen die Probleme in meiner Ehe nicht unüberwindbar, denn an solchen Abenden fühle ich mich zum Sex bereit.

Falls ich Zeit dazu finde, würde ich demnächst gerne eine Veröffentlichung verfassen, in der Lufttemperatur, Bewölkung, Luftdruck, Feuchtigkeitsgehalt der Luft, Windgeschwindigkeit etc. als authentische Beziehungskonstrukte dargestellt werden – als atmosphärische Versionen der Wirkung «des anderen» –, die als umweltbedingte

Stimmungseinflüsse eine Rolle spielen und sich zu den archetypischen Rollen, die von menschlichen Eltern, Geschwistern, Liebhabern, eingefleischten Feinden und so weiter eingenommen werden, exakt analog verhalten. In meinem Klima-Bezugs-Szenarium kann eine Krankheit wie die von der Jahreszeit abhängigen Stimmungsschwankungen (in der die emotionalen Befindlichkeiten nach einem kalendarischen Zeitplan variieren, je nach Wetter und Licht, Länge oder Kürze der Tage, den jährlich wiederkehrenden Feiertagen, die traumatische oder andere formative Erfahrungen markieren) als spezielle Form einer zwischenmenschlichen Krise genauer diagnostiziert und, wie ich glaube, wirksamer behandelt werden. Professionelle Kritiker werden in diesem Gedanken eine militante Ausweitung der Theorie der Objektbeziehung in der Psychoanalyse erkennen. Manche Kollegen, die aus Gründen des Anthropomorphismus dagegen Einwände erheben werden, werden zweifellos behaupten, dass ich zu weit gehe, wenn ich sage, dass eine hohe Luftfeuchtigkeit sich in gleicher Weise auf unser Innenleben auswirkt wie eine zornige Mutter. Laien, darauf vertraue ich, werden die Wahrheit dieser Prinzipien beim Lesen instinktiv verstehen.

«Tom, mein Freund, ich glaube, du hast das Richtige bestellt. Diese Blaubeerpfannkuchen sehen gut aus», sagte Bernhardt, nachdem das Essen gekommen war. Mir gefiel nicht, wie der Mann sich beim Sprechen in mein Territorium beugte – der trockene Atem auf meiner Wange, die Hutkrempe, die beinahe meinen Kopf streifte –, aber trotzdem war ich gerührt von Bernhardts unbeholfener, durchsichtiger Taktik des guten Willens.

«Nimm einen Bissen.»

«Nein, nein.»

«Nur zu, Richard. Das ist mehr, als ich essen kann. Greif zu.»

«Meine Gabel ist voller getrocknetem Eigelb, Tom. Kannst du mir nicht ein Stückchen abschneiden?»

«Richard, greif zu. Bitte. Die Eier sind mir egal», log ich, schob meine Pfannkuchen über den Tisch auf ihn zu und schuf unter dem Deckmantel der Großzügigkeit Distanz.

«Möchtest du von diesen Eiern probieren, Tom?»

«Nein, danke.»

«Toast?», fragte der Gruppentherapeut.

«Keinen Toast für mich.»

«Rosinen-Zimt-Toast. Ich habe eine ganze Menge davon.»

«Das sehe ich. Wie viele Toastscheiben hast du da, Richard? Sieben? Acht?»

«Diese Wurst ist gut», sagte Maria, sich an der Unterhaltung beteiligend. «Tom? Wurst?»

«Ich verzichte, Maria.»

«Ist diese Wurst scharf?», fragte Bernhardt. Der Mann kannte keine Scham. Er wandte sich an mich und sagte: «Du hast da ein schönes Stück Schinken, Lieutenant.»

«Es ist kanadischer Schinken.»

«Ach ja? Er schmeckt köstlich, oder? Nicht so scharf wie Marias Wurst. Du kannst Sirup über die Wurst gießen, um sie milder zu machen», sagte Bernhardt kauend.

Escobar, der beobachtete, wie Bernhardt von den Tellern anderer Leute aß, hatte den leicht interessierten, leicht müden Gesichtsausdruck des Klinikers. Was hielt er in Momenten wie diesen von den Amerikanern?

Angesichts dieser Frage lohnt es sich, darüber nachzudenken, inwiefern nationale, ethnische und religiöse Vorurteile auf einer höheren Ebene die Tendenz der Menschen verdeutlichen, einander in Beziehungen krank und wütend zu machen. «Was hält Escobar von den Amerikanern?» könnte interessanterweise umformuliert werden zu: «Wie kann Judy Bernhardt mit ihrem Mann zu Abend essen, ohne seinen Tod zu wünschen?»

«O Gott. Ich habe zu viel Fleisch gegessen. Ich spüre richtig, wie mein Herz sich anstrengen muss, das Blut durch die Adern zu pumpen», seufzte Bernhardt. Und wirklich, der mächtige Mann sah unwohl aus. Schweißperlen standen auf seiner Stirn; seine kleinen Augen waren vergrößert und quollen hervor, und sein Atem ging plötzlich rasch, flach und beunruhigend laut.

«Richard? Fühlst du dich nicht gut?», fragte Maria, die sich ohne Zweifel Sorgen machte, dass Bernhardt erstickte.

Der Mann lehnte sich vom Tisch zurück, er schaffte es, lange, saugend einzuatmen, ein Geräusch, das furchtbar anzuhören war. «Gleich besser – muss Atem holen – ein Stück von deiner scharfen Wurst – ist stecken geblieben», stotterte Bernhardt. Spucke löste sich in einem klumpigen Sprühregen von seinem Mund. Was war richtigerweise zu tun? Dem Mann auf den Rücken klopfen? Ich hob die Hand, um Bernhardts Schulterblätter zu bearbeiten, und Maria rief: «Tom, tu's nicht!»

«Nein?»

Bernhardts Gesicht war blutrot. Seine Augen sahen aus, als würden sie jeden Moment aus den Höhlen treten. Ich war enttäuscht, dass man mir nicht erlaubte, ihn zu schlagen.

Maria erklärte: «Wenn man jemandem auf den Rücken

klopft, besteht die Gefahr, dass sich ein Fremdkörper in der Speiseröhre verklemmt.» Ich konnte nicht umhin, mir vorzustellen, wäre Rebecca in der Nähe, erhielte sie eine eindeutige Demonstration der Tatsache, dass nicht einer von uns ein echter Doktor war oder wenigstens kompetent in einem Notfall. Nur Manuel blieb ungerührt. Manuels Haltung und Ausdrucksweise sind immer sehr gelassen. Er sagte zu unserem Kollegen: «Hör mir zu. Hörst du mir zu? Schlucke.»

Wir warteten, während Bernhardt würgte. Der Mann stand unter großem Stress. Er erstickte nicht – noch nicht.

«Schlucke», sagte Manuel noch einmal. «Schlucke.» Beim Klang von Manuels Stimme musste ich an unsere Kellnerin denken, an die Art, wie Manuel bei ihr Kaffee bestellt hatte, und dann stellte ich mir vor, wie Manuels Stimme flüsternd, verführerisch auf meine Jane einsprach: «Ich schaue so gerne deinen Rücken an. Du bist so schön. Tom weiß deine Schönheit nicht zu schätzen. Er ist ein Dummkopf. Jetzt beuge dich nach vorn und halte dich am Treppengeländer fest.» Ich stellte mir vor, wie Manuel das zu ihr sagte.

Die Atmosphäre war gespannt. Ein komplexes Spiel der Kräfte war am Werk. Bernhardt hatte mit seiner Drohung, sich am Essen anderer Leute zu Tode zu würgen, die Rolle des Usurpators übernommen, der nicht nur das Essen, sondern auch die Sympathien seiner Kollegen «eroberte». Es war Pech für ihn, dass in der Nische nicht genügend Platz war, dass ich die Arme um seinen Körper legen, gegebenenfalls hinübergreifen und ihn kräftig drücken konnte. Bernhardts Bauch presste gegen die Tischkante. Er hielt einen Rosinen-Zimt-Toast in der einen Hand und seine Serviette in der anderen. Er machte in der Kehle ein Geräusch, und dieses Geräusch klang schön, verloren, wie weit entfernte Dudelsackpfeifen oder Wind in den Bäumen. Wie als Antwort auf dieses Geräusch beugte sich Maria nach vorn über die Tischplatte, sie beugte sich nach vorn zu dem fetten Mann hin. Sie sah aus, als ob sie gleich weinen würde. Sie berührte Bernhardt nicht, Marias Hände hielten kurz vor der Berührung inne, sie schwebten zögernd in der Luft vor Richards Gesicht. Was für schöne Finger sie hatte. Als ich Marias Gesicht und diese Hände betrachtete, fühlte ich mich wie ein unbefugter Zeuge von etwas Wunderbarem und Geheimnisvollem.

Auf diese Weise wurde deutlich – anhand dieses Tableaus, das diese beiden bildeten: der Mann, der nach Atem rang; die Frau, die sich ihm entgegenbeugte; und die wunderschöne Stille zwischen ihnen, als sie sich einen Augenblick lang ansahen –, es wurde deutlich, wie so etwas anderen Menschen in einem so öffentlichen Moment seltsamer- und unerklärlicherweise deutlich wird, dass Maria und Bernhardt miteinander schliefen.

Oder war es denkbar, dass ich mir dieses Szenarium nur einbildete (das Szenarium und mein Begreifen desselben), weil ich an jenem Abend bei Pfannkuchen, Schinken und einem Salat tatsächlich begriffen hatte – auf eine Art und Weise, die ich nicht verstand und die ich nicht begründen konnte –, dass Manuel, unser Kleinianer auf der gegenüberliegenden Tischseite, bereits mit meiner Frau schlief?

Mit anderen Worten, hatte mir Manuel über seine Verbindung zu Jane irgendwie die Wahrheit erzählt, ohne mir überhaupt etwas zu erzählen? Und war es nicht möglich, sogar wahrscheinlich, falls das der Fall war, dass jeder mit jedem schlief – Bernhardt und Maria eingeschlossen? Die Frage, die ich stelle, ist folgende: Entsprang mein Glaube, dass meine Institutskollegen ein Liebespaar waren, dem Beobachten und Erkennen subtiler zwischenmenschlicher Signale, der unbewussten Kommunikation zwischen ihnen, oder war er *meinem* Inneren entsprungen, meinen eigenen, kaum verifizierbaren Gefühlen und Wahrnehmungen, jenen Gefühlen, die ich zu diesem Zeitpunkt nicht ganz klar erkannte, Gefühle gegenüber Manuel, gegenüber Jane, gegenüber Sex und Rivalität beim Sex, gegenüber der prekären Natur menschlicher Beziehungen, gegenüber der quälenden Komplexität von Untreue, gestohlener Ekstase und Schuld?

«Schlucke.»

Bernhardt erschauerte; sein Adamsapfel hob und senkte sich. Das Essen, so schien es, rutschte hinunter. Die Muskeln in Bernhardts Nacken entspannten sich, er hob seine Serviette und spuckte weiteres Essen aus, das er nicht hinuntergewürgt hatte. Dieses Essen wickelte er akribisch in die Serviette. Die Krise war vorüber, und wir lehnten uns alle auf unseren Sitzen zurück. Bernhardt trank aus seinem Wasserglas und sagte: «Das kommt immer wieder vor.»

In diesem Moment fühlte ich mich außerstande, mit dieser übergewichtigen Vaterfigur in einer Nische zu bleiben. «Richard, würdest du mich bitte kurz entschuldigen?»

«Aber sicher, Lieutenant. Möchtest du aufstehen?», fragte Bernhardt, ehe er von seinem Toast abbiss – der Mann aß immer noch, trotz der Probleme, die das Essen ihm verursachte.

«Ja. Und, Richard, es wäre mir recht, wenn du mich

nicht Lieutenant nennen würdest. Es erinnert mich an etwas, woran ich lieber nicht denken möchte.»

«Was macht es schon, Tom? Das ist Jahre her. Es ist ja nicht so, dass du jemanden umgebracht hättest. Es war ein Unfall, als du diesen Kerl draußen im Wäldchen niedergestochen hast.»

«Das ist nicht der Punkt.»

Bernhardt wedelte mit seinem Toast durch die Luft, eine kleine Bewegung, die vermutlich andeuten sollte, dass er zur Seite rücken würde, sobald er zu Ende gekaut hätte. Die anderen in dem lärmigen Restaurant hoben Gabeln und Tassen, doch mein Appetit war dahin; ich fand das Leben erbärmlich. Maria, die in jüngeren Jahren eine Schönheit gewesen war und in ihren Vierzigern immer noch gut aussah – sie war schick gekleidet, sorgfältig geschminkt und trug gute Schuhe, solche Dinge –, kam mir an diesem Abend im Pancake House & Bar abgespannt und ein wenig unzufrieden vor, irgendwie gealtert: durch die Zeit natürlich, aber auch durch Enttäuschung; ich nehme an, man könnte sagen, durch die Enttäuschungen des Lebens. Ihr Mund arbeitete langsam beim Essen. Bei jedem neuen Bissen kam Marias Zunge heraus, weit heraus, so wie eine Zunge zu Beginn einer Fellatio, eines jener intensiven, gesetzeswidrigen Blowjobs, die sie mir immer verpasst hatte, wenn es uns beiden damals, in unseren frühen Tagen als Auszubildende des Instituts, gelungen war, uns spätnachmittags in das fensterlose Gewölbe unter dem Keller, das Buch- und Manuskriptarchiv des Instituts, davonzustehlen. Die Zunge kam heraus, um das Essen von der Gabel aufzunehmen. Marias Zunge war dick und blau, man könnte beinahe sagen, purpurfarben, und sie hatte die stumpfe, abgerundete Form eines mittelgroßen Spachtelmessers. Hier war eine Zunge, die einem, das können Sie mir glauben, beim Küssen wirklich den Mund füllen konnte. Jetzt klebte in kleinen, feuchtfarbenen Flecken vorher eingenommenes Essen auf ihrer Oberfläche.

Und so wird das Erotische an einem späteren Punkt im Leben in der Erinnerung unschön. Wieder und wieder tauchte Marias Zunge auf, traf auf Klumpen hereinkommender Bratwurst, auf Rührei oder Kartoffelstücke, umwickelte und umschlang sie; daraufhin zog sie sich langsam zurück, ein violettes Ding, das die Gabel an Marias Mund lockte. Füllungen waren sichtbar, silbern, schimmernd; und tief in ihrem Mund konnte ich den toten Zahn sehen, der sich braun verfärbt hatte. Es stimmt wahrscheinlich, dass mich Marias Mund, ihr Kauen und Schlucken, nicht so durcheinandergebracht hätte, wenn ich mir, vielleicht um alter Zeiten willen, wie man so sagt, nicht gewünscht hätte zu spüren, wie sich diese schwere Zunge an ihren Zähnen, an *meinen* Zähnen vorbeischob.

Ist Ihnen das je aufgefallen? Menschen, so schön oder begehrenswert sie auch sein mögen, bekommen, wenn man sie bei der Verrichtung alltäglicher Dinge des Überlebens genau beobachtet, unweigerlich etwas Monströses.

Bernhardt rückte nicht aus der Nische. Ich beobachtete ihn beim Essen. Es wäre nicht verkehrt zu sagen, dass mir bei diesem Anblick in einem manifesten, körperlichen Sinne übel wurde.

«Thomas, was tust du da?», fragte Escobar.

«Ich fürchte, ich fühle mich nicht wohl, Manuel. Ich glaube, ich sollte ein wenig herumlaufen. Es geht mir wieder gut, wenn ich ein bisschen frische Luft bekomme.» Ich drehte meinen Körper zur Seite. Ich sicherte meinen Griff an der Lehne, dann zog ich meine Füße, erst den linken, dann den rechten, unter der niedrigen Tischplatte hervor. Ich beugte die Knie und zog die Beine an. Ich stellte meine Schuhe auf die Sitzfläche. Ich arbeitete auf engem Raum. «Pass auf, Richard. Rühr dich nicht.» Ich stand halb auf dem Sitz und lehnte mich seitlich gegen die Rückenlehne, hielt dabei mein Gleichgewicht und achtete darauf, dass ich nicht gegen Richards Kopf stieß, hievte ein Bein, das linke, hoch über die Rückenlehne und setzte es in die leere Nische dahinter. Von dort aus war es ein Leichtes, auf den freien Sitzplatz und in Freiheit zu rutschen. Ich sah, wie einige Kollegen mich beobachteten, ich bemerkte, dass auch unsere Kellnerin mich beobachtete, und ich winkte ihr zu und zuckte die Schultern und rollte die Augen und schnitt eine blöde Grimasse und machte mit den Händen in der Luft eine Menge relativ bedeutungsloser Gesten. Sie lächelte.

Bernhardt holte noch einmal genervt Luft. «Verstehst du, was ich meine, Maria? Dieser Mann hat keinerlei Achtung vor gesellschaftlichen Umgangsformen. Er ist wie ein Zweijähriger.»

Ich muss zugeben, dass dies als Diagnose ziemlich genau zutraf. Jedoch habe ich herausgefunden, dass es am besten ist, Bernhardts Kritik und seine Klagen – egal, wie schmeichelhaft sie im richtigen Kontext betrachtet sein mögen – als nichts anderes zu verstehen denn als selbstverordnete Medizin gegen den dem Manne innewohnenden Terror in Form von Vitalität, Autonomie, Verspieltheit, Lebenskraft in jeder Form. Ich stand und sagte: «Wir sind hier in einem Pfannkuchen-Restaurant, Richard.»

«Was zum Teufel hat das damit zu tun?»

Ich richtete mich an Bernhardt – richtete mich ebenso an den ganzen Raum, an alle meine Kollegen vom Krakower Institut, die um die mit Geschirr und zerknüllten Servietten und halbleeren Tassen vollgestapelten Tische versammelt waren. Kellnerinnen gingen umher und boten an, nachzuschenken. Fremde in entfernten Nischen verstummten, hörten auf zu kauen und wandten ihre Aufmerksamkeit meinem improvisierten Diskurs zu.

«Was ist ein Pfannkuchen? Gebackener Teig, mit Zucker und Butter bedeckt. Gewürze werden hinzugefügt. Er ist ein Nahrungsmittel. Doch wir sehnen uns nach ihm nicht als Verpflegung, nicht wegen seiner Nährkraft. Nein, der Pfannkuchen, oder, wenn ihr so wollt, der Flapjack, ist ein kindliches Vergnügen; in Sirup gebadet, unter Eiscreme begraben, symbolisiert der Pfannkuchen unsere Flucht aus der Respektabilität, er symbolisiert Essen als eine Form infantilen Spiels. Die Orte, wo Pfannkuchen gewöhnlich serviert und konsumiert werden, sind in diesem Zusammenhang spezielle Spielzimmer für eine Öffentlichkeit, die ausgehungert ist nach Süßem, dieser wahnsinnigen Süße längst vergangener Frühstücksmahlzeiten der Mutter, Süße unserer Kindheit und unserer großen, verlorenen, frühkindlichen Omnipotenz. Seht euch um. Seht euch, wenn ihr wollt, diese Lampen an, die von der Decke herabhängen wie hübsche Mobiles über einer Krippe. Seht euch die unzerbrechlichen orangefarbenen Sitzmaterialien an, die entworfen wurden, um Verschüttetes und Flecken abzuweisen. Seht euch diese Speisekarten an, die sich aufklappen lassen wie die bunten, laminierten Kartons der Spiele, die wir einst an Regentagen zu Hause spielten, diesen unvergesslichen Tagen drinnen, als wir uns warm und sicher fühlten, als wir uns absolut geliebt wussten. Wir kommen ins Pancake House, weil wir hungrig sind. Tief im Herzen rufen wir nach unseren Müttern, und es ist das Pancake House, das antwortet. Das Pancake House hält uns! Das Pancake House stellt unsere geliebte Kindheit wieder her! Das Pancake House ist unsere Mutter in dieser mutterlosen Welt!»

Ich streckte die Hand aus und nahm einige Rosinen-Zimt-Toasts von Bernhardts Teller. Ich ließ meinen Blick durch den Raum schweifen. Es war verlockend, sehr verlockend, eine Ladung auf Sherwin Lang abzufeuern. Andererseits, aus Gründen, die mit dem Alkoholismus zu tun haben – mit der Paranoia, der Grandiosität, all den Denkstörungen und der hässlichen Unbeständigkeit, die mit dieser verbreiteten Krankheit assoziiert werden –, war es eine schlechte Idee. Elizabeth Cole sah hinreißend aus mit ihrem schwarzen Haar, das ihr um das Gesicht fiel und kaum ihre großen, provozierenden Ohren verbarg. Sie mit Essen zu bewerfen wäre eine verstörende, starke sexuelle Geste.

«Tu nicht, was ich glaube, dass du tun willst, Tom», warnte Bernhardt mich von hinten.

Ich schätzte die Entfernung bis zu Peter Konwickis Kopf – drei quadratische Tische, mit blauen Tischtüchern bedeckt und über Eck nebeneinandergestellt, ein Diamantmuster, das zwischen den Tischen und um jeden Tisch herum einen genügend breiten Gang frei ließ, dass eine Kellnerin mit einem Tablett hindurchgehen konnte. Die Kinderpsychologen sahen alle, was kommen würde, und versteckten sich hinter ihren Speisekarten. Ich sagte zu Bernhardt: «Du solltest dich entspannen und dich zur Abwechslung mal amüsieren, Dick.»

«Nenn mich nicht Dick.»

Ich spürte eine Hand auf meinem Arm. Sie gehörte Bernhardt. Die Hand dieses Mannes hielt meinen Arm gepackt – die Finger schlangen sich fest um meinen Unterarm und zwickten mich –, sodass ich mich weder bewegen noch ihn abschütteln konnte, um den Toast zu werfen.

«Nimm deine Hände weg, Richard.»

«Lass das Brot fallen, Tom.»

Wie immer, wenn ich in einen unangenehmen Disput über professionelles Verhalten oder Ideologie verwickelt bin – unser Pfannkuchen-Treffen war ja schließlich eine *professionelle* Angelegenheit –, hielt ich hoffnungsvoll Ausschau nach Unterstützung vonseiten der anderen Parteien.

«Tom, Richard hat recht. Wir wollen heute Abend keinen Streit, bei dem mit Essen geworfen wird. Ich bin sicher, es würde Spannungen abbauen, aber wir haben gerade alle einen so angenehmen Abend. Können wir nicht einfach unseren Kaffee trinken?» Dies von Maria, die zu unserem ausländischen Gefährten sagte: «Noch Kaffee, Manuel?»

Escobar beobachtete mich und Bernhardt (beobachtete, wie mein Arm von Bernhardts Hand so fest gehalten wurde), wie er alles im Leben beobachtete – unergründlich, intelligent –, und es war unmöglich, seine Kompetenz in einer später erworbenen Sprache nicht zu bewundern, als er sagte: «Thomas macht sich in seiner Arbeit einen revolutionären Geist zu eigen. Wir dürfen nicht von ihm verlangen, dass er sich in Gesellschaft anders verhält. Lasst ihn diese Toastscheiben herumschleudern wie neue, radikale Ideen, die in die Welt geworfen werden müssen. Toastscheiben wie wütende Kinder, die uns schlagen und uns aus der Fassung bringen und unsere Art, zu denken und zu fühlen, verändern.»

«Danke, Manuel», sagte ich, zog an meinem Arm und versuchte, ihn loszureißen und einen starken Wurf über die zur Barrikade erhobenen Speisekarten der Kinderpsychologen zu lobben. Das war zu viel für Bernhardt. Der Mann hievte sich aus seinem Sitz und umarmte mich rasch und impulsiv wie ein Bär. Seine Arme umfingen mich. Es war phantastisch, von diesem Mann gehalten zu werden, mit seinem riesigen Körper und den Armen, die immerzu drückten.

Meine Hände waren fest an meinen Körper gedrückt. Bernhardts Bauch an meinem Rücken fühlte sich weich an, warm, widerwärtig. Der Mann holte Luft und wurde größer, und es war, als würde er zu einem Ballon anschwellen, durch Luft immens werden. Ich versank in ihm. Ich hörte ihn beim Atmen keuchen, hörte den Sauerstoff eindringen, den vom Blut aufgeheizten Atem herausströmen. Seine Hutkrempe drückte gegen meinen Kopf, und ich konnte ein Geranienparfüm riechen – oder vielleicht waren es Lilien? – in dem Gemisch aus Bernhardts Atem, seinem Schweiß und seinen Kleidern, dem Shampoo und dem Rasierwasser. Er hatte sein Kinn auf meine Schulter gelegt, wir schwankten von einer Seite zur anderen, und ich atmete die Gerüche dieses Mannes ein, während seine Arme meine Rippen zerquetschten.

Das Atmen wurde schwierig, und ich sagte flüsternd: «Bitte lass los.»

Mit einem Blick auf das Restaurant sah ich Freunde und Fremde, die Analytiker und die Kellnerinnen und in der

Nähe der Tür eine intakte Familie mit kleinen Kindern und außerdem ein junges Paar – gut aussehende, mürrische Teenager, die in einer Ecke die Zeit totschlugen. Niemand, nicht einmal unsere geschäftige Rebecca, aß oder bewegte sich oder blickte weg von dem demütigenden Schauspiel, als Bernhardt mich dreißig Zentimeter oder höher vom Boden hob, als Bernhardt mich hoch in die Luft hob, mich wiegte.

Einen Augenblick lang hing ich da. Bernhardt, dessen Atem die aus meinen Ohren sprießenden Härchen kitzelte, flüsterte: «Gib auf.»

An diesem Punkt fühlte ich die Traurigkeit aufsteigen. In Anbetracht der Umstände war es nicht überraschend. Wie oft werden wir als Erwachsene – öffentlich! – hochgehoben, wie ein Baby herumgetragen und sanft angesprochen von einem Mann, dessen Gesicht wir nicht sehen können, einem Mann, der furchteinflößend ist, riesengroß und kräftig, während er uns in die Höhe hält? Probieren Sie es einmal aus, falls Sie mir nicht glauben, wenn ich sage, dass diese Erfahrung Sie zum Weinen bringen wird vor Kummer und Bedauern über all die Sorgen, die Sie den Menschen verursacht haben – verursachen werden –, die Ihnen die liebsten sind. Meine Gedanken wanderten natürlich zu Jane. Da war Jane, ihr Bild erfüllte mein Denken und mein Herz an diesem Abend im Pancake House, an diesem Abend in Bernhardts Armen – *Jane! Jane!* –, erfüllte mein Herz mit Mitleid und Scham. Sie ist für mich kein Ungeheuer. Ganz und gar nicht. Ich bin derjenige, der nach all unseren gemeinsamen Jahren immer noch Angst vor der Liebe hat, nicht sie. Oder sollte ich sagen, dass ich Angst habe und Jane auch; wir haben auf unterschiedliche, einander ergänzende Art Angst. Manchmal, an Winterabenden, wenn das Haus von Leselampen und dem Feuer in unserem Kamin nur schwach beleuchtet ist, kann es vorkommen, dass ich sie untätig im schwachen Halblicht des Wohnzimmers stehen sehe, das Gesicht vom Feuer beleuchtet und den Körper von Schatten verschleiert, die flackern und dann verschwinden; oder später schaue ich, schlaflos und unruhig in den kalten Nachtstunden, manchmal auf sie hinunter, während sie, in Decken eingewickelt, schläft; oder am folgenden Tag, einem regnerischen, windigen Tag zu Hause, höre ich Schritte über mir – Jane im oberen Stock, die hin und her geht, irgendeine Kleinigkeit erledigt, die Fenster schließt gegen den Sturm –, und in diesem oder tausend ähnlichen häuslichen Momenten, kurzen Perioden relativer Ruhe ohne sichtliche Folgen insofern, als nichts Folgenschweres stattfindet, bin ich plötzlich tief und absolut von ihrer Präsenz erfüllt – ich weiß nicht, wie ich es sonst nennen soll –, ihrer körperlichen Präsenz und ihrem Gewicht im Zimmer, im Haus, dem Gewicht eines anderen Lebens, ihres Lebens, mit ihren Gefühlen und Gedanken beladen, wie es ist, den einsamen, spielerischen, charakteristischen und bemerkenswerten Launen, die, wie das bei Launen (besonders bei schlechten) der Fall ist, praktisch von ihr auszustrahlen scheinen – ich glaube, das ist es, was die Leute meinen, wenn sie vom Geist eines Menschen sprechen , die die Luft durchdringen und die ganze Umgebung in eine Arena aus Sexualität und Hitze verwandeln. Ich habe daran teil. Wir sind zusammen. Sex stürmt auf uns ein. Würde ein Bild von Jane diese Dinge konkreter machen? Ihre Brüste, die ich immer schön fand, sind, glaube ich, im Laufe der Jahre voller und prächtiger geworden, sie sehen aus, als ob sie schwanger wäre. In letzter Zeit trägt sie ihr Haar ungekämmt, ein braun-graues Gewirr, das ihr in Kaskaden über die Augen und um die nackten weißen Schultern fällt. Jane zeigt neuerdings eine Vorliebe für rückenfreie Kleider – sie trägt sie zu Hause! –, und ich werde sogar in den kalten Wintermonaten von dem Netzwerk aus großen und winzigen Leberflecken gefoltert, die sich vom Ende ihrer Wirbelsäule über ihren unteren Rücken ziehen, eine schattige Arabeske aus dunklen Flecken, gutartige, miteinander verbundene Muttermale, die sich in meiner Vorstellung bei einem bestimmten Licht zusammenfügen und einer Art reduzierter, miniaturisierter, monochromer Landschaft gleichen – einem stark geschrumpften Bierstadt- oder Winslow-Homer-Gemälde, denke ich manchmal, einem von Homers großartigen Atlantischen Ozeanen, auf denen es Nacht wird über dem Meer und der Nebel sich auf verschwommene kleine Fischer in ihren Booten herabsenkt, Männer, fern der Heimat, weit vom Ufer entfernt auf den Wellen treibend, die über die Lumbalregion meiner Frau hinwegspülen, wenn sie sich bückt, um die Katze zu streicheln. Ich habe lange auf Janes Muttermale gestarrt, und es ist einleuchtend, dass ich in ihren Formen eine Kohärenz und Bedeutung ausfindig mache, die anderen entginge. Doch ich schweife von der Szene ab, die sich gerade abspielt: Bernhardt, der fette Gruppentherapeut, der Doktor, der mich an sich drückt wie ein Vater sein kleines Mädchen. Welche Kraft dieser Mann hatte! Seine Arme – ein roter Jackenärmel über den anderen gekreuzt – waren um mich geschlungen, kreisten mich ein; seine offenen Handflächen pressten sich gegen meinen Bauch und meine Rippen. Er drückte, und mir ging die Luft aus, und mir wurde schwindelig und schlecht. Ich lehnte mich zurück, wandte den Kopf und schaute über Bernhardts Schulter, ich blickte von meinem hohen Thron hilflos auf unseren Tisch hinunter. Ich konnte ohne Schwierigkeiten das ungesunde Stillleben sehen, das aus verklebten Tellern und leeren Gläsern, Salzstreuern und Buttergefäßen bestand, aus unseren Messern und Löffeln und den mit Kaffee und Orangenmarmelade und Eiern beschmierten und bereits bräunlich verfärbten Papierservietten, aus den Servietten, die mit Essen beschmutzt und, wie im Falle Marias, wie ein Leichentuch über den Teller gebreitet waren, mit Lippenstift befleckt, dem scharlachroten Abdruck von Marias wenig subtilem Kuss. Bernhardt, der schreckliche Vater, flüsterte mir ins Ohr: «Du machst nichts als Ärger, Tom. Deshalb lieben wir dich. Ich weiß, dass es dich vielleicht überrascht, dass wir dich lieben, aber es stimmt. Ich sage es noch einmal. Wir arbeiten mit dir, und wir lieben dich. Aber manchmal verlierst du die Kontrolle und musst gestoppt werden, Tom, denn wenn du die Kontrolle verlierst, wenn du zu weit gehst und zu heftig spielst, dann geraten die Dinge außer Kontrolle, und wenn die Dinge außer Kontrolle geraten, fühlen sich alle schlecht. Warum fühlen sich alle schlecht? Ich sage dir, warum. Wenn du anfängst, über Möbel zu klettern oder mit Toast zu werfen oder die Leute mit Wasser zu bespucken, all diese albernen Geschichten, die du im Büro oder während wichtiger Konferenzen oder bei Abendessen gerne tust, dann wird die Welt verrückt und unkalkulierbar, und alle um dich herum, all die Menschen, die dich lieben, wir alle werden in deine Verrücktheit hineingezogen, und über kurz oder lang sind wir traurig. Wir sind traurig und verloren. Wir wissen, was es bedeutet, du zu sein, Tom.»

«Wisst ihr das?», flüsterte ich. Es war schwierig zu atmen, und die Teller auf dem Tisch sahen in diesem Licht zum Erbrechen aus.

«Ja, Tom. Das tun wir», sagte Bernhardt vertraulich und drückte noch einmal fest zu. Ich hatte das Gefühl, dass Bernhardt mich an diesem Abend als zerbrechliches, nicht mehr ganz junges, totemistisches Objekt benutzte, das die Kindheit darstellte und – wie ich ihn kenne mit seiner Vorliebe für D. W. Winnicott, das Squiggle-Spiel und verschiedene Improvisations-Schauspiel-Theorien, die viel dem sogenannten radikalen Avantgarde-Theater zu verdanken haben, und dem ganzen «Process-over-Performance»-Ansatz bei Rollenspielen und kreativer Lebensgestaltung im Allgemeinen –, Bernhardt benutzte mich, wie ich schon sagte, als menschliches Totem, das für die Kindheit und die Depression steht, die sich mit der Fähigkeit des gesunden Kindes zu Liebe und Hass in reifen Beziehungen einstellt. Ich weiß, dass Bernhardt in seiner Praxis bei Erwachsenen Puppen, Sandkästen, Buntstifte und verschiedene Plüschtiere einsetzt, häufig mit bemerkenswerten Ergebnissen. Nun war ich die Puppe, Bernhardt der große Mann, der mich festhielt; und die Welt war verzaubert und sicher, weil ich über ihr schwebte.

Ich schwitzte. Ich fühlte mich umsorgt. Meine Hand öffnete sich. Der Rosinen-Zimt-Toast fiel zu Boden, zerbröselt und nicht mehr genießbar.

«So ist es besser», brummte die Stimme an meinem Ohr, die bedrohliche, nährende, tröstliche Stimme des Erwachsenen.

Ich legte meine Hände auf die Bernhardts. Es stimmt, dass Bernhardts Arme, die mich fest umschlungen hielten, mir die Arme an den Körper pressten. Doch meine bedauernswerten Arme waren von den Ellbogen abwärts mehr oder weniger frei, mit anderen Worten, ich war imstande, meine Hände ein wenig zu bewegen, mit meinen gefangenen Armen zu zappeln, nach oben zu greifen und diese Hände zu halten, die mich hielten.

Meine Handflächen waren voller Brösel. Ich wischte die Krümel an Bernhardt ab. Die Leute schauten her, das ganze vollbesetzte, stille Restaurant schaute her. Als ich traurig in die Gesichter meiner Kollegen blickte, begriff ich, dass dies eine peinliche Situation war. Aber warum? Aus welchem Grund?

Ich war verwirrt. Es war, als wäre ich weit, weit vom Boden entfernt. Ich schloss die Augen und hyperventilierte – ein Dutzend kurze Atemzüge. Ich bat Bernhardt nicht, mich abzusetzen. Ich spürte, dass es für mich unmöglich war, ohne Stütze zu stehen, und ich hatte ohnehin den Eindruck, dass ich nach oben driftete, dass ich mich weiter und weiter vom Boden entfernte.

In dieser Situation, als Bernhardt mich drückte und ich ihn hielt, an diesem Punkt begann ich mit meinem Aufstieg an die Decke. Hoch ging es. Ich muss gestehen, dass ich mich ein wenig fürchtete. Ich bin auf schaukelnden Booten oder in Flugzeugen, die Turbulenzen durchfliegen, oder bei einer gewöhnlichen Tour in einem Vergnügungspark oder sogar bei einer Fahrt in einem Automobil über ein hügeliges Sträßchen in der Regel nicht glücklich oder entspannt; und ich kann aus Erfahrung sagen – ich denke, dass Menschen, die Kinetose ertragen müssen, mir zustimmen werden –, dass das erste Gefühl von Übelkeit stets von einer raschen und schwächenden Panik begleitet wird, von aufwallender Hitze und Angst, die sich intensiviert und dann zum wichtigsten Symptom der Krankheit wird. Es stimmt – und auch in diesem Punkt, glaube ich, werden Leidensgenossen mir zustimmen –, dass die Kinetose dann am schlimmsten ist, wenn man das Steigen und Fallen, das Abtauchen und Hochfliegen und diese plötzliche, quälende Himmelfahrt eines beschleunigenden Autos oder eines hin und her geworfenen Flugzeugs oder das schreckliche Stampfen und Rollen an Bord eines rostigen Schiffs unmöglich vorhersagen oder kontrollieren kann. Die Krankheit wird dann am schlimmsten, wenn man Passagier ist.

Bernhardt drückte, und ich stieg empor, hoch in Richtung der Decke des Pancake House, trieb höher, um über den Köpfen der Kliniker und Kellnerinnen hinwegzuschweben, die um die Tische versammelt waren, auf denen sich Waffeln, ungegessener Schinken, Kekse türmten. Wie ich mir wünschte, vernünftig gewesen zu sein und umgedrehte Spiegeleier bestellt zu haben! Doch es war zu spät, die Pfannkuchen waren in mir, und ich trieb unter der Decke dahin, hoch oben unter anstaltsartigen Pendelleuchten, und die Luft an meinem Gesicht fühlte sich warm und still an, und die Gesichter der Freunde unter mir erschienen mir blass und winzig klein, und ich konnte Bernhardts Seife und seine trockene Haut riechen, diese schlechten Kleider und den Atem des Mannes, wie zu süße Blütenblätter, die mein Gesicht streiften und meine Nase und meinen Mund mit verdorbenem Parfüm erfüllten. Ich spürte die Arme des dicken Mannes, die um mich geschlungen waren. Ich hielt mich fest, so gut ich konnte, griff nach oben und fasste mit meinen Händen nach seinen, um zu verhindern, dass ich zu hoch hinaufschwebte oder das Gleichgewicht verlor und vornüber über Stühle und Tische fiel. Draußen stürmte der Wind über den silbrigen Fluss, der durch unsere Stadt fließt; und ich stellte mir kurz und dummerweise vor, dass, falls ich es nur schaffte, zu einem der Fenster hinüberzusegeln, ich aus dem Pancake House hinaus, zurück in die Stadt und mit etwas Glück nach Hause getragen würde – auf und davon über die entzückende überdachte Brücke und die Bücherfabrik und die umliegenden Viertel, in denen sich Pornokinos, Tätowierstudios, all diese faszinierenden und gefährlichen Bars drängten –, direkt zurück zu Jane.

Möglicherweise würde der Wind mich von Jane wegtragen. Hinaus zum Battlefield Grove zum Beispiel, mit seinen düsteren Wanderwegen, die durch dichten Bannwald führen, und der markanten Kanone oben auf dem Hügel, die direkt und immerwährend auf den prähistorischen Grabhügel unten im Tal gerichtet ist.

Mir fiel ein, dass mit dem Wind zu fliegen eine preziöse, extrem literarische Vorstellung ist – nicht im Geringsten die Art von psychologischem Konzept, über das ich erfreut sein könnte – und dass ich, selbst wenn eine Reise durch die Luft tatsächlich möglich wäre, bei einer sehr kurzen derartigen Tour überdies kotzen müsste wie ein Reiher, wie man so schön sagt.

An diesem Punkt wusste ich, dass ich mich in einem Zustand emotionaler Auflösung befand – genau der Art außerkörperlichen Zustands, wie man ihn bei Opfern von Traumata oder Missbrauch findet.

Bernhardt, ob er sich dieser Tatsache bewusst war oder

nicht, versuchte mich zu zerstören, offensichtlich durch irgendeine Form einer metaphorischen patriarchalischen Vergewaltigung. Die Intimität zwischen uns war real und vernichtend. Ich spürte, dass für mich die Gefahr einer psychoneurotischen Abspaltung bestand – einer teuer erkauften Form des Selbstschutzes –, und der Beweis dafür war meine tiefe taktile Wertschätzung für die Nähe dieses Mannes, für den Druck seines Körpers, den aggressiven und heißen Kontakt mit meinem, und gleichzeitig mit dieser Erkenntnis unserer physischen Verbindung mein völlig überzeugendes Gefühl eines körperlosen Aufstiegs und die Wahrnehmung eines Fluges oder etwas Ähnlichem – ich nehme an, ein subjektiver Schutz des, in Ermangelung eines besseren Wortes, des Selbst – aus meinem Körper hinaus, weg von dem entsetzlichen Mann in Richtung Styroporfliesen an der Decke dieses Restaurants, in Richtung Dach und durch den Raum. Ich sage «der Mann» statt «Richard Bernhardt», weil ich in starkem Maße daran glaube, dass meine geistige Gesundheit nicht in der üblichen Bedeutung des Wortes *persönlich* bedroht war, sondern generisch, und dass dies in einem unbewussten Leben wurzelte.

Ich liebte diesen schrecklichen Mann, und er war sehr in mich verliebt. Um dieses Wissen und die damit einhergehende körperliche Vergewaltigung, unsere Umarmung, zu ertragen, bot sich mir keine andere Möglichkeit als die Flucht in einen vorübergehenden psychotischen Zusammenbruch mit seinen erhebenden Symptomen. War dies, mein Zurückziehen vor Zärtlichkeit, was mit «astraler Projektion» gemeint war? Konnte ich in diesem Moment erwachender Liebe die Fesseln der Schwerkraft durchbrechen, himmelwärts fliegen und das unbekannte, unendliche Universum erkunden?

Einen Versuch war es auf alle Fälle wert. Ich konnte nirgendwohin außer nach oben. Die Freiheit wartete. Doch nein, die Decke war im Weg. Und jenseits der Decke mit den wattstarken Beleuchtungskörpern und den schlichten weißen Fliesen würde, vermutete ich, eine ernstzunehmende Dachkonstruktion kommen. Holz und Stahl, Bolzen und Nägel und Teerpappe. Aber konnten diese gewöhnlichen Baumaterialien wirklich Hindernisse sein? Ich gewann bereits an Höhe, und die Welt, wie ich sie sah, veränderte Form und Umriss. Die Tatsache, dass ich wusste, dass mein Abheben eine Illusion war – ein Bündel überzeugender somatischer Empfindungen, in denen sich, um genau zu sein, Sexualphantasien in externalisierten Seh- und Hörverzerrungen ausdrückten –, verringerte nicht den Schock, den ich beim Hinunterschauen empfand, als ich meine Kollegen sah. Diese netten Männer und Frauen, Manuel und Maria und Dan Graham und Sherwin Lang und Elizabeth Cole und, nun, Peter Konwicki und seine Kinderpsychologen, all diese mehr oder weniger freundlichen Zuschauer wurden vor meinen Augen immer kleiner, sie sahen aus wie von einem nach dem Start rasch aufsteigenden Flugzeug aus gesehen. Aber ich denke, dass dies die Sache sehr reduziert. Knapp über eine halluzinatorische Episode zu sprechen heißt, den Eindruck zu riskieren, so etwas ließe sich intellektuell durchdringen und durch eine geplante Intervention des Willens in den Griff bekommen. Es ist eine vollkommen andere Geschichte, wenn man in dem Moment der Flucht vor der Leidenschaft und aus dem eigenen Körper feststellt – in dem Moment, wenn es dir laut in den Ohren klingelt und dein Magen Purzelbäume schlägt; wenn deine Freunde und Verbündeten sich plötzlich und merkwürdigerweise in irre Puppen verwandelt haben, die um Spielzeugtische herumsitzen; wenn dein Mund austrocknet, während sich Haut und Kleider überall warm und feucht anfühlen; wenn dein Blut rast, während dein Herz in deiner Brust so heftig und erratisch schlägt, dass du fürchtest, es könnte aussetzen; wenn du dich mit anderen Worten fragst, ob dies das Gefühl ist, das man beim Nahen des Todes empfindet, denn es ist denkbar, dass es sich hier nicht um eine gewöhnliche Angstattacke handelt, ganz und gar nicht, möglicherweise ist dies etwas Unerhörtes und Gefürchtetes, etwas Ersehntes und nicht Aufzuhaltendes und schrecklich, schrecklich Endgültiges –, es ist eine vollkommen andere Geschichte, wenn man über seltene Albträume wie diesen nachdenkt und feststellt, wie schwach und unvollständig der menschliche Intellekt tatsächlich ist.

Da kam die Decke. Ich wagte nicht hinzusehen. Ich atmete die Gerüche ein, die von Bernhardt aufstiegen, sein Rasierwasser und seine schlechten Kleider, der üppige Duft des Mannes nach Blumen, die in altem Wasser sterben.

Hatte er einen Ständer?

Mit zunehmendem Alter stelle ich fest, dass sexuelle Erregung nicht notwendigerweise, nicht per se zur Erektion führt, sondern zu einer aufwühlenden, einer überschwemmenden Wärme tief im Becken, als ob der Körper im Laufe der Jahre seit der Adoleszenz und dem frühen Mannesalter gelernt hätte, seine Reaktionen zu verlangsamen, den Geschlechtsakt und seine Vollendung dramatisch hinauszuzögern und stattdessen, einigermaßen friedlich, einigermaßen launenhaft, in einem Zustand lieblicher, lauernder Erwartung zu verharren. Dann verzögert sich die Zeit, und das ist ein Segen. Diejenigen von uns in mittleren oder späten Jahren sind inzwischen vertraut mit dem Beschleunigen der Stunden, dem schnellen und schnelleren Dahineilen der Tage, Monate, der Jahreszeiten des Lebens. Was bedeutet noch ein Jahr? Es ist Sex, habe ich herausgefunden – Sex! –, oder, genauer, dieser Zustand, sich des Sex bewusst zu sein, der die Uhr fest in Schach hält, eine Gegenmaßnahme im Gehirn gegen die Schnelligkeit des körperlichen Niedergangs zu Schwäche, Krankheit, dem Altern. Wenn Sie nachdenken über das, was ich sage, wenn Sie sich konzentrieren, werden Sie sich sicher an jene kostbaren Momente aus Ihrer eigenen Erfahrung erinnern, die in der Zeit so allein dastehen: der Blick durch ein Zimmer hin zu dem Mann oder der Frau, der oder die der oder die neue Geliebte werden wird: ein vorweggenommener Kuss: der Kuss.

Draußen war die Sonne untergegangen, und überall um mich herum war Sex. Die Küchentüren schwangen auf, und eine Kellnerin mit einer Kaffeekanne in der einen Hand und Milch, eines von diesen kleinen Milchkännchen aus rostfreiem Stahl, hoch in der anderen haltend, kam heraus, von hinten beleuchtet durch supergrelle, industrielle Leuchtstoffröhren. Sie sah jung aus, ich flog hinunter, um einen besseren Blick zu erhaschen. Das Licht fiel von der Küche in den Speiseraum und ließ den mittellangen Rock der Kellnerin bei ihrem Eintreten kurz durchsichtig werden. Die Umrisse ihrer Beine wurden sichtbar. Das Haar des Mädchens, von einem Band zusammengehalten, von hinten beleuchtet und blond, glänzte in dem Licht, das ihren Schatten umrahmte, der vor ihr auf den Fußboden geworfen wurde. Ich war nicht der einzige Mann, der das Mädchen, ihren Körper im Licht, beobachtete. Es war, als wäre dieses Licht aus der Küche inszeniert worden, um ihren Auftritt mit Milch und Kaffee einzufangen. Und die Kellnerin, von den Männern bewundert, ließ sich Zeit und zögerte einen Moment, während sich die Schwingtüren hinter ihr schlossen. Eine Tür, dann die andere, erst die zu ihrer Linken, dann die zu ihrer Rechten, klickte in ihren Angeln und klappte zu. Sie blickte nicht nach unten oder zurück zu den Türen. Sie starrte geradeaus in den Speiseraum, und ihr Schatten auf dem Fußboden verschwand, als die Türen sich schlossen, und es war unmöglich zu sagen, was sie dachte. Ihr Kleid gewann wieder Kontur und wurde undurchsichtig und schlicht. Sie wusste, wo die Türen waren, und sie ließ sie, und das beendete unsere Vorstellung.

«Tom?»

«Was?»

«Hör auf zu zittern.»

Es war Bernhardt, der leise mit mir sprach, freundliche Worte flüsterte, um meine Furcht zum Verschwinden zu bringen. Ich packte seine Hände fest mit meinen. Ich war froh, dass ich gehalten wurde. Ich hatte das Gefühl, wenn er mich absetzte, würde ich zusammensacken und aus der Höhe herabfallen und vollkommen zusammenbrechen. Ich sagte zu dem Mann: «Lass mich nicht los», und er versprach: «Das werde ich nicht.» Dann hob Bernhardt mich in seinen Armen höher, ein kurzes, schnelles Anheben, während er mich herumwarf und seine eigene Haltung veränderte, während er das Gewicht – das heißt, mich – neu zurechtrückte, um einen besseren Hebel zu bekommen, einen bequemeren Griff.

Ich kann in aller Fairness an diesem Punkt, in diesem Augenblick, in dem ich herumgeworfen und in Bernhardts Armen zurechtgerückt wurde, sagen, dass ich mich wahrhaftig und merkwürdigerweise wie ein kleines Kind fühlte, wie ich selbst als Kind im Alter von schätzungsweise achtzehn oder zwanzig Monaten. Ich meine damit, dass ich die Autorität dieses Mannes, seine enorme Kraft *fühlte*. Wie es dazu kam? Meine eigene Position hoch in der Luft war die einer relativen Machtlosigkeit. Und doch war diese Machtlosigkeit oder Hilflosigkeit oder meine fehlende Willenskraft, meine kindliche Perspektive, wie immer wir es auch nennen wollen, in Wirklichkeit ein komplexer Zustand, der ganz und gar nicht das war, was er zu sein schien; im Gegenteil, ich war durchaus mächtig, in einer Weise, wie Kinder es sein können, denn ich war frei in diesen Momenten, in denen ich in Bernhardts Armen schwebte, frei, die Welt als einen Ort zu sehen, den ich selbst geschaffen hatte.

Richard Bernhardt leistete trotz – oder wegen – seiner finstersten Eigenschaften, seiner erdrückenden, fleischlichen Bedrohlichkeit, wunderbare Arbeit, indem er sich meines tiefsten Verlangens und meiner tiefsten Qualen annahm.

Verstehen Sie, an jenem Abend im Pancake House, hochgehoben und mit herabhängenden Füßen, als mein Kopf aufstieg, um näher und näher der Decke und dem Licht entgegenzuschweben, fühlte ich mich kurze Zeit so, als würde ich zu dem werden, was jedes normale Kind am wahrhaftigsten ist: ein Erfinder von Wirklichkeit.

Ich tat, was jeder durchschnittliche Mann mittleren Alters in einer solchen Situation tun würde. Ich versuchte, zu einer reifen Frau Blickkontakt aufzunehmen.

Ich wandte meinen Blick von der jugendlichen Kellnerin ab, die so schön vor den Küchentüren stand, wandte ihn ab von den anderen Gästen, die dieses Mädchen anstarrten oder mehr oder weniger auf gar nichts achteten und in freundschaftlichen Gruppen an den quadratischen, mit blauen Tischtüchern bedeckten Tischen hockten. Die Musik aus der Jukebox spielte. Es wurde geredet und gelacht, es herrschte ein ruhiges Durcheinander von Geräuschen, das von Leuten verursacht wurde, die aussahen und sich anhörten, als ob sie sich freuten, den Tag hinter sich zu haben und aus dem Haus zu sein. Worüber unterhielten sie sich alle? Sie, meine Freunde in ihren sozioprofessionellen Cliquen, wirkten voneinander bezaubert. Besonders an einem der Tische bestand großes Interesse an allem, was Sherwin Lang sagte. Lang, wie viele Alkoholiker, ist intelligent und ein großer Hohepriester, er ist einer von diesen reizenden, gut erhaltenen Säufern, deren Äußerungen nie langweilig und – aus Gründen, die ich nie genau festmachen kann, auch wenn sie zweifellos mit seiner sonoren, leisen Rednerstimme zu tun haben – immer tröstlich sind. Wahrscheinlich trifft zu, dass der Alkoholismus diesen Mann für einige attraktiv macht; er hat die Haltung eines Lebemannes oder eines verlorenen Vaters, und deshalb verlieben sich die Frauen natürlich Hals über Kopf in ihn. Ich muss zugeben, dass er zu den Menschen gehört, die mir am liebsten sind. Heute Abend lauschten ihm seine Tischgenossen gebannt, und wer konnte es ihnen verdenken? «Nehmt zum Beispiel einmal Raumschiffe oder

UFOs», sagte er gerade bei Buchweizenpfannkuchen und einer Flasche Bier, seiner dritten oder vielleicht vierten. «Meiner Ansicht nach sind sie perfekte Beispiele des Phänomens, mit dem wir es hier gerade zu tun haben. Was sind Raumschiffe anderes als ideales, visionäres, fehlgeleitetes erotisches Begehren des Menschen? Die Existenz oder Nichtexistenz fliegender Untertassen ist letztlich belanglos. Lest Jung dazu, wenn ihr es ertragen könnt, Jung zu lesen.» Er lachte in sich hinein und ließ sich von seinen Gefährten, die ihrerseits höfliche Heiterkeit zur Schau stellten, als überlegener Denker in Sachen psychoanalytischer Doktrin und des Kanons bewundern; dann fuhr er fort: «Was für den wahren Gläubigen von Belang ist, sind die Strukturen des Verlangens und der Paranoia, die die verschiedenen Debatten und all diese, wisst ihr schon, diese verdächtigen Verschwörungen und was nicht alles umgeben, die erfinden, was dann in dieser Streitfrage für eine Narration gehalten wird. Weder Untertassen noch das Vertuschen vonseiten der Regierung können befriedigend bestätigt werden, und deshalb operiert die gesamte Debatte auf einer Ebene aufgeregter Metaphorik.»

«Dr. Lang, wollen Sie damit sagen, dass die Menschen als Ersatz für das Durcharbeiten ihrer sexuellen Hysterien UFOs sichten?» Die Sprecherin war Leslie Constant, eine Postdoc-Auszubildende im dritten Jahr an unserem Institut, die aus England zu uns gekommen war, wo sie verständlicherweise von der britischen Theorie der Objektbeziehung ernüchtert worden war.

Sherwin trank von seinem Bier, dann fuhr er in seiner gewohnten Art eines gelehrten Würdenträgers, der ein Interview gewährt, fort: «Nun, nicht ganz, obwohl ich denke, dass es mehr oder weniger anerkannt ist, dass unterdrückte Sexualität sich in komplexen, häufig beängstigenden Glaubenssystemen äußert.»

«Wie Religion?», gab Leslie das Stichwort.

Am Tisch wurde es still, möglicherweise war Leslies Frage zu allgemein, zu offensichtlich; mit anderen Worten, ein Bruch mit dem akademischen Dekorum und akademischer Zurückhaltung. Sherwin nippte wieder an seinem Bier. Seine Bewegungen, wenn er trank – die Hand ausgestreckt, aber sichtlich bequem und entspannt, während sie durch den Raum auf die Glasflasche zuglitt, seine langen Finger, an denen, als die Hand sich dem Bier näherte, die hübschen Nägel sichtbar wurden, und dann die Finger, die weich, sanft, liebevoll das dunkle Glas berührten, es umfassten und festhielten, es *fühlten*, schließlich Hand und Arm bei der Zusammenarbeit, um die kostbare, überaus wichtige, bernsteinfarbene Flasche weder unbekümmert schnell noch auffällig langsam anzuheben –, waren die Bewegungen eines Mannes, der, zumindest immer dann, wenn er beim Trinken beobachtet wurde, genauestens auf physische Präzision und demonstrative Nüchternheit, Würde und männliche Schönheit achtete, was beinahe den Charakter einer Performance annahm. Er trank. Die Kraft seiner Persönlichkeit war furchteinflößend. Ich habe oft darüber nachgedacht, ob dies vielleicht weniger eine Funktion seines Intellekts denn seiner Haare war, die, in einer dicken schwarz-grauen Mähne aus der hohen Stirn gebürstet, an einen Mathematiker oder einen Dichter-Philosophen des neunzehnten Jahrhunderts erinnern. Auch seine Jacke war in einem Stil geschnitten, der irgendwie antiquiert wirkte, eng anliegend in der Taille und mit schmalen Aufschlägen, die in einem scharfen Winkel von einem auf vier Knöpfe geschlossenen Vorderteil abstanden, das ein gutes Stück seiner exquisiten weinroten Krawatte verhüllte. Sherwins Tischkollegen nickten, als er ihnen mitteilte: «Religion ist ein ritualisierter gemeinschaftlicher Orgasmus – darüber ist schon so viel geschrieben worden. Aber wisst ihr, das Ausüben einer Religion ist nicht in erster Linie als Tor zu ekstatischen Zuständen von Nutzen. Verzückung ist etwas für Mystiker und Schamanen und Schlangenbeschwörer, nicht wahr? Ich denke, in Wirklichkeit ist der Glaube meist eher ein Weg, das alltägliche Leben begrifflich als das zu fassen, was es für viele Menschen tatsächlich ist, nämlich eine Folge bedeutungsvoller Niederlagen.»

«Glauben Sie das wirklich, Sherwin?» Es war wieder Leslie Constant, die es wagte, Lang beim Vornamen zu nennen und damit eine ebenbürtige Rolle einzunehmen und den Guru-Status ihres Supervisors sachte zu unterminieren – bei diesem Mann eine potenziell gefährliche Taktik. Er tat nichts, um zu zeigen, dass es ihm etwas ausmachte, von der Auszubildenden in die Mangel genommen zu werden, vielleicht weil es noch früh am Abend war. Oder vielleicht klang Leslie wegen ihres englischen Akzents gebildet und gescheit. Sherwin bedachte sie mit einem Blick voller Anerkennung und, nun, Appetit – er lächelte, und in seinen Augen war deutlich zu lesen, oder vielleicht sollte ich sagen, in Sherwins Entscheidung, Leslie auf seine großzügige, charmante, bedrohliche Art anzulächeln, war deutlich zu lesen, dass der Mann das Wissen genoss, dass die Frau in ihn verliebt war.

«Sexuelle Hysterien tendieren im Allgemeinen dazu, sich als gesellschaftliche Trends zu manifestieren und in

Zyklen zu kommen und zu gehen.» Sherwin fing an, pädagogisch zu werden; wenn er einmal losgelegt hat, kann es problematisch werden, ihn zu stoppen. «Um das klar zu erkennen, müssen wir unsere Vorstellung überprüfen, dass das psychologische Funktionieren die gleiche Wachstumskurve hat wie technologische Innovation. Es stimmt, dass die Technologie eine der hervorragendsten Ausdrucksweisen menschlichen Geistes ist. Wie wir alle wissen, ist es menschlich, Dinge herzustellen. Bomben oder Gedichte oder Heilungsmethoden für Krankheiten, wichtig ist, etwas herzustellen. Und wenn etwas hergestellt werden *kann*, dann *muss* es hergestellt werden!» An diesem Punkt legte Sherwin seine Hand mit der geöffneten Handfläche nach unten fest auf die Tischplatte, und die Wirkung dieser raschen, beinahe unauffälligen, subtilen Geste während des Sprechens demonstrierte perfekt die umfassende Begabung dieses Mannes, die präzise Wirkung seiner Worte auf die Zuhörer zu inszenieren – einem Dirigenten eines Symphonieorchesters auf dem Podium nicht unähnlich, der seinen Kopf und seinen Körper und seinen Taktstock einsetzt, um die verschiedenen Musikströme zu einem nahtlosen und emotional einzigartigen, spektakulären Ganzen zu organisieren. Jeder an Sherwins Tisch saß weit nach vorne gebeugt, und wenn man Leslie und Mike Breuer und Elizabeth Cole ansah – Elizabeth so schön mit ihrem dunklen Haar, das ihr über die Ohren fiel –, dann konnte man feststellen, dass für diese drei die Geräusche des Restaurants und die unterschiedlichen Aktivitäten und das Kommen und Gehen der Kellnerinnen, all die geschäftigen Ablenkungen – einschließlich meiner Person in Bernhardts Armen, von wo aus ich die Welt beobachtete, wie verrückt mit den Armen ruderte und wie ein Riesenbaby um mich trat –, diese Geräusche lagen für die englische Auszubildende und die beiden klinischen Therapeuten, die bei einem gemeinsamen Abendessen mit Sherwin Pfannkuchen aßen, vorübergehend völlig außerhalb ihres Bewusstseins.

Lang fuhr fort: «All dies besagt mehr oder weniger nur, dass technologischer und wissenschaftlicher Fortschritt per Definition unvermeidlich sind, doch wir gehen fehl in der Annahme, als Folge eines Durchbruchs auf praktischen Gebieten ein spirituelles oder sexuelles Erwachen zu erwarten.»

«Du sagst, die Menschen passen sich Umweltveränderungen nur langsam an?» Es war Elizabeth Cole, die sprach. Mein Herz pochte mir in der Brust, als ich sie reden hörte.

Auch Sherwin war von Elizabeths Stimme berührt. Er machte mit der Hand langsame, behagliche, liebkosende Bewegungen auf dem Tisch, streichelte den Tisch, befühlte mit den Fingerspitzen das blaue Tischtuch, und er sagte: «Der wichtigste Punkt ist der, dass jede Generation meint, sie habe besseren Sex als ihre Eltern, die besseren Sex hatten als ihre Eltern. Stimmt's? Als Psychologen wissen wir, dass nichts der Wahrheit ferner sein könnte. Aber draußen in unserem Kulturkreis akzeptieren die Leute das vertrauensvoll, wisst ihr. Die Menschen in ihrem Narzissmus müssen sich offensichtlich immer sagen, dass sie an der Schwelle eines kühnen neuen Zeitalters leben, in dem Scham und Verklemmtheit Probleme der Vergangenheit sein werden.»

«Es ist ein Weg, den Tod zu besiegen!», platzte Leslie heraus. Als sie das sagte, klang sie wie eine berühmte britische Filmschauspielerin, deren Name mir entfallen ist. Erstaunlicherweise – oder vielleicht nicht erstaunlicherweise – ließ Lang ihr diesen Punkt.

«Ja, Leslie. Das ist richtig.»

Und Leslie, ermutigt fortzufahren, hob die Stimme und sagte mit plötzlicher, unerwarteter Wut: «Aber das passiert nicht, nicht wahr? Was ich sagen will, ist, der Tod kommt und nimmt alles.»

«Wir wissen, dass er das tut», sagte Lang leise zu ihr. Er besänftigte sie. Der Mann und Leslie hatten in diesem Moment ein tiefes Einverständnis erreicht; sie standen, wie man so sagt, in Einklang miteinander. Und etwas an der Art, wie sie miteinander sprachen, ließ erkennen, dass ihre Unterhaltung im Pancake House an diesem Abend vom Akademischen weit entfernt war und es sich eher um ein intimes, verschlüsseltes Umwerben handelte: Sherwin und Leslie teilten einander mit Hilfe von Elizabeth und Mike als Zeugen – diesen beiden anerkannten Fachleuten, die symbolisch als Familie einsprangen, die verspricht, das «heiratende» Paar zu unterstützen – in ein paar kurzen Erklärungen mit, wer sie waren und was sie brauchten. Sherwin würde eine erzieherische Rolle als Beschützer und Führer in der voll erwachsenen, politischen Welt übernehmen, ein temporärer Vater für die jüngere Frau, die weit entfernt war von ihrem Zuhause, verwaist und allein in einem fremden Land. Hatte sie nicht gerade offen und gefühlvoll von Tod und Verlust gesprochen? Und hatte er nicht zugelassen, dass sie auf ihre Trauer zu sprechen kam, dann ihrer Intelligenz seinen Segen gegeben und ihrem Recht, als Mitglied an der Gemeinschaft der Psychotherapeuten teilzunehmen?

Die Spannung am Tisch, angenehm, elektrisierend, stieg. Man hatte das Gefühl, dass Sherwin und Leslie die Arme ausstrecken und einander berühren, wie ein Liebespaar Händchen halten könnten. Das geschah nicht. Stattdessen, nach einer stummen, spannungsgeladenen Pause, in der jeder der Zuschauer Gelegenheit hatte, die feierliche Bedeutsamkeit der Ereignisse zu begreifen, machte Leslie eine erstaunliche und entlarvende Bemerkung. Es war eine jener mysteriösen, unüberlegten Bomben, wie Leute sie manchmal fallen lassen, wenn die Umstände es ermöglichen, mit ein paar verwirrenden, merkwürdigen, vielleicht auch bedeutungslosen Worten etwas von der grundlegenden und einheitsschaffenden persönlichen Logik dessen zu erklären, was wir aus unserer Literatur und in unseren Herzen als das Selbst kennen.

Leslie wandte sich um und blickte Sherwin, der neben ihr saß, intensiv an. Ihr Gesicht strahlte. Sie blickte ihren Mentor an, wie ein glückliches Baby seine Mutter anblickt. «Vielleicht», erklärte diese Engländerin, «vielleicht sollte man sexuellen Hunger als den Schrecken der Liebe angesichts des Todes beschreiben.»

Darüber musste jeder einen Augenblick nachdenken. Schließlich erkannte Mike Breuer, dass die Zeit für ihn gekommen war, seine «offizielle» symbolische Funktion auszuüben. Ich nehme an, Mike hatte sich vorher zurückgehalten, um sich nicht in etwas einzumischen, das sich möglicherweise zwischen seinem Kollegen und der jungen Frau anbahnte. Jedenfalls sagte er jetzt mit einer Stimme, die klang wie die Stimme eines Mannes, der einen Toast ausbringt: «Wow! Ich finde, das hört sich verdammt gut an!» Alle, Sherwin eingeschlossen, lachten, und die Spannung am Tisch wurde auf angenehmste Weise gelöst; und dann verkündete Sherwin der jungen Frau, die seine Geliebte werden sollte, seine Antwort: «Wir leben in einer Zeit großer Hysterie. Der Tod wird uns retten.»

Dies beschloss fürs Erste Sherwin Langs Verführung Leslie Constants. Langs Kollegen verstanden, dass wichtige Arbeit geleistet worden war, sie verstanden Tonlage und Timbre von Sherwins Stimme, als er in Form eines hörbaren dramatischen Schlüssels oder einer kodierten Anweisung seine letzte Erklärung herunterspulte; dementsprechend senkten alle am Tisch den Kopf und saßen schweigend da. Sie waren betenden Bittstellern nicht unähnlich.

Ich spähte hinunter, weg von all diesen Therapeuten unter Sherwin Langs mächtigem Bann und zu meinem eigenen unordentlichen Tisch hin, auf dem sich Kaffeetassen und schreckliches Essen türmten, unser groteskes Abendbrot.

Ich schaute Maria an. Was ich brauchte, war, glaube ich, ein Realitätstest, wie wir in unserem Gewerbe so gerne sagen.

Maria, es war unglaublich – und etwas rüde, fand ich –, beachtete mich nicht. Sie redete in unterdrücktem Ton mit dem Kleinianer neben sich, Manuel Escobar.

«Schau mich an!», rief ich ihr zu. War ich sehr laut? Leise? Hatte sie es gehört? Würde es sie kümmern, wie ich mich fühlte? Ich wand mich und zappelte in Bernhardts Armen. Ich wurde rot im Gesicht – ich meine, mein Gesicht fühlte sich heiß an –, und mein Halter mit seinem Panamaschlapphut beschwerte sich: «Tom, sei vorsichtig, sonst bringst du es so weit, dass ich dich auf den Boden fallen lasse. Ich kann dich nicht halten, wenn du herumzappelst.» Dann wandte Maria mir ihr Gesicht zu, und ich stellte fest, wie ich das von Zeit zu Zeit tue, wie einladend sie aussah, mit exquisiten roten Lippen in dem hellen Licht.

Ich stellte mir vor, wie ich sie küsste oder vielleicht an ihrer Brust knabberte, und sie sagte zu mir: «Tom, Manuel und ich unterhalten uns gerade. Warum musst du immer allen Leuten Schwierigkeiten machen?»

«Ich kann nicht aufhören, an diese Nachmittage zu denken, die wir im Buch- und Manuskriptarchiv verbracht haben», flüsterte ich ihr zu und nutzte wirkungsvoll das pseudoödipale Dreieck, das aus dieser Frau, Bernhardt und mir bestand.

«Du bist lächerlich», sagte Maria. Auf ihrem Gesicht zeigte sich ein kleines Lächeln, und an diesem Lächeln konnte ich erkennen, dass sie, wie ich wusste, eine Frau war, die sich mit Schmerz befasste, und dass ich nach all diesen Jahren immer noch eine Chance bei ihr hatte.

Wie hübsch ihr Haar aussah, streng aus der Stirn genommen, hinten im Nacken befestigt und dort gründlich festgeklemmt. Die verschiedenen Brauntöne von Marias Haar und die einzelnen eingefärbten roten Strähnen liefen zusammen und fielen auf ihren Schultern auseinander.

«Treffen wir uns nach dem Dessert auf dem Parkplatz», sagte ich und bedauerte es sofort. Was war ein Dessert nach einem Essen wie dem unseren? Und sie würde niemals auf den Parkplatz kommen. Das Beste war, sich den Tatsachen zu stellen. Ich würde bei ihr kein Glück haben. In der Zwischenzeit wäre Bernhardt, falls er und Maria, wie ich mir einbildete, mitten in einer Affäre steckten, wütend auf mich, eifersüchtig, oder er würde sich wenigstens

Sorgen um seine Vorrangstellung machen und sich deshalb gedemütigt fühlen – ob Maria einwilligte, sich mit mir zu treffen oder nicht.

Und so war es. Richards Arme um meine Brust drückten fester zu. Sein Atem schnaubte und blies mir schwer in den Nacken. Er war aufgeregt, und das Ergebnis war, dass ich noch einmal aus meinem misshandelten Körper flog, hoch an die Decke wie ein in einem Haus gefangener Vogel, der über den Köpfen und zu nahe an den Wänden herumflattert – ich war außerstande, aus einem der Fenster davonzufliegen, die ohnehin fast alle geschlossen waren.

Wie sehr ich mir wünschte, durch ein Fenster und nach Hause fliegen zu können. Ich gebe zu, es ist eine sentimentale, schwache Idee; ich habe den tölpelhaften Romantizismus bereits zugegeben, der sich in dieser Art von weit hergeholtem Sich-entziehen-durch-Flucht-Szenarium ausdrückt, und ich kann an diesem Punkt zu meiner Verteidigung nur anbringen, dass die warme Jahreszeit rasch herannahte und dass die Singvögel nach Norden zurückkehrten, um ihre Eier zu legen. Man konnte sie hören, all die Zugvögel, die Rotkehlchen und die Kardinäle und die gesprenkelten Was-auch-immer, wie sie in den Bäumen um den Parkplatz des Pancake House herum schrien und zeterten. Und am anderen Ende der Stadt, zu Hause, waren die kleinen Bäume und die Sträucher aufgeblüht, die Jane vor langer Zeit gepflanzt hatte, und begannen, als Vorgriff auf die tieferen Grüntöne des Sommers, wieder ihre ersten, überraschenden Farben zu zeigen. Es war April, und vor dem hinteren Zaun war eine Reihe leuchtend gelb blühender Tulpen aufgeschossen, obwohl die Nächte noch kalt waren. In einem Topf auf der Veranda blühten rote Geranien. Die Magnolie der Pritchetts, die teilweise den schmalen, zu dicht bepflanzten Garten nebenan überschattet (an warmen Abenden kann man immer Veronica Pritchetts unangenehme Stimme hören, wenn sie ihrem Mann, Sam, Vorwürfe macht, weil er im Haus hockt und das Gärtnern ihr überlässt), reckte ihre Zweige über den hohen Holzzaun und ließ sachte ihre Blütenblätter auf unser Grundstück fallen, weiße Halbmonde unter den Ästen der Bäume.

Bald würden die Nisttauben erscheinen, wie in den letzten Jahren immer, und sich auf dem Fenstersims unter der Klimaanlage niederlassen, die in unser Schlafzimmerfenster eingelassen ist, ein «Fensterrüttler», wie die Geräteinstallateure tragbare Einheiten wie die unsere nennen. Zwischen Sims und Gerät gibt es eine Nische, die breit und hoch genug ist für ein Nest. Unsere Klimaanlage ist jedes Jahr Zufluchtsort für die Küken, ein schützendes Dach gegen die Habichte am Fluss. Frisch geschlüpfte Taubenbabys flattern mit ihren Flügeln von unten gegen das Metallgitter, und diese Rapgeräusche von Federn gegen Stahl klingen im Juni laut im Schlafzimmer, sogar wenn der Fensterrüttler auf «stark» gestellt ist.

Gelegentlich hören Jane und ich die Vögel in der Stunde vor der Dämmerung und werden wach, von den Küken gestört.

«Da sind sie», sagt Jane dann möglicherweise auf eine Art, die sich schläfrig und anklagend anhört oder vielleicht – falls ich bereits wachliege und über Vögel, Babys und meine eigenen Unzulänglichkeiten nachgrüble, falls ich sie, mit anderen Worten, durch einen Sorgenfilter höre – traurig. Traurig aus welchem Grund? Wegen der Vögel?

«Sie sind süß», flüstere ich dann vielleicht und bemühe mich, jeden rauen Subtext zu glätten, jeden Groll, der so früh am Morgen unser Glück bedrohen könnte.

Es funktioniert nie, ein Feuer zu löschen, ehe es nicht richtig zu brennen angefangen hat. Ich werde an einen Samstagmorgen zu Hause erinnert – ich glaube, es ist noch nicht lange her, obwohl ich zugeben muss, dass es dieser Tage schwieriger und schwieriger wird, sich der Zeit und ihres zu schnellen Verstreichens überhaupt sicher zu sein –, als Jane ins Badezimmer kam, während ich auf der Toilette saß. Sie sagte: «Tom, gibt es etwas, was ich tun könnte, was ich, du weißt schon, nicht tue?»

«Was meinst du?»

«Du weißt schon.»

«Nein, tue ich nicht.»

Sie zuckte mit den Schultern und sagte: «Im Bett?»

«Sexuell?»

«Ja. Sexuell.»

«Ich weiß es nicht. Ich glaube nicht, mal einfach so dahingesagt. Vielleicht. Ich weiß es nicht», log ich.

«Weil du es mir sagen kannst. Das weißt du. Wenn es etwas gibt, was ich nicht tue. Sexuell. Was du mögen würdest.»

«Nun», sagte ich, um die Aufmerksamkeit von mir abzulenken und diese Unterhaltung höflich zu beschleunigen – ich saß gerade, wie gesagt, auf der Toilette, die Boxershorts um die Knöchel geschlungen –, «Jane, gibt es etwas, von dem du möchtest, dass ich es für dich tue?»

«Das ist nicht der Grund, weshalb ich davon angefangen habe.»

«Das habe ich auch nicht gesagt. Ich habe nur gefragt,

ob es vielleicht etwas Neues gibt, was du im Bett ausprobieren möchtest, aber du zögerst, es zu sagen, oder du weißt nicht genau, was es ist, und deshalb fragst du mich, um es insgeheim für dich herauszufinden.»

Ich näherte mich dem Punkt, an dem es unmöglich sein würde, noch länger mit dem zurückzuhalten, was sich anfühlte wie ein herannahender Riesenschiss. Ich erwähne das nur, weil es wahr ist – an jenem kalten Morgen wahr *war*, als ich auf der Toilette saß und Jane beobachtete, die mit den Hüften am Waschbecken lehnte, Jane, die auf ihre bloßen Füße hinunterstarrte, auf ihre hübschen Zehen auf dem eiskalten Badezimmerfußboden, und nicht aus einem außerordentlichen Interesse an Skatologie oder den körperlichen Mechanismen der Darmentleerung. Bei meinem Beruf weiß ich natürlich, dass über die intime Verwandtschaft zwischen Fäkalien und Neurosen schon viel geschrieben worden ist. Es geschieht jedoch nicht aus einer akademischen oder klinischen Stimmung heraus, dass ich Jane in der Toilette mein Unbehagen gestehe, während sie sich zurücklehnt und über Liebe redet. Ich sagte zu ihr: «Liebling, weil es dir unangenehm ist, um etwas zu bitten, stellst du dir das Begehren vielleicht als etwas vor, das in mir ist, um deine eigene Spannung zu erleichtern und mich zur Projektionsfläche deiner erotischen Phantasien zu machen.»

«Kannst du diesen Quatsch nicht im Büro lassen, Tom?»

«Im Ernst, Jane. Du hast diese Unterhaltung angefangen, nicht ich», sagte ich gereizt und spürte den Beginn des Stuhlgangs. Jane verlagerte ihr Gewicht, zog ihren Bademantel fest um die Taille und lehnte sich dann an die Wand in ihrem Rücken und auf den Waschbeckenrand neben ihr. Mir war es peinlich. Ein unrasierter Mann morgens auf der Toilette hat gewiss nichts Attraktives. Tatsächlich schaut Jane mir gerne beim Pinkeln zu, sie sagt, es sehe freundlich aus – das sind ihre Worte, und ich anerkenne das Gefühl, das dahintersteht. Aber wenn ich im Begriff bin zu scheißen, ist Jane gewöhnlich nicht dabei, und ich erweise ihr dieselbe Höflichkeit; in dieser Hinsicht sind wir wahrscheinlich wie die meisten vernünftigen Paare, die planen, längere Zeit zusammenzubleiben. Wir respektieren das Schamgefühl des anderen. Lassen Sie mich in diesem Zusammenhang sagen, dass es mir keine besondere Freude bereitet, über meinen Stuhlgang zu berichten, und ich würde es keine Minute lang tun, zeigte Jane nicht keinerlei Anzeichen, das Badezimmer verlassen zu wollen. In der Zwischenzeit plapperte ich drauflos und ließ mich lautstark aus, um das unromantische, demütigende Geräusch von auf Wasser auftreffender Scheiße zu übertönen. «Es ist nicht ungewöhnlich», verkündete ich von der Toilette aus, «andere mit genau den Eigenschaften auszustatten, von denen wir uns am allerwenigsten wünschen, dass wir selbst sie besitzen, Eigenschaften und Gefühle, die wir bei uns selbst nicht zu akzeptieren oder nicht einmal zu erkennen gelernt haben.» Platsch. «Tatsächlich ist ein Großteil der antisozialen Pathologien eine Folge dieser Neigung, die unangenehmsten Aspekte unserer selbst in anderen ausfindig machen zu wollen, und zwar häufig in denjenigen, die uns am nächsten stehen.» Platsch. «Dann fühlen wir uns frei, diese bösen anderen zu kritisieren und damit bequemerweise unsere eigene psychosoziale Verwirrung und Selbstverachtung abzuwerfen ...» – Plopp, platsch – «... und entfremden uns dabei von uns selbst wie gute Kinder in einer bösen Familie, die von einer Kultur aus Schuldzuweisung und Täuschung beherrscht wird.»

Zeit zum Abwischen. Jane lächelte in vertrauter Manier geduldig und mitleidig auf mich herab. Wie gewöhnlich betrachtete sie mein beiläufiges Theoretisieren als Flucht, als Verteidigungshaltung eines fragilen Intellekts gegen vitale Emotionen, das männliche gegen das weibliche Prinzip, mit anderen Worten als einen Versuch, sie zu blockieren oder zumindest einen von diesen grundsätzlichen und destabilisierenden Zusammenstößen zu vermeiden, die sich, in Ermangelung eines besseren Wortes, wie eine Verbindung anfühlen. Mit einer Hand zupfte sie am Gürtel ihres Bademantels herum, an der geknoteten Schleife. Ich, auf der Toilette fertig, fasste nach hinten, um den Hebel zu drücken und zu spülen. Sprach Jane, während sie in der Toilette mit ihrem Mann über Sexualität diskutierte, während er schiss, libidinöse Wünsche aus? Ich zog die Boxershorts hoch. Der Geruch nach Scheiße, dieser warme Toilettengeruch, hing in der Luft. Draußen war es zu kalt, um das Fenster zu öffnen. Ich bin in der Regel kein Sex-am-Morgen-Enthusiast, doch an diesem Morgen verspürte ich plötzlich große Hoffnung und ein neues Gefühl für die gewaltigen Möglichkeiten des Lebens. Die Sonnenstrahlen drangen durch hohe Wolken und erleuchteten die Welt draußen. Die Luftfeuchtigkeit war gering. Es war Samstag, Wochenende, und mir kam in den Sinn, dass alle meine Probleme am Institut belanglos, ephemer waren. Diese verflixten Kinderpsychologen, Peter Konwicki und seine Bande, diese psychosozialen Bürokraten, konnten mir wegen meines Programms für Starke Junge Frauen nichts anhaben. Ich höre von Peter und seinen fröhlichen Männern bei unseren erweiterten Zusammenkünften nie glänzende Einsichten zu den Starken Jungen Frauen. Sie lehnen sich auf ihren Stühlen zurück, schlagen die Beine übereinander, und hin und wieder legt einer los: «Tom, wie willst du Sheryl Babcocks Mutter beibringen, dass Sheryl auf deinen Rat hin von zu Hause weg ist, um eine Karriere als Stepptänzerin zu verfolgen?», oder: «Tom, findest du es eine gute Idee, ‹Berühmte Hippies und visionäre Aussteiger› zum Thema des nächsten Treffens zu machen?»

Jane gab ihren Platz neben dem Waschbecken nicht auf. Das hieß, dass ich mir die Hände waschen musste. Wenn ich, ohne mich zu waschen, aus der Toilette hinausginge, wäre Jane möglicherweise betrübt. Es wäre interessant, bei Paaren in unterschiedlichen Stadien ihrer Ehe eine Studie über ihre Handwaschmuster in der Toilette anzufertigen. Ich tappte hinüber, stellte mich vor das Waschbecken, blickte in den Spiegel, sah meinen mageren Körper in Unterwäsche und empfand Traurigkeit. Ich habe nicht mehr viele Haare, außer an den Extremitäten und ein paar wenigen hier und dort, auf dem Bauch und auf der Brust. Die Haare auf meinem Kopf sehen schrecklich aus, spärlich und unregelmäßig, wie Unkraut, das nach einem schlimmen Winter auf dem Feld stehen geblieben ist. Winzige graue Haare standen aus meinen Ohren hervor. Wann in den letzten Jahren hatte das angefangen? Und eine Anzahl neuer Leberflecken war erschienen – *Wann? Wann hatte mein Körper angefangen, sich in den Körper eines alten Mannes zu verwandeln?* –, dunkle Flecken, oben und unten verteilt, meine eigene pointillistische Seenlandschaft, die vom Körper selbst angefertigten Tätowierungen, die über Brust und Schultern verliefen.

Meistens bedaure ich, dass ich nicht regelmäßiger Sport treibe. Jane sagt, ich sähe süß aus. Aber meine Augen sehen mit zunehmendem Alter aus, als wären sie eingesunken, sie sind von dunklen, nicht gerade kleidsamen Ringen umrahmt und häufig blutunterlaufen.

Jane drehte, auf das Waschbecken gestützt, den Kopf und schaute in den Spiegel. Unsere Augen starrten auf das Glas. Es war verstörend, Jane so zu sehen, im Profil und so aus der Nähe, meine Jane und die Jane, die sich im Spiegel des Medizinschränkchens spiegelte, die Frau zum Anfassen, die wegschaute, und ihr Bild, das in meine Richtung schaute und mich ansah, während ich mich ansah, wie ich sie und ihr Spiegelbild ansah. Jane hatte den Kopf schief gelegt. Auf ihrem Gesicht war ein Lächeln, wenn auch ein kaum wahrnehmbares. Janes Augen sahen eigentlich so aus, als starrten sie auf etwas hinter mir – auf Bäume und die Wolken draußen vor unserem Badezimmerfenster? Ihr Gesichtsausdruck war so, dass man ihn wegen seiner Unbewegtheit, des bedeutungsvollen Fehlens eines Ausdrucks, als ausdrucksvolle Ausdruckslosigkeit hätte beschreiben können, und ich dachte, dass das hieß, dass Jane darauf wartete, dass ich ihr sagte, was ich mir im Bett wünschte. Ich griff nach der Seife in der Seifenschale, und das brachte meine Hand in die Nähe von Janes Hüfte, die am Rand des Waschbeckens lehnte. Ich nahm die Seife, drehte den Wasserhahn auf und fing an, mich wie verrückt zu schrubben. Jane und ich und unsere beiden Spiegelbilder sahen aufmerksam zu. Ich gab eine Vorführung in Säuberung. Das mochte eine Reaktion auf Janes verführerische Haltung gewesen sein oder auch nicht. Die Toilette im Morgenlicht, rundum weiß gekachelt, wirkte wie ein großer Raum, obwohl sie das nicht ist. Das Waschbecken ist neben der Tür, und Jane, die neben dem Waschbecken stand, verstellte die Tür.

«Was willst du von mir?» Ich schrubbte meine Hände. Ich wollte nicht, dass meine Frage drohend oder misstrauisch klang. Ich schaute in den Spiegel und konnte neben Janes Augen die Wände des Badezimmers und einen Ausschnitt des Fensters hinter mir sehen. Die Sonne, ein schwaches gelbes Licht, brach durch die Wolken; sofort erhellte sich der Raum, und das Licht im Spiegel wurde greller, ein Heiligenschein um Janes gespiegeltes Gesicht. Draußen rasten die Wolken über den Bäumen dahin – in den Rahmen des Fensters hinein und wieder hinaus, in das Spiegelglas hinein und wieder hinaus. Das Morgenlicht kam und ging und verbarg Janes gespiegeltes Lächeln.

«Entspann dich, Tom.»

«Ich bin entspannt.» Das Wasser lief heiß aus dem Hahn, und ich sah, dass meine Hände von der Hitze und dem exzessiven Waschen rot waren. Ich drehte das kalte Wasser auf, und Jane sagte: «Du siehst nicht entspannt aus.»

«Du hast recht.»

«Was kann ich tun?», fragte mich Jane. Auf diese Weise waren wir wieder am Ausgangspunkt, bei ihrer ursprünglichen Frage. Janes Stimme war voller Fürsorge und Zärtlichkeit. Aber wie wir alle wissen, legen Leute, die einem intimes Wissen entlocken wollen, häufig behutsames Verhalten an den Tag. Jane ist eine Expertin darin, bei anderen Stimmungen zu ermutigen und zu fördern, wie sie für Enthüllungen und Geständnisse sogar der bittersten, demütigendsten Erfahrungen und Gefühle erforderlich sind.

Es gibt nichts Verführerischeres – und Gefährlicheres –, als wenn einem jemand zuhört.

Ich trocknete meine Hände an einem Handtuch ab. Sie fühlten sich rau und wund an. Der Fußboden war kalt. Ich sagte: «Ich brauche eine Tasse Kaffee. Wenn du willst, können wir uns über den Anstrich für das kleine Zimmer unterhalten.»

«Oh, Tom.»

«Ich meine das ernst. Wir gehen die Farbmuster durch und treffen eine erste Auswahl. Ich fahre später zum Baumarkt und kaufe Spachtelmasse. Wir werden eine ganze Menge davon brauchen, schätze ich.»

War ich verrückt geworden? Warum schnitt ich das an? Was mochte mir und Jane zustoßen, wie würden sich unsere Leben für immer verändern, wenn wir das Zimmer oben an der Treppe renovierten? Oder, anders gefragt, welche Nutzungsmöglichkeiten gibt es in einem kinderlosen Haushalt für ein leeres Zimmer? Gehen wir einer Diskussion zuliebe davon aus, dass das Zimmer ungenutzt bleibt, seine Tür ungeöffnet, seine zerkratzten Wände ungestrichen und die ungeputzten Fenster sicher verschlossen. Nichts wird in das Zimmer hineingestellt, und nichts kann herauskommen. Das Zimmer funktioniert symbolisch als Projektionsfläche für alles, was erdacht, erhofft und erträumt wird. Falls das Zimmer ein Kinderzimmer ist, dann ist es ein Zimmer, dem es an einem Kind fehlt, und dies ist natürlich eine andere Art, auszudrücken, dass das Zimmer Verlust enthält. Das Zimmer ist nicht wirklich leer; etwas Unsichtbares lebt darin.

«Bist du sicher, dass das eine gute Idee ist?», fragte Jane.

«Ich dachte, du hättest es gerne.»

«Hatte ich auch.»

«Du hattest?»

«Ich weiß einfach nicht, ob es einen Sinn hat, Tom.»

«Es gibt keinen Grund, das Zimmer für alle Zeit leer stehen zu lassen», sagte ich und stellte, als ich dies sagte, fest, dass es eine ganze Reihe guter und weniger guter Gründe gab, genau das zu tun. Ich hatte das Gefühl, Jane würde es verstehen. In dem Blick, den sie mir zuwarf, als sie sich vom Toilettenspiegel abwandte, lag Hass. Sie zog ihren Bademantel eng um sich.

«Was ist?»

«Schläfst du mit Maria?»

«Ob ich mit Maria schlafe?»

«Tust du es?»

«Nein.»

«Hast du je mit ihr geschlafen?»

«Warum fragst du mich das, Jane?» Und in diesem Moment dachte ich an Manuel. Fragte Jane nach Maria, weil sie angefangen hatte, mit Escobar zu schlafen, weil sie, um sich nicht von mir trennen zu müssen, ein ausgeglichenes Spielfeld brauchte, den Eindruck von Symmetrie zwischen uns?

«Heißt das ja?», fragte sie.

«Nein, das heißt es nicht.»

«Kannst du die Frage beantworten?»

«Ja.»

«Ja, du kannst die Frage beantworten, oder ja, du hast mit Maria eine Liebesaffäre gehabt?»

«Ich habe mit Maria keine Liebesaffäre gehabt.»

«Du hast sie gevögelt.»

«Was genau meinst du mit ‹vögeln›?», sagte ich dümmlich. Dies war ein defensiver Zug, wenn auch nicht nur defensiv. Ich nehme an, ich hatte die Absicht, nach dem gelegentlich kontrovers diskutierten Prinzip zu handeln, wonach nämlich das Eingeständnis von Untreue, vielleicht mehr als die Untreue selbst, eine Vergewaltigung des Ehegelöbnisses darstellt und jedes Ausweichen in einer Auseinandersetzung um Untreue und Vertrauen, so unehrenhaft dieses Ausweichen theoretisch auch sein mag, in Wirklichkeit als großzügige und noble Strategie betrachtet werden kann.

Jane war offensichtlich nicht in der Stimmung, über die zerstörerischen Auswirkungen von Geständnissen nachzudenken. «Waren wir da schon verheiratet?»

«Ich erinnere mich nicht.»

«Blödsinn.»

«Jane.»

«Was?»

«Jane, Jane», sagte ich an diesem Morgen, als sie sich von mir abwandte und aus der Toilette ging.

Sie ging nicht in unser Schlafzimmer, sie mied das Schlafzimmer und ging barfuß durch den oberen Flur in Richtung Treppe. Ich ging hinter ihr her und flüsterte: «Jane, Jane.»

Sie ging nicht die Treppe hinunter. Das Zimmer oben an der Treppe war zu ihrer Linken. Die Katze saß auf der Treppe, zwei oder drei Stufen tiefer, und ich konnte den Kopf der Katze sehen und die weißen Schnurrbarthaare und die spitzen Ohren, die über den Fußboden ragten. Jane legte die Hand auf den Türknauf des kleinen Zimmers, drehte den Knauf und öffnete die Tür. Sie ging hinein.

Ich ging hinein.

Als Nächstes kam die Katze herein.

Ich ließ die Tür offen. Nach einiger Überlegung machte ich sie zu.

Wir waren alle in dem Zimmer. Die Fenster gingen nach Norden. Draußen lag unser Vorgarten, in zwei Hälften geteilt von der Auffahrt, die sich vom Haus zwischen den Bäumen hindurch zur Straße schlängelt, die über den Fluss in die Stadt führt. Helles Licht kam durch die Wolken, verblasste und kam dann wieder. Das Zimmer blieb dunkel. Die verputzten Wände zeigten Löcher, wo einmal Regale oder Bilder gehangen hatten. Irgendeine andere Familie hatte dieses Zimmer vor langer Zeit benutzt, war dann weggegangen und hatte alles mitgenommen. Schmutz und tote Insekten lagen auf den Fenstersimsen und in den Ecken auf dem Fußboden. Hatte jemand die Insekten in die Ecke gefegt? Unter der Decke flog eine Motte. Wie war eine Motte durch die geschlossenen Fenster hereingekommen?

Die Katze sah die Motte und fixierte sie. Die Katze blieb still, doch ihr Kopf bewegte sich, ihre Augen bewegten sich und verfolgten den erratischen Flug der Motte. Der Staub lag dick auf dem Fußboden und zeigte Pfotenabdrücke und die Abdrücke von Janes nackten Füßen, die zu der Stelle führten, wo Jane mit dem Rücken zu mir stand. Die Sonne brach durch die Wolken, und Spinnweben wurden als Silhouetten vor den Fensterscheiben sichtbar. Das Zimmer war voller lebender und toter Dinge. Jane öffnete den Gürtel ihres Bademantels, und der Bademantel fiel einfach so von ihren Schultern und über ihren Rücken und in einem Bündel blauen Stoffs um ihre Füße.

Ich bin ein glücklicher Mann.

Ich sah diese Winslow-Homer-Leberflecken auf Janes Rücken. «Hallo, Baby», sagte Jane zu der Katze neben ihren Füßen. Die Katze vergaß die Motte und rieb sich an Janes Beinen, und Jane bückte sich, um ihr den Kopf zu tätscheln. Da war Janes Hintern. Die Katze erspähte wieder die Motte und sprang auf den Fenstersims, um näher an die Decke heranzukommen. Die Katze ist ein Weibchen, aber wir nennen sie Larry, nach Lawrence Mandelbaum, meinem Analytiker und Vater der Self/Other-Konflikttheorie. Der Name Lawrence war mein Fehler, als die Katze ein Kätzchen war. Das Kätzchen, stellte sich heraus, war ein Weibchen, doch der Name Lawrence blieb hängen, und sie heißt Larry. Sie beobachtete ihre Motte, bis die Motte an der Decke landete und die Katze das Interesse verlor und mich anschaute. Jane, dachte ich, erwartete von mir, dass ich wusste, was zu tun war. Ich wusste nicht, was zu tun war. Oder ich sollte besser sagen, dass ich wusste, wie man manche Dinge tat, aber nicht, wie man damit anfing. Beziehungen verlaufen in Phasen, und es gibt Momente, die das Ende der einen Phase und den Beginn einer neuen markieren. Gewöhnlich sind diese Momente kurz und verstreichen, ohne dass jemand gleich das Bedeutsame bemerkt, das in einer dahingesagten Bemerkung oder einem Schulterzucken, einem kleinen Lachen vielleicht, ohne dass etwas sehr Komisches gesagt worden wäre, enthalten war. Der Moment geht vorüber, doch die kühle Bemerkung, die gleichgültige Geste, das kryptische Lachen hat seine transformative Arbeit getan. Die meisten Menschen, dessen bin ich mir sicher, werden genau wissen, was ich damit meine – jene kleinen Szenen einer Ehe oder einer Freundschaft, die in der Erinnerung zu Zwischenfällen werden, die vor dunkler Bedeutung widerhallen. In gewisser Weise ist es am besten, wenn diese Momente schweigend vorübergehen, denn dann kann man sich an sie erinnern und über sie sprechen. Doch falls man in einem solchen Moment großer Veränderungen wach ist für das, was passiert, kommt eine leichte Unterhaltung nicht in Frage.

«Es tut mir leid», sagte ich.

«Halt den Mund», sagte Jane.

Sie war nackt, wandte mir den Rücken zu. Sie sagte: «Du hast meine Frage immer noch nicht beantwortet.»

An diesem Punkt hatte ich das Gefühl, dass es zu viele Fragen gab, Fragen, die zu neuen Fragen führten. Und natürlich hatte ich meine eigenen Fragen und keine klare Idee, wie ich sie stellen sollte.

«Welche Frage, Jane?»

«Bitte nenn jetzt nicht meinen Namen. Du kannst jetzt nicht meinen Namen sagen. Ich möchte nicht, dass du meinen Namen sagst.»

«Welche Frage?»

«Die Frage, was du möchtest, dass ich tue.»

«Ich schätze, du sollst tun, was du willst.»

«Ich habe dich gefragt, was *du* willst, Tom. Was möchtest du, dass ich tue? Möchtest du, dass ich dich vögele?»

«O Gott.»

«Ich kann das tun. Ich kann dich mit einem Dildo vögeln, oder ich kann dich mit meiner Hand vögeln.»

Die Motte flatterte von der Decke herab, die Katze sprang vom Fenstersims und schlich sich an sie heran. Sie saß auf den Hinterbeinen und fixierte sie, die Muskeln in ihrem Rücken zuckten. Dann flog die Motte herüber, und Larry sprang hoch und schlug mit den Tatzen durch die Luft. Die Motte war zu hoch, und sie verfehlte sie. Es war eine kleine weiße Motte. Jane sagte: «Komm her.»

Meinte sie mich oder die Katze? Ich tat, was sie sagte. Ich trat von hinten an sie heran. Die Katze auch. Die Katze strich zwischen unseren Beinen hindurch, während sich die Wellen auf Janes Rücken hoben und senkten, die Männer hin und her warfen und Gischt versprühten, Janes Muttermale, die auf ihrer Haut verstreut waren.

Das Zimmer mit seinen geschlossenen Fenstern fühlte sich kalt und luftlos an, ein wenig wie ein Dachboden im Winter. Geräusche von draußen, der Wind in den Bäumen und so etwas, waren kaum zu hören. Es gab Platz für ein Bett und einen Tisch, eine Kommode, wenig mehr. Ich hatte eine Gänsehaut.

Wir waren sicher abgeriegelt. Die Stadt und das Institut und das Krankenhaus und der Fluss und die Straße und unser Garten und sogar die anderen Zimmer unseres Hauses waren weit entfernt. Die Welt war weit entfernt. Oder, von einer anderen, gebieterischeren, narzisstischeren Perspektive aus gesehen, die Welt befand sich in diesem Zimmer. Die Katze machte ein Geräusch, und Jane sagte: «Leg die Arme um mich.»

Da war Zärtlichkeit. Als ich Jane hielt, spürte ich, dass alles in Ordnung wäre, solange wir zusammen in diesem Zimmer blieben – jenseits eines gewissen Punkts eine Unmöglichkeit und deshalb eine vollkommen sentimentale Vorstellung. Oder vielleicht auch nicht. Beziehungen sind wie mächtige Stimmungen, die die Menschen miteinander teilen. Wir können in unseren Liebesbeziehungen ein wenig verrückt werden. Zwischen Jane und mir hatte es immer eine, wie ich es nennen würde, gute Liebe gegeben, was heißt, dass es möglich war, verrückt zu werden, doch nie zu verrückt; mit anderen Worten, wenn wir uns ver- oder entlieben, fallen wir nicht zu weit aus der Welt heraus oder zu tief in sie hinein.

Nun wuchs zwischen uns eine spezielle, leise Feindseligkeit. Ich hatte das Gefühl, dass wir einander liebten und dass es in dem kleinen Zimmer Frieden gab. Was wartete draußen? Ich hielt Jane und spürte ihren Bauch, ihren unteren Rippenbogen, die Haut auf ihrer Hüfte. Ihr Haar lag an meinem Gesicht. Die Luft war kalt, und der Fußboden fühlte sich bei der Berührung kalt an. Meine Hände, mit denen ich Jane berührte, waren eisig; sie zuckte zusammen und presste ihren Rücken an meine Brust.

Die Katze rannte der Motte nach, die unter der Decke kreiste. Ich beobachtete die fliegende Motte. Die Katze rollte über den Fußboden und stand schmutzig wieder auf. Janes Haare waren in meinem Mund. Ich konnte den Wind draußen hören und Janes Atem und meinen eigenen. Ich studierte ihren Rücken und sah Sommersprossen, mit denen Janes Schultern gesprenkelt waren wie die Sterne über dem Meer auf ihren Hüften. Unterhalb Janes Nacken, an einer Stelle, die normalerweise unter den Haaren verborgen ist, erkannte ich, glaube ich, den Kleinen Bären.

Wir zogen einander zu Boden. Die Katze schlüpfte zwischen uns und rollte sich auf der Suche nach Wärme zusammen. Ich spürte die Anfänge einer Erkältung. Jane zeigt beim Liebemachen eine solche Haltung. Wir küssten uns nicht. Mittendrin fing Jane an zu reden. Sie redete und redete die längste Zeit, und es war phantastisch, ihr zuzuhören. Ich hielt den Mund. Ich atmete und hörte zu. Sie sagte: «Ich habe dich einmal so geliebt, Tom. Es war einfach, dich zu lieben. Ich machte mir keine Sorgen darüber, dass wir jemand anderen lieben könnten, ich dachte daran, an die Möglichkeit, aber ich machte mir niemals Sorgen. Ich dachte, ich könnte jemand anderen mögen und dich immer noch lieben. Es schien mir kein Problem zu sein. Verstehst du? Warum sollten wir nicht andere Menschen lieben? Andere Menschen zu lieben ist nicht schlecht. Aber es ist ein Fehler zu glauben, dass sich dadurch nichts ändert. Man fühlt sich wie ein anderer Mensch, wenn man jemand Neuen liebt. Sich in einen neuen Menschen zu verlieben ist eine Möglichkeit, ein neuer Mensch zu werden. Nun, kein neuer Mensch. Eine andere Version von einem selbst. Es ist wahr. Das ist der wunderbare Teil, und ich nehme an, es ist auch die Schwierigkeit. Ich möchte nicht, dass du ein neuer Mensch wirst. Ich möchte, dass du immer der Mann bleibst, in den ich mich verliebt habe, aber das ist dumm, denn ich bin nicht das Mädchen, in das du dich verliebt hast. Wir sind andere Menschen geworden, und wir sind nicht auf dem Laufenden geblieben damit, wer wir sind. Deshalb sind wir in diesem Zimmer, nicht wahr? Hierher können wir kommen, um herauszufinden, wer wir sein wollen, wenn sich die Dinge verändern und wir uns fremd fühlen. Ich denke, wir haben beide Versionen unserer selbst, von denen wir nicht wissen, dass wir sie in uns haben. Hast du Angst? Das brauchst du nicht. Du bist ein Mann, und ich bin kein Mädchen. Erinnerst du dich, wie jung wir einmal waren? Wir waren so jung in unseren Zwanzigern. Wir waren Kinder. Ich fuhr dieses riesige Männerfahrrad, das ich damals hatte, erinnerst du dich? Es war ungefähr hundert Millionen Mal zu groß für mich, und ich fuhr auf dem Gehsteig, was man nicht tun soll, und dann warst du vor mir, und ich fuhr in dich hinein. Nun, ich schätze, ich fuhr nicht in dich hinein, oder? Du sprangst zur Seite. Was ist passiert? Du bist über eine Hecke gestolpert, und dieser Hund kam aus dem Garten von dem Hügel heruntergestürzt. Gott. Der Besitzer des Hundes kam hinter dem Hund hergerannt und schrie uns an, wir sollten seinen Hund in Ruhe lassen und schleunigst von seinem Grundstück verschwinden. Ganz plötzlich, wegen dieses Mannes und dieses Hundes, waren wir vereint. Wir waren ein Paar. Überleg dir, wie die Leute zusammenkommen! Ich stieg von meinem Rad, und es fühlte sich an wie: «Oh, hallo.» Wir gingen zusammen weiter, und du warst süß und nahmst mein Rad und schobst es für mich, und wir achteten nicht darauf, wo wir hingingen, und dann war es plötzlich dunkel, und wir waren in dem unsicheren Teil der Stadt, wo die Bücherfabrik ist, deshalb gingen wir in diese Bar, erinnerst du dich, aber wir tranken nichts, oder? Wir bestellten Mineralwasser, und es stellte sich heraus, dass der Barkeeper der Vater eines Jungen war, der dich in der Highschool verprügelt hatte und der dann später bei diesem schrecklichen Unfall auf dem Verladedock ums Leben kam. Der Vater wollte nicht mehr aufhören, darüber zu reden, dass der Tod überall sei, und er wurde ungeduldig mit uns, weil wir nur Mineralwasser tranken, und wir gaben ihm ein riesiges Trinkgeld wegen seines toten Sohnes und um dort rauszukommen. In dieser Nacht gingen wir direkt ins Bett, nicht wahr? Ich hatte Angst, meine Kleider auszuziehen. Du küsstest meinen Rücken und sagtest zu mir, er sei schön, mein Rücken.

Ich glaubte dir. Möchtest du manchmal eine andere Art von Mann sein? Könntest du mit einer anderen Frau ein anderer Mann sein, wenn ich diese Frau wäre? Sei nicht verletzt, nimm es nicht persönlich. Und wen hast du sonst noch gevögelt? Tom? Möchtest du übrigens, dass ich dir etwas erzähle? Ich bin mir nicht sicher, ob ich möchte, dass du es mir sagst. Wie würdest du dich dann fühlen? Würdest du denken, es sei mir egal? Kannst du mich vögeln, als wäre ich all die Menschen, die du jemals lieben könntest? Warum sage ich zu dir, du sollst nicht verletzt sein? Deshalb, weil ich vögeln möchte, als wäre ich alle und nicht nur ich. Ist das ein verrückter Wunsch?»

«Nichts ist verrückt», sagte ich, obwohl ich aus meinem Job weiß, dass dem nicht so ist. Es war unklar, ob sie darauf von mir eine Antwort brauchte. Sie sagte: «Die Katze ist im Weg. Schieb sie zur Seite, ja?» Und zu der Katze: «Tut mir leid, Liebling, du musst jetzt dort rüber.» Dann, zu mir: «Sie ist süß, nicht wahr?» Dann sprach sie wieder mit der Katze: «Hey, wirst du deine weiße Motte fangen, Süße?» Einen Augenblick später flüsterte sie mir zu: «Schau, sie beobachtet uns. Nicht langsamer werden, ja? Wir können vor Larry vögeln, ihr macht es nichts aus. Zieh den Bademantel über uns, ja? Es ist kalt hier. Ich mag dieses Zimmer, glaube ich. Der Fußboden ist schmutzig, nicht? Es ist hübsch, dass die Helligkeit von draußen nicht direkt hereinscheint. Draußen ist es so blau, Tom. Die Tage werden länger. Hast du das bemerkt?»

«Ja.»

Mir lief die Nase, und ich hatte außer Janes Bademantel nichts, woran ich sie hätte abwischen können. Ich benutzte den Gürtel ihres Bademantels als Taschentuch. Ich passte auf, dass Jane mich nicht dabei erwischte. Sie sagte: «Bald stellen wir die Uhren vor. Es wird windig und regnerisch, und du wirst deprimiert.»

«Werde ich das?»

«Das bist du immer im Frühling. Das weißt du. Die Tulpen sprießen, und die Magnolie der Pritchetts blüht, und es bleibt noch lange kalt, und dann kommt Ostern, und danach wirst du deprimiert, und später wird es warm, und die Trauertauben kommen.»

«Tauben», sagte ich.

«Sie bauen ihr Nest unter dem Fenster», sagte Jane; und sie fragte: «Seit wie vielen Jahren kommen sie schon?» Dann erklärte sie: «Sie bauen ihr Nest aus allem, was sie finden, abgebrochenen Ästen und Kupferdraht und schmutziger Schnur und Gummibändern und Klebestreifen.»

Die ganze Zeit, während Jane und ich uns unterhielten, liebten wir uns. Jane weinte leise, und ich hielt ihren Kopf in meinen Händen. Sie sagte: «Macht dir meine Hand etwas aus? Tut es weh, wenn ich ein wenig drücke? Kann ich fester in dich hineindrücken?»

«Wenn du willst.»

«Aber willst *du* es denn?», fragte sie, und sie sagte zu mir: «Du bist ein Mann, und ich bin kein Mädchen, und ich bin nicht die, für die du mich hältst, du Scheißer.»

Danach weinten und vögelten wir ein Weilchen in dem kleinen Zimmer, während das Sonnenlicht kam und ging.

An jenem Aprilabend im Pancake House war die Zeit für die Nisttauben, nach Norden zu fliegen und unter Klimaanlagen in Schlafzimmerfenstern ihre Nester zu bauen, noch nicht ganz gekommen. Blätter und Gras waren an diesem frühen Frühlingsmorgen mit Raureif bedeckt.

Manche Tage fühlten sich sommerlich an, wenn die Sonne schien; andere waren winterlich trüb, und an tristen Tagen sah es so aus, als wollte ein später, letzter Schnee vom weißen Himmel fallen.

Zufällig nahten an jenem Abend im Restaurant die schweren Frühlingsregen. Ich konnte das an meiner veränderten Stimmung feststellen. Herannahender Regen – die platschenden Tropfen, die aus der Ferne heranwehen, aus dunklen Wetterfronten, die über den Horizont vorrücken, tagsüber die Sonne oder nachts die Milchstraße verdecken – lässt mich immer unruhig und sorgenvoll werden. Verwirrung setzt ein oder eigentlich eine milde Gereiztheit, die zunimmt und stärker wird, wenn von Norden oder Nordwesten her Niederschlag naht. Dann, an einem sonnenlosen Tag oder in einer feuchten Nacht, ziehe ich mich innerlich zurück und verfalle in eine stille Beklommenheit, die, glaube ich, ihr natürliches Äquivalent in der argwöhnischen Stille hat, in die Tiere des Waldes in den Stunden vor einem Unwetter verfallen. Was ist stiller als dieses Schweigen, das vor einem heftigen Regenguss von den Stinktieren und Waschbären ausgeht? Daraus folgt, dass das Erwarten von Regenfällen beim Menschen Gefühle hervorruft, die man wahrhaftig ursprünglich und atavistisch nennen könnte – diese alten und im modernen städtischen Leben häufig kaum wahrgenommenen Ängste vor Dunkelheit, Isolation und Kälte, Hunger und Einsamkeit und Tod durch Verhungern oder eine andere Folge des Ausgesetztseins; die unergründlichen Schrecken, die kaum durch Sprache, sondern eher durch eine angespannte, sprachlose, von Wachsamkeit und Furcht gekennzeichnete Körperhaltung ausgedrückt werden.

Was ich zu sagen versuche, ist, dass ich an jenem diesigen Abend im Pancake House von Panik erfüllt war, als ich aus Bernhardts Armen emporschwebte – dreißig Zentimeter, dann sechzig, schließlich einen Meter über unserem Tisch. Ich blickte auf meine Freunde hinunter, die an den anderen Tischen saßen, Elizabeth und Sherwin, Peter und Dan, Terry und Mike, Maria und Manuel und Leslie und die anderen Auszubildenden, die ganze Beziehungsmatrix, und als ich ihre Gesichter sah, wurde mir übler und übler – wie bei einem Schwindelanfall, wenn man betrunken ist. In meiner Praxis arbeite ich mit Männern und Frauen, die sich von einer Sucht erholen, und ich bin immer wieder fasziniert von ihren Beschreibungen des Entzugs, besonders des Alkoholentzugs mit seinen pornographischen Halluzinationen krabbelnden Ungeziefers, würgender Schlangen und abartiger, haariger Kröten. Als ich auf meine Kollegen hinabsah, die um ihre Spielzeugtische herumsaßen, empfand ich Mitgefühl mit dem Süchtigen; diese Frauen und Männer, meine lieben Kollegen auf ihren Stühlen unter mir, waren in meinen Augen ein Schwarm bedrohlichen Ungeziefers – ein tödlicher Analytikerschwarm mit zu dick aufgetragenem Make-up und glänzenden Brillen und Strickjacken, die aussahen wie verfilztes Fell.

Natürlich versuchte ich davonzufliegen. Die Welt draußen vor dem Restaurant wartete. Jane wartete, und mein Zuhause wartete. Doch das Fliegen war nicht leicht; es ging nicht darum, mit den Armen zu flattern, nach rechts oder nach links abzudrehen, in der Luft Purzelbäume zu schlagen oder hin und her zu flitzen und auf Fenstersimsen oder Arbeitsflächen zu landen, bevor ich wieder aufsprang, um über den Häusern und Hügeln dahinzugleiten, weg von all diesen Leuten mit ihren zähnefletschenden Gesichtern, weg von den Problemen und direkt nach oben, mit dem Kopf voran über die Bücherfabrik und die überdachte Brücke hinweg, weiter, an dem Grabhügel vorbei, dem Fluss folgend in die kühle Nacht hinaus.

Ich konnte nicht mit den Armen flattern. Sie wurden mir von Bernhardt fest an die Seiten gedrückt. Wie hatte ich es fertiggebracht, wegen eines Stapels Rosinen-Zimt-Toast in eine solche Umklammerung zu geraten? Falls ich davonflöge, falls ich wahrhaftig flöge, würde Bernhardt mich dann begleiten? Würde Bernhardt, dieser fette, schwerfällige Mann, mit mir verbunden bleiben und huckepack mit mir von Ort zu Ort reisen? Das war eine grauenvolle Vorstellung. Wie immer konnte ich den Atem des Mannes auf meiner Wange fühlen. Man konnte sagen, dass Bernhardts Anwesenheit in meinem Leben zur Konstante wurde. Mit den Armen zu wedeln war mir wirklich unmöglich. Ich hatte keine Flügel! Als Flugtest strampelte ich mit den Füßen, und Bernhardt bestrafte mich dafür mit einem milden Druck auf die Rippen. Die Gründe zu fliegen waren sowohl physikalischer als auch psychologischer Natur. Mit anderen Worten, Fliegen wäre ein Geschlechtsakt und folglich gefährlich.

Vielleicht, wenn ich die Augen schloss. Doch nein, das war schlecht. Wenn einem vom Schaukeln und Schlingern übel wird, hilft es, den Blick fest auf einen fernen Punkt zu richten – einen Leuchtturm zum Beispiel, falls einer in Sichtweite ist. Ich schaute aus einem nahe gelegenen Fenster. Und da war er. Da war das Städtische Krankenhaus mit seinem hell erleuchteten Dach von der Gestalt einer ägyptischen Pyramide. Dieses Dach hob sich vor dem nebelverhangenen Himmel deutlich ab; es leuchtete über dem schieferschwarzen Turm aus Stahl und Glas, der es hielt. Der Turm selbst war in der Nacht kaum zu sehen, und die oberen Stockwerke des Krankenhauses – denen im Nebel ihre normalerweise sichtbare Stütze fehlte, das massive Gebäude darunter – schwebten über dem Geschäftsbezirk und dem alten, verschmutzten Flussufer. Diese schwebende Pyramide war offensichtlich eine Illusion; aber eine wunderschöne, reizvolle Illusion. Das Dach erschien mir, als ich aus der Ferne darauf starrte, durch tiefhängenden, feuchten Nebel, der Regen vorangeht – die pyramidenhafte Spitze des Krankenhauses erschien mir wie ein freischwebender, schimmernder, fünfzehn Stockwerke hoher Tempel.

Hatten die Architekten gewusst, wie ihr Gebäude nachts wirken würde? Hatten die Planer des Krankenhauses diesen Effekt einer großen ägyptischen Grabkammer, einer heiligen Ruhestätte im Himmel über der Stadt einkalkuliert?

Ich hielt den Blick auf die Pyramide gerichtet. Wie schon gesagt, der Hauptteil des Krankenhausgebäudes war im Nebel mehr oder weniger verschwunden. Operationssäle, die Schwesternstationen und die Wartezimmer für Familie und Freunde, die Labors für Blutuntersuchungen und die Pathologie, die Apotheke und die Leichenkammer; und die hallenden Flure, die langen Flure, die zu identischen Zimmern führten, die mit neuen Betten für kranke Patienten möbliert waren – diese Dinge, so schien es mir, während ich aus dem Fenster des Restaurants blickte, waren verschwunden. Alles, was noch übrig war, war das Dach. Was enthielten diese obersten Stockwerke? Die

Intensivstation? Die Neugeborenenstation? Die teuersten Privatzimmer? Donner grollte, wenn auch nur schwach, das Unwetter blieb Meilen entfernt im Norden. Die Krankenhauspyramide, die über der Stadt hing, sah aus, als könnte sie abheben und sich ins All verabschieden. Oder stattdessen abwärts plumpsen und sich auf dem Boden niederlassen – vielleicht auf einem der Spielfelder vom Kernberg College oder, eher wahrscheinlich, in sicherer Entfernung vor der Stadt, nicht weit vom Pancake House entfernt auf einer der unbenutzten, rissigen Landebahnen des Flugplatzes, wo sie ihre Papier-und-Sperrholz-Flugzeuge fliegen ließen.

«Schau», flüsterte ich dem Mann zu, der mich festhielt.

«Was?»

«Das Krankenhaus.»

«Was ist damit?»

«Es ist ein Raumschiff.»

Bernhardt schimpfte: «Tom, lass das. Das Krankenhaus ist kein Raumschiff.»

«Frag Manuel, wenn du mir nicht glaubst», sagte ich, dann fragte ich Manuel selbst. «Escobar, ist das Krankenhaus ein Raumschiff?»

Der Kleinianer blickte durch das Fenster auf das in den Wolken liegende Gebäude. Er überlegte. Schließlich antwortete er: «Ja.»

Es war, als ließe die Tatsache, dass Manuel dies sagte, es wahr werden. Einen Augenblick lang herrschte Schweigen, wir alle blickten aus dem Fenster über der Nische, Maria und Manuel, Richard und ich; der Nebel wallte herein, und wieder war Donner zu hören; und plötzlich spürte ich, wie ich hoch in die Luft schoss – absolut auf und davon, und wie ich wieder und wieder unter der Decke mit den schmutzigen weißen Fliesen kreiste, ohne irgendetwas dazu getan zu haben.

Lampen flogen an mir vorbei. Oder genauer, ich flog an den Lampen vorbei und verfehlte die meisten nur knapp. Als ich hinunterblickte, konnte ich sehen, wie die Leute in dem Raum nach oben schauten und mir zusahen, wie ich fliegen lernte. Ich flog über Sherwin Lang dahin, und Sherwin sah mich und lächelte, und das freute mich, und ich vergaß einen Moment lang aufzupassen und krachte beinahe in eine eiserne Bratpfanne, die zur Dekoration an einem Haken über den Kinderpsychologen hing. Ich tauchte ein wenig und drehte ab, um die Bratpfanne herum, und die Psychologen duckten sich. Ich sah Elizabeth Cole auf drei Uhr. Die Lampen unter der Decke waren außergewöhnlich hell und heiß. Unter mir war das Aquarium. Ich überlegte mir, hinabzustoßen und von einem Tisch, irgendeinem Tisch, einen Toast oder einen Muffin zu klauen, dann in einer Runde zurückzufliegen und im Sturzflug auf die Kinderpsychologen zuzusausen. Elizabeth winkte, und ich verlor sie zwischen den Lampen aus den Augen und musste wegsehen, und dies verursachte beinahe einen zweiten Unfall, als Dan Graham aufstand, um zur Toilette zu gehen. Dan ist ein schwerer Mann mit einem langen Bart, an diesem Abend sah er mit seinem Flanellhemd und den Jeans und den orthopädischen Schuhen aus, als ob er einen in einem Kampf verletzen könnte. Tatsächlich fährt Dan mit Begeisterung eine Harley-Davidson. Es ist immer interessant zu beobachten, wie die Leute sich zurechtmachen, um den Rollen zu entsprechen, die durch ihre Vorlieben und ihre Hobbys suggeriert werden. Dan mit seinem zurückgebundenen Haar und seinen dicken Armen und dem riesigen Bauch ging – hinkte eigentlich, das rechte Bein des Mannes war bedeutend kürzer als sein linkes, was Spezialschuhe erforderlich machte –, Dan hinkte mir direkt in den Weg, und es war mehr Glück als Verstand, dass ich an seinem Kopf vorbei scharf nach rechts ausscherte und direkt auf Maria zuflog, die einzige Person in diesem Restaurant, die mir ein Gefühl von Sicherheit und Liebe vermittelte. Es wäre himmlisch gewesen, in Marias Arme zu fallen … doch das sollte nicht sein. Die Küchentüren öffneten sich, und unsere Kellnerin kam heraus, unsere schöne Rebecca, die auf einem Metalltablett Wassergläser trug. Rebecca trat zwischen die vollbesetzten Tische. Alles war in Ordnung, bis Sherwin nach einer Kellnerin winkte und Rebecca, als sie dies sah, schneller ging. Ich würde mit Sicherheit gleich in sie hineinfliegen. Das wäre mir egal gewesen, wären da nicht die Wassergläser und die Wahrscheinlichkeit eines lärmenden Unfalls gewesen. In Wirklichkeit war Rebecca wahrscheinlich daran gewöhnt, dass sich Jungen ihres Alters merkwürdige Entschuldigungen zurechtbogen, um mit ihr zusammenzustoßen – das alte Teenager-Spiel sexuell motivierter Berührungen, die als grobe Schulhof-Neckereien und Spielereien verbrämt werden. Doch es wäre nicht richtig, wenn ich, ein erwachsener Mann mit einer sogenannten verantwortungsvollen Position in der Gesellschaft, ein Schulmädchen niedermähte, das sich Geld fürs College verdiente. Wenigstens wäre es nett, mich dicht an sie heranzupirschen und an ihrem Haar zu riechen. Was konnte daran falsch sein? Sie war nicht weit von Lang entfernt, nur drei oder vier Schritte. Die Kinderpsychologen beobachteten, wie sie an ihrem

Tisch vorbeischlenderte; und es war offensichtlich, dass insbesondere Konwicki ihren Arsch begutachtete. Doch wer konnte dem Mann einen Vorwurf machen? Rebecca sah gut aus – nein, *phantastisch* – in ihrer Kellnerinnenuniform. Die Uniform selbst war unglücklicherweise (oder glücklicherweise, das hing von den jeweiligen Vorlieben in Bezug auf die Damenmode ab) ziemlich gouvernantenhaft: ein blaues Karokleid, der Saum bescheiden über hübschen Knien, weite Ärmel mit Spitzenmanschetten, die am Handgelenk zuzuknöpfen waren, ein hoher Spitzenkragen über weißen Schließen, die über das Vorderteil nach oben verliefen (oder *nach unten*, wieder hängt viel davon ab, wie man solche Dinge betrachtet). Man kann nicht erwarten, dass die Kellnerinnen in einem Pfannkuchen-Restaurant Miniröcke und schwarze Strumpfhosen tragen. Ich gehöre zu denen, die von diesem Schauspiel vermeintlicher Unschuld bezaubert sind und nichts gegen Frauen in freudlosen Kostümen einzuwenden haben. Was ist schöner als entschleierte Schönheit? Wer kann ehrlich den Drang bestreiten, eine tugendhafte Fassade durchbrechen zu wollen?

Da kam Rebecca. Wir waren auf Kollisionskurs. Ich wollte mich über sie hermachen und mich in ihren Kleidern verheddern. Die Erkenntnis dieses Wunsches ließ mich zucken und zittern. Fiel Bernhardt das auf? Würde es ihm etwas ausmachen? Dan Graham kam schwerfällig aus der Toilette, und Rebecca blieb plötzlich stehen, um ihn vorbeizulassen. Rebeccas Abwarten verschaffte mir Gelegenheit zum Weiterflug, ohne die Höhe variieren zu müssen. Dan ging zu seinem Stuhl, und ich verfehlte Rebecca um wenige Zentimeter, dann schwirrte ich zum zweiten oder vielleicht dritten Mal an diesem Abend über Sherwin Lang dahin. «Was war das?», fragte Leslie Constants Stimme mit dem englischen Akzent, als ich am Aquarium vorbeischoss und beinahe in ein Fenster krachte, das auf den Parkplatz hinaussah.

Ich gab in diesem Moment als fliegender Mann kein sehr gutes Bild ab. Vielleicht wäre es besser gewesen, wenn ich die Pfannkuchen nicht gegessen hätte. Wir essen Pfannkuchen, um der Einsamkeit zu entfliehen, doch wenig später wollen wir nichts mehr, als davon befreit sein, dass wir an Pfannkuchen überhaupt je gedacht haben. Nachdem wir Pfannkuchen gegessen haben, kann uns nichts davon abhalten, deswegen das allerschlimmste Bedauern zu empfinden. Nachdem wir Pfannkuchen gegessen haben, wird die Ablehnung von Pfannkuchen und allem, was damit serviert wird, Schinken und Sirup und Wurst und Kaffee und Gelee und Marmelade, zu einer großen Mission in unserem Leben. Doch verglichen mit den Pfannkuchen selbst, sind diese Dinge nicht der Erwähnung wert. Es ist der Pfannkuchen – *Pfannkuchen! Pfannkuchen!* –, den wir nie zu respektieren lernen. Wir versprechen uns, dass wir es beim nächsten Mal besser wissen werden, als Pfannkuchen jeder Größe und jeder Menge zu bestellen. Nie wieder werden wir uns von Buchweizen- oder Buttermilch- oder Blaubeerpfannkuchen in Versuchung führen lassen. Doch wir lernen nichts; und die Tage vergehen, zwei oder drei Wochen verstreichen, dann ein Monat, und wir vergessen die Pfannkuchen und ihre Herrschaft über uns. Irgendwann brauchen wir sie. Wir kriechen wieder und wieder zu den Pfannkuchen zurück.

Ich prallte mitten in der Luft gegen einen Fensterrahmen. Draußen auf dem Parkplatz standen Autos. Jenseits der Außenbeleuchtung des Restaurants war die Nacht schwarz unter den heranziehenden Regenwolken. Dunst verwandelte sich in dichteren Nebel, der die Autos bedeckte. Die Autos, die im Licht standen, schimmerten unter dem grauen, die Konturen verwischenden Nebel; diese Autos schienen irgendwie gleichzeitig zu glänzen und zu verschwinden. Reifen auf dem Boden waren unsichtbar, doch Stoßstangen, Motorhauben und Windschutzscheiben leuchteten in der nassen Luft. Jenseits der letzten Wagenreihe konnte man nicht mehr viel erkennen. Baumstämme. Einen Flecken braunes Gras. Das Licht der elektrischen Außenbeleuchtung zerstreute sich im Nebel, und die Farben der weiter entfernten Autos waren gedämpft und nicht voneinander zu unterscheiden. Die Karosserien glichen nassen Kolossen. Dicht beim Restaurant sah ich Marias gelbes Sportcoupé, das neben Bernhardts rotem Kombi parkte. Bernhardts roter Kombi wurde in dem dumpfen Licht purpurfarben. Dieses Auto war ein Flaggschiff, andere dahinter und darum herum sahen klein und verletzlich aus. Ich konnte nicht verhindern, dass ich für die Autos Mitleid empfand.

Mein eigenes Auto, meine kleine grüne Limousine, stand nicht auf dem Parkplatz, denn Jane hatte mich hergefahren und abgesetzt.

Ich fühlte mich krank und allein, als ich auf die Autos hinausschaute und den Kinderpsychologen zuhörte, deren Stimmen so laut waren.

«Er hat eine Borderline-Störung. Dessen bin ich mir sicher», sagte Peter Konwicki zu dem Mann neben ihm, einem ernsthaften, nervigen Auszubildenden mit Namen

Bob. Bob nickte mit dem Kopf, und Konwicki sagte: «Ich stelle ungern Diagnosen bei meinen Kollegen, aber in diesem Fall bin ich gewillt, eine Ausnahme zu machen.»

«Würden Sie sagen, er sei eine multiple Persönlichkeit?», fragte Bob auf seine eifrige, einschmeichelnde Art – ich schätze, er versuchte bei Konwicki Punkte zu sammeln.

Die beiden Männer starrten mich einen Augenblick lang an, und Peter war sichtlich – wie soll ich es ausdrücken? – angewidert. Schließlich verkündete er: «Im Gegensatz zur landläufigen Meinung, Bob, sind voll ausgebildete multiple Persönlichkeiten extrem selten und nicht zu verwechseln mit Persönlichkeiten, die lediglich fragil sind und sich schlecht abgrenzen können, wie chronisch Depressive und Drogensüchtige, denen es nie gelingt, sich sozial angemessen zu integrieren. Es ist ganz typisch für diese Menschen, grandiose Charaktere und Weltanschauungen zu entwerfen, und sie leiden dann unter gewaltigem psychischem Stress, wenn ihre Umwelt sich weigert, wie das am Ende immer der Fall ist, ihren Solipsismus anzuerkennen oder zu belohnen. Unser Kollege ist ein wenig so, würde ich sagen. Aber ist er eine echte multiple Persönlichkeit? Nein, er ist etwas anderes.»

«Manisch?»

«Möglicherweise hat er manische Tendenzen, ja.»

«Schizoid?», fragte der Auszubildende der Kinderpsychologie aufgeregt.

«Das ist gut möglich.»

«Paranoid?»

«Paranoid, o ja, ohne Zweifel», sagte Konwicki. Dies war für Bob offensichtlich das Stichwort, eine Art hektischen Anfall hinzulegen, auf seinem Stuhl hin- und herzuschaukeln und mit Händen und Armen ruckartige, irritierende Bewegungen zu machen, wild zu gestikulieren, was Agitiertheit anzeigte und mich an Tollwut denken ließ.

«Winnicott'sches falsches Ich? Wahnhafte Macht- und Allwissenheitsphantasien? Sexuelle Devianzen?», rief Bob wie ein Wahnsinniger.

«Ich würde nichts ausschließen, Bob.»

«Phantastisch!»

Eines war gewiss: Peter und ich steuerten auf einen Konflikt der einen oder anderen Art zu. Vielleicht nicht an diesem Abend, aber in nächster Zeit. Dessen war ich mir sicher. Ich will nicht sagen, dass ich auf etwas Körperliches hoffte, denn ich bin kein Raufbold und habe nicht den Wunsch – nicht dass ich wüsste –, einen anderen Menschen zu verletzen oder anderenfalls selbst übel zugerichtet zu werden. Es könnte auch problematisch sein, eine Rauferei anzufangen, während ich von einem anderen Mann hoch in der Luft gehalten wurde. Um mich zu treten wäre eine Option. Vielleicht würde Bernhardt mit seiner dosenlachsähnlichen Hautfarbe und seiner zerknitterten roten Jacke und diesem Panamahut, der in der Öffentlichkeit niemals – ich glaube, ich habe das bereits erwähnt, vielleicht mehr als einmal – seinen Kopf verlässt, sodass man sich vorstellt, wie er ihn auch an den absurdesten und privatesten Orten trägt, morgens unter der Dusche oder nachts neben seiner Frau im Bett oder sogar beim Friseur, der, so stellt man sich das vor, eifrig an den steifen kleinen Härchen herumschnipselt, die ihren Weg unter diesem schrecklichen Hut hervor nach draußen finden (oder, noch hässlicher, man macht sich ein Bild von diesem Hut als einer Art herabhängender Bedeckung einer unheimlichen und hässlichen

Wucherung oder Deformierung auf Bernhardts Kopf, einer medizinischen Anomalie, oder, sogar noch ekelhafter, einem feuchten, durchsichtigen Parasiten wie aus den Seiten eines Science-Fiction-Romans, eines fremden Dings, das auf Bernhardt wächst, auf ihm lebt und, durch das zentrale Nervensystem mit seinem Gehirn verbunden, ihn mittels kleiner Röhren kontrolliert und ihn instruiert, mich festzuhalten und zu drücken und mir das Fliegen beizubringen; ihn auch instruiert, abzustreiten, dass das Krankenhaus im Nebel ein Raumschiff oder, noch schöner und zutreffender, ein schwebendes goldenes Grab ist) –, vielleicht würde Bernhardt, wie ich schon sagte, Bernhardt, unser riesiger, keuchender, rotbackiger Gruppentherapeut, auf Konwicki einschüchternd wirken. Konwicki ist ein kleiner Kerl. Er sieht zerzaust und wütend und gemein und zäh aus. Doch es ist wohlbekannt, dass diese wilden Männer mit ihren zusammengepressten Lippen und den verkniffenen Augen unter einer glänzenden Stirn, diese Männer, die aussehen wie aggressive Eichhörnchen, mit sichtbaren Adern auf Unterarmen und Bizeps, Männer, die ständig hungrig sind und voller Groll auf alles Gute im Leben – dass diese Typen, das habe ich herausgefunden, sich in echten Konfliktsituationen oder bei Bedrohung durch einen passionierten Esser, einen großen, fetten Mann, als unterwürfig oder zumindest deutlich ausweichend erweisen.

Darin bestand im Falle eines Kampfes um die Vormachtstellung an diesem Abend meine Hoffnung. In der Zwischenzeit spürte ich, wie sich Bernhardts Körper fester an meinen presste. Tatsächlich konnte ich überall, an verschiedenen Punkten meines Körpers, Bernhardts Bauch und seine Beine und im Kreuz vermutlich seinen Schwanz spüren. Oder war es sein Ledergürtel oder sein hochgerutschtes Jackett, das sich am unteren Ende der Wirbelsäule gegen meinen Rücken drückte? Als ich das spürte, hatte ich auch das Gefühl, als würde jeder Teil Bernhardts, seine Beine und seine Arme und seine Brust und hin und wieder sein kratzendes, leicht fleckiges Kinn, das an meinem Hinterkopf lag (all dies zusammengenommen bildete, was man Bernhardts Länge und Breite nennen könnte) – ich hatte, wie ich schon sagte, das Gefühl, als berühre jeder Teil dieses Mannes einen Teil von mir, meine Beine und meine Arme und mein Bauch und die Rippen wurden von Bernhardts Armen umfangen, die mich über dem Boden hielten. Und dann, bei näherer Betrachtung dieser Gefühle, die durch Bernhardts Nähe entstanden, seiner Beine und seines Bauchs, die sich an mich pressten, dieser Gefühle, die *durch* Bernhardts Körper in meinem eigenen entstanden – bei näherer Betrachtung hatte ich das Gefühl, als stünden wir beide still in unserer großen, nie enden wollenden Umarmung, atmeten synchron und wagten kaum, uns zu rühren, ich hatte das Gefühl, als sei der Mann nicht mehr hinter mir; als liege er vielmehr auf mir und zerquetsche mich, ich auf dem Bauch und er auf dem Bauch ausgestreckt auf meinem Rücken, wobei sein ganzes enormes Gewicht auf mir lastete und sein Atem süß durch die Luft um mein Gesicht wehte, Richards Atem, der rhythmisch, metronomisch mit jedem warmen Ausatmen die Härchen auf meinen Ohren kitzelte, jene beinahe unsichtbaren, absurd abstehenden Härchen, die Haare eines alternden und ängstlich werdenden Mannes.

Bernhardt hob mich hoch, und Bernhardt hielt mich fest. Bernhardt lag auf mir. Es war Zeit, fand ich, ein wenig

Übung im Emporschwingen und Gleiten zu bekommen, deshalb sprang ich von dem Fenstersims ab und schoss wie eine Rakete von den Autos auf dem dunklen Parkplatz weg nach oben in die einzige Richtung, die mir offen stand, direkt auf die weißen Fliesen und die Deckenlampen und diesen seltsamen, künstlichen hängenden Garten zu, der sich aus Blechtöpfen und Holzlöffeln und schweren Eisenpfannen zusammensetzte, all den Dingen, die man zur Zubereitung von Pfannkuchen benötigt.

«Was kann ich Ihnen bringen?», rief eine Mädchenstimme von unten herauf, und ich schaute hinunter und sah unsere Kellnerin Rebecca, die einen aufgeschlagenen Bestellblock in der einen Hand und einen Bleistift in der anderen hielt, bereit, damit loszukritzeln. Dachte sie, ich wäre in der Lage, mich noch einmal der grauenvollen Tortur auszusetzen, ein Essen auszuwählen und zu bestellen? Rebecca starrte mit jenem geduldigen und leicht abwesenden, mehr oder weniger toleranten Gesichtsausdruck zu mir herauf, den Kellner und Kellnerinnen überall aufsetzen, um sich gegen die unbewussten, unausgesprochenen Gelüste pingeliger Esser abzugrenzen – Tisch um Tisch all dieses unstillbare Verlangen nach sanftem Mitgefühl und Trost. Sie wartete. Ich schwebte. Von hoch oben gesehen, wurde dieses Mädchen auf eine Weise kürzer, die es ziemlich winzig aussehen ließ, jünger und kindlicher, als es tatsächlich war; und dieser merkwürdige visuelle Effekt und sein Korollar – Rebecca, die große, schwarzhaarige Highschool-Schülerin, in meiner Phantasie ein Kleinkind – ließen mich, als ich müßig neben einer kleinen, umgedrehten Pfannkuchenpfanne dahinschwebte, an Märchenszenarien denken, in denen schrumpfende Kinder und riesige Babys auftraten, hässliche Kröten, die zu Prinzen «geküsst», und arme Leute, die zum König gekrönt wurden, das ganze Inventar von Verzauberungen und Verwandlungen, die das Leben im Bereich des Unbewussten beschreiben.

«Im Moment für mich nichts zu essen», rief ich der winzig kleinen Gestalt zu, die unter mir stand.

«Kaffee? Bier? Ein Glas Milch?»

Milch hörte sich verlockend an. Andererseits hörte sich Milch nicht so gut an. «Nein, danke.»

«Möchten Sie eine Speisekarte?», rief sie zu mir herauf, und ich rief zurück: «Später vielleicht. Jetzt ist es gerade nicht so günstig.»

Und weil ich sie für mich allein hatte, sagte ich: «Hätten Sie nicht Lust, bei den Starken Jungen Frauen mitzumachen?»

Rebecca blickte geradewegs nach oben, und ich konnte ihr Gesicht und ihre Haare sehen, die ihr über die Schultern fielen, die Umrisse ihrer Brüste, die sich auf ihrer Pancake-House-Uniform abzeichneten.

«Was ist das?»

«Es ist eine Reihe von alkoholfreien Zusammenkünften am Mittwochabend, bei denen Mädchen zwischen vierzehn und achtzehn sich treffen, um über ihre Zukunftspläne zu reden, ohne sich Gedanken machen zu müssen, von Gleichaltrigen sexuell unter Druck gesetzt zu werden.»

«Alkoholfrei?»

«Ja.»

«Das kann ich zu Hause auch!», rief sie. Flirtete sie? Das war schwer vorstellbar. Dann wieder war es auch nicht so schwer vorstellbar. Jedenfalls hatte ich das Gefühl, dass ich an einem Schwätzchen mit Rebecca Gefallen finden könnte. Ein Schwätzchen mit Rebecca könnte genau das Richtige sein. Ich fragte sie: «Haben Sie zu Hause ausgebildete Therapeuten, die Workshops zum Thema ‹Lass alles hinter dir› abhalten?»

«Lass was hinter dir?»

«Alles, was man will, schätze ich. Dies und das, was auch immer nicht funktioniert. Das liegt an Ihnen.» Warum konnte ich diese vollkommen einleuchtende Frage zu meinem eigenen weiterführenden Programm nicht beantworten?

«Wie zum Beispiel dass meine Mutter und mein Vater nicht mehr im selben Bett schlafen, seit meine Tante Sylvia in unser Extrazimmer gezogen und dort an Krebs gestorben ist?»

«Genau», sagte ich zu ihr und stellte dann fest, dass sie etwas auf ihren Bestellblock schrieb. Unglücklicherweise schwebte ich zu hoch über ihr, um Buchstaben oder Worte entziffern zu können.

«Können Sie mir mehr über das Programm sagen?», fragte mich Rebecca. Sie sprach in einem interessierten, wenn auch vage distanzierten, klinischen Ton, und ich merkte, dass ich für ihre Gesellschaft dankbar war. Ich fühlte mich sofort wohl; es war entspannend, in der Luft zu hängen und sich mit Rebecca zu unterhalten. Ich fing an, ihr ganz allgemein und oberflächlich von meiner Arbeit und der Arbeit der anderen am Institut zu erzählen. Dann erzählte ich ihr ein wenig über das Krakower Institut selbst, seine Geschichte und seine philosophische Position im Verhältnis zu verschiedenen bekannten psychoanalytischen Schulen und Traditionen. Dies war eine Gelegenheit, ein paar Worte über die Self/Other-Konflikttheorie und ihren Ahnherrn

Lawrence Mandelbaum zu sagen, meinen Analytiker und früheren Lehrer, der mich, wie ich mich erinnere, einmal zur Seite genommen und gesagt hatte: «Tom, meiner Erfahrung nach offenbaren die Leute einander beim ersten Treffen die bedeutsamsten Daten ihres Lebens, ihre innigsten Wünsche und ihre schlimmsten Befürchtungen und manchmal, wenn man genau genug zuhört, ihr ganzes familiäres Vermächtnis, und das gewöhnlich innerhalb von eineinhalb Minuten.»

«Das hat Ihr Lehrer gesagt?»

«Hat er», sagte ich. Dann spürte ich, wie ich vom Kurs abdriftete – das heißt, ich spürte, wie ich an Rebecca vorbei in eine Richtung schwebte, die mich zum Aquarium neben der Kasse bringen würde –, deshalb wehrte ich mich heftig gegen Bernhardts warmen, festen Griff, drückte mit Händen und Armen gegen die mächtige Umklammerung des Gruppentherapeuten, streckte eine Hand aus und packte einen Topfdeckel, der von einem in die Decke geschraubten Haken herabhing.

«Glauben Sie das?», fragte mich das Mädchen.

«Was?»

«Dass die Leute einander in den ersten Minuten alles erzählen.» Die Art, wie sie mich beobachtete, langsam den Kopf wandte, um meinem allmählichen Abdriften zu folgen, und wie sie stetig nach oben schaute, erinnerte mich an jemanden, der zufällig hochblickt und eine interessant geformte Wolke vorbeiziehen sieht oder vielleicht einen Drachen, der an seiner Schnur in eine Höhe gestiegen ist, wo er beinahe nicht mehr zu sehen ist, ein winziger, sich entfernender Gegenstand, dessen ausgeprägte Form und leuchtende Farbe für das Auge nicht mehr länger erkennbar sind, nur dieser schwarze oder helle oder rötliche Fleck, eine Raute oder möglicherweise einer von diesen geflügelten Papierschmetterlingen, die im Zickzack über den Himmel sausen und herabstoßen und dabei Schlangenschwänze aus Lumpen und zerrissenen Bettlaken hinter sich herziehen.

«Ich glaube an unwahrscheinliche und unerwartete Affinitäten, die sich zwischen Objekten in einem Raum abspielen», rief ich zu der hübschen Kellnerin hinunter. Dies war, das wusste ich, eine prätentiöse und zutiefst abstruse Formulierung, die schlimmste Sorte ausweichenden, pseudoakademischen Psychologenjargons; aber was sollte ich machen? – Ich wollte den Kontakt mit Rebecca nicht verlieren. Ich muss zugeben, dass ich mich zu ihr hingezogen fühlte. Ich hielt krampfhaft den Topfdeckel fest. Der Deckel war mein Anker.

«Objekte?»

«Menschen.»

Sie stimmte zu. «Ja, ich glaube, ich weiß, was Sie meinen. Als ich Johnny Raab kennenlernte, merkte ich gleich, dass wir, ich weiß nicht, einander ähnlich waren. Johnny merkte es auch. Wir kamen aus unterschiedlichen Verhältnissen, aber das spielte keine Rolle. Johnnys Vater war Doktor im Krankenhaus – ein richtiger Doktor.» Hier hielt sie inne. Sie setzte einen sogenannten «gedankenvollen» Gesichtsausdruck auf, wie die Leute ihn annehmen, wenn sie einen wissen lassen möchten, dass sie sich ihre Worte genau überlegen. (An dieser Stelle sollte ich sagen, dass mir in meiner Praxis viele Male aufgefallen ist, dass Menschen, die Schwierigkeiten haben, sich auszudrücken, wirklich die Brauen furchen – häufig!). Rebecca wirkte tatsächlich verlegen. Schließlich sagte sie: «Es tut mir leid. Das war ungezogen. Ich hätte das nicht sagen sollen, dass Dr. Raab ein richtiger Doktor ist.»

«Ist schon gut. Machen Sie sich keine Gedanken wegen meiner Gefühle. Ich bin zufrieden mit meinen beruflichen Referenzen.»

«Ich freue mich, das zu hören», sagte sie.

Dann rief sie: «He, wir reden hier über das Leben und alles, und ich weiß nicht einmal, wie ich Sie nennen soll!»

Ich muss zugeben, dass das ein Schlag für mich war. Hatte sie nicht meine Blaubeerpfannkuchen-Bestellung entgegengenommen? Hatte sie mir nicht quer durch den Raum zugelächelt, als ich wie ein Baby über Bernhardt hinweggeklettert war? Sollte ich sie daran erinnern, dass wir einander vorgestellt worden waren? Konnte sie es vergessen haben? Würde sie sich an Manuels Namen erinnern, aber nicht an meinen? Schrecken.

Natürlich stimmte es, dass sie in einem Familienrestaurant arbeitete. Ihr blau kariertes Kleid verlieh ihr das Aussehen eines freundlichen Milchmädchens. In Einrichtungen wie dem Pancake House stellen sich die Menschen zu Dutzenden ihren Kellnerinnen vor. Müde Ehemänner, Väter von Kleinkindern machen sich an sie heran.

«Mein Name ist Tom.»

«Tom?» Sie klang überrascht, als glaubte sie mir nicht. Das konnte an Spuren einer Erinnerung liegen, die auf unsere Vorstellung durch Manuel zurückgingen. Er hatte mich Thomas genannt, eine kleine Abweichung, aber eine wichtige. Rebecca hatte auf irgendeiner Ebene Zweifel an meiner Identität. Das war ein kritischer, möglicherweise entscheidender Moment unserer Beziehung.

«Oder Thomas.»

«Tom oder Thomas? Was ist Ihnen lieber?»

«Das ist egal. Es spielt keine Rolle. Suchen Sie sich einen Namen aus», sagte ich. Die Dinge wurden interessant. Was ich damit sagen will, ist, dass ich mich von Berufs wegen für Namen interessiere, insbesondere für Spitznamen, die ich für eine gesellschaftlich akzeptable, antisoziale Demütigung halte.

«Wie nennen Sie Ihre Freunde?»

«Freunde?»

«Ja. Wie nennen die Sie?»

«Tom, schätze ich. Tom. Tom ist gut. Einfach Tom, Tom», wiederholte ich wie ein verrückter, levitierender Besessener.

«Gut, Tom. Ich bin Rebecca.»

Und was würde passieren, wenn ich ihr sagte, dass ich ihren Vornamen bereits kannte? Würde sie eventuell daraus schließen, dass ich mir irgendwie Informationen über ihr Privatleben verschafft hatte? Würde sie mich für einen Spanner halten?

Eine einfachere Art, diese Fragen zu stellen, wäre: «Gibt es etwas Gefährlicheres, Lebensbedrohlicheres als den Moment, in dem man einen neuen Menschen kennenlernt?»

«Du Rebecca, ich Tom», witzelte ich. Wie vorauszusehen, kam der alte Tarzanspruch nicht an, und ich fühlte mich lächerlich, ihn verwendet zu haben. Wie konnte ich so dumm sein? Machte mich Rebecca so nervös? Ich hatte mich mit einer abgedroschenen Phrase selbst kleiner gemacht. Nun reichte es. «Was wollten Sie über Dr. Raab sagen, Rebecca?»

«Nun, Tom, ich mochte Dr. Raab. Er hat all diese radikalen chirurgischen Techniken entwickelt. Er hatte ein Patent auf eine Vorrichtung, die man dazu benutzt, kollabierte Lungen innen am Brustkorb der Leute festzumachen. Ist das nicht erstaunlich? Punkt fünf Uhr gab es in Johnnys Familie immer Cocktails. Es war ziemlich offensichtlich, dass Mrs. Raab ein Alkoholproblem hatte. Ich meine, man konnte dort sitzen und zusehen, wie ihr Gesicht beim Trinken auseinanderfiel. Es war, als würde sie zu einer anderen, älteren Person. Im Englischunterricht haben wir *Dr. Jekyll und Mr. Hyde* gelesen, und ich war überzeugt, dass es von Mrs. Raab handelte. Sie goss sich ein Glas randvoll mit Bourbon und ging herum und verschüttete nie, nie etwas. Dann lehnte sie sich auf ihrem Stuhl zurück, und ihr Gesicht fiel auseinander. Meine Mom und mein Dad trinken keinen Tropfen. Die Mutter meiner Mutter hat so viel getrunken, dass sie an einer Leberkrankheit gestorben ist. Meine Mutter und mein Vater werden wütend auf mich, wenn ich auch nur ein bisschen was trinke, obwohl ich gesetzlich darf. Mir macht das nichts aus. Sie tun das, weil sie mich lieben. Trinken Sie gerne? Entschuldigen Sie, das geht mich nichts an. Sie sehen nicht wie ein großer Trinker aus. Trotzdem, man weiß nie bei den Leuten. Ich glaube, ich möchte selbst Doktor werden. Aber kein Chirurg. Mit Johnny war es, als hätten wir einander schon früher gekannt. Es war, als ob wir unser ganzes Leben darauf gewartet hätten, einander kennenzulernen. Wir konnten praktisch die Fragen des anderen beantworten, ohne die Fragen überhaupt zu stellen.»

«Wo ist Johnny jetzt?», fragte ich von hoch über ihrem Kopf.

Ihre Stimme senkte sich, und sie klang, fand ich, wirklich tief betrübt und verloren, als sie sagte: «Im Junior College.» Es war, als hätte sie mir damit enthüllt, dass dieser Junge krank geworden und gestorben war. Gibt es etwas Schmerzvolleres als die Liebe, wie sie von einem Teenager empfunden wird?

Sie sagte: «Ich schätze, was Dr. Mandelbaum gesagt hat, stimmt, denn ich bin gerade mit der allerletzten Kleinigkeit herausgeplatzt, oder nicht?»

«Ich weiß nicht recht», gab ich zu. Ich war mir nicht sicher, ob es eine gute Idee war, eine weitgehend unbeweisbare Kommunikationstheorie als Basis für ein Gesellschaftsspiel von der Sorte Wer-wagt-gewinnt zu benutzen.

Nichtsdestotrotz sagte ich, ohne zu wissen, was ich meinte – ohne zu wissen, was, wenn überhaupt, ich provozieren wollte –: «Ein Gefühl wie reife Liebe braucht oft lange, um ans Licht zu kommen, Rebecca.»

Und ich dachte, *Liebe*?

«Oh.»

Weinte sie? Waren da Tränen? Oder war dies nur eine aufregende Illusion, die durch den Winkel ihres zurückgelegten Kopfes entstand? Hier war ein Mädchen, das viel Hals zeigte. Es ist immer so schwierig, die sexuellen und werbenden Manierismen einer jüngeren Generation treffend einzuschätzen.

«Eigentlich», erklärte ich dem Mädchen ein wenig im Stil eines Dozenten in einem Klassenzimmer, «erzählen wir den Leuten vor allem Dinge, von denen wir nicht wissen, dass wir sie erzählen. Nehmen wir mich als Beispiel. Ich befinde mich, wie Sie sehen, in Dr. Bernhardts Armen. Dr. Bernhardt hält mich hoch, weil er nicht möchte, dass ich mit Rosinen-Zimt-Toast nach Peter Konwicki werfe. Ich weiß eigentlich nicht, *warum* Dr. Bernhardt nicht möchte, dass ich mit Rosinen-Zimt-Toast nach Peter Konwicki werfe, der grundsätzlich eine Bedrohung ist, auch wenn er zu Kindern nett ist, aber so ist es. Dr. Bernhardt oder *Doktor* Bernhardt, sollte ich sagen» – wer, frage ich, kann dem widerstehen, sich über die Universitätsabschlüsse anderer Leute lustig zu machen? –, «*Doktor* Bernhardt hat gesehen, dass ich anfangen wollte, mit Essen zu werfen, etwas, was ich bei Einladungen zum Abendessen gerne tue. Deshalb hob er mich hoch und fing an, mich zu drücken, und das Ergebnis war, dass ich den Toast fallen ließ und aus meinem Körper geflogen bin, und jetzt bin ich hier in der Luft über jedermanns Köpfen, mir ist übel, und ich hänge an einem Topfdeckel!»

Worauf wollte ich eigentlich hinaus? Irgendetwas bezüglich des Unbewussten und seiner Rolle in der zwischenmenschlichen Kommunikation? Ich schwatzte weiter über ganz andere Dinge. Klang ich plausibel? Rebecca kritzelte schnell ein paar Notizen auf ihren Bestellblock. Ich fand das tröstlich. Ebenfalls tröstlich war ihre Art, gelegentlich beim Schreiben aufzublicken, um einen flüchtigen Blickkontakt mit mir aufzunehmen und dann ruhig und ohne meinen Gedankenfluss zu unterbrechen «Hm» oder «Ja, das ist sehr interessant» zu sagen.

Es war, stellte ich fest, eine überraschend gekonnte Nachahmung der klassischen analytischen Haltung – besonders überraschend bei einer Person, die so jung war und ohne jede Ausbildung in diesem Bereich.

Andererseits war es vorstellbar, dass Rebecca lediglich eine Pause machte, um für ihre Kunden an den Tischen und in den Nischen die Rechnungen fertig zu machen, und mich nur ertrug, bis sie sich höflich entschuldigen und durch die massiven Schwingtüren in die Küche verschwinden konnte.

Ich fand, dass ich das nicht zulassen konnte. Mir schien, dass in diesem Moment, als ich an dem Topfdeckel hing und auf die schreienden und lachenden Analytiker hinunterblickte, auf die hin und her schwimmenden orangefarbenen und die bleichen weißen Fische in ihrem gläsernen Aquarium neben der Kasse und der Süßwarentheke, auf hochgehaltene Tabletts, auf denen Teller und Gläser herumgetragen wurden von Kellnerinnen, die sich zwischen blauen Tischen und Stühlen hindurchzwängten, Stühlen, die von den Leuten nach dem Essen zurückgeschoben worden waren, damit sie bestellen, einander auf die Schulter klopfen oder einfach durch den Raum gehen konnten –, dass alles, womit ich etwas meine, auch wenn ich mir nicht sicher bin, was, davon abhing, Rebecca zu lieben und sie lächeln zu sehen.

«Hören Sie», sagte ich zu diesem Mädchen, das auf festem Boden stand, «ich muss für eine Weile hier oben herumfliegen, und ich würde mich sehr freuen, wenn Sie sich mir anschließen würden.»

«Ich?»

«Warum nicht?»

«Ich kann nicht fliegen.»

«He, sehen Sie mich an. Sehe ich so aus, als wüsste ich, was ich hier oben tue?», sagte ich zu ihr.

Und ich sagte: «Warum legen Sie diesen Bestellblock und den Bleistift nicht zur Seite und nehmen meine Hand?»

«Sind Sie sicher?»

«Ja.»

«Wirklich?»

«Absolut.»

«Es ist unheimlich.»

«Ich werde Sie festhalten», sagte ich zu ihr, obwohl ich mir nicht sicher war, wie ich das tun würde, während ich von Bernhardts wilder, erstaunlicher Umarmung festgehalten wurde. Rebecca erfasste das Problem. «Wie?», fragte sie.

«Ich werde Ihre Hand halten», war alles, was ich anbieten konnte.

«Versprochen?»

«Versprochen.»

Aber es war klar, dass sie Angst hatte und nicht wusste, was sie von der Sache halten sollte. «Ich habe noch nie so etwas getan», sagte sie; und ich schlug ihr in beruhigendem, professionellem Therapeutenton vor – wozu ich, zu meinem Vorteil, wie ich hoffte, die milde, ansteigende Modulation des erfahrenen Interviewers einsetzte, durch die sich eine Behauptung mehr oder weniger in eine Frage verwandelt, in ein Thema sorgfältiger Kontemplation, und das weniger aufgrund der Wortwahl als durch subtile Abwandlung von Stimmhöhe und Stimmvolumen am Ende eines Satzes –: «Umso mehr ein Grund, es auszuprobieren?»

Rebecca machte einen Einwand, der schwierig, wenn nicht sogar unmöglich zu parieren war: «Ich arbeite bis elf.»

«Wie viel Uhr ist es jetzt?»

«Tragen Sie keine Uhr?»

«Nein.»

«Ich auch nicht.»

«Hm», sagte ich.

Sie sagte: «Die Uhr in der Küche zeigt kurz vor neun. Aber diese Uhr geht immer vor.»

Ich wollte sie unbedingt als Reisebegleiterin. Was konnte süßer sein, als neben dieser reifen jungen Frau mit den herabfallenden Haaren durch das Dach zu levitieren?

«Um neun bin ich dran mit einer Pause», sagte sie. Wirklich, wie nett es ist, wenn eine Frau sich entschließt, die, wie man so sagt, Hoffnung lebendig zu halten.

«Machen Sie jetzt eine Pause.»

«Dann kriege ich Schwierigkeiten.»

«Nein, die kriegen Sie nicht.»

«Doch, die kriege ich. Sie wissen nicht, wie das hier ist, Tom. Die Manager beobachten jede Bewegung, die man macht. Sie wissen alles. Sie wissen, ob man ein Coke trinkt oder einen Riegel aus der Theke nimmt. Sie wissen, wenn man sich hinten rausschleicht und eine Zigarette raucht. Sie wissen, wie lange man auf der Toilette ist.»

«Ich sorge dafür, dass Sie in zehn Minuten wieder auf den Füßen stehen», sagte ich – ein klassisches Beispiel für die männliche Bereitwilligkeit, einer Frau wilde Versprechungen zu machen. Für mich sprach Rebeccas Unlust an ihrem Job.

Und ich dachte: *Bitte, komm fliegen.*

Sie schaute sich im Restaurant um. Sie blickte nach links, und sie blickte nach rechts.

Bitte.

Sie überlegte.

Bitte, bitte.

Sie starrte auf ihre Schuhe hinunter. Sie starrte lange auf sie hinunter. Überlegte sie, die Erde zu verlassen? Überlegte sie, alles hinter sich zu lassen?

War sie, mit anderen Worten, eine Starke Junge Frau des Krakower Instituts?

Sie klappte den Bestellblock zu und steckte ihn zusammen mit ihrem Bleistift in die geräumige Schürzentasche, die vorne auf ihr blaues Kleid genäht war. Sie blickte nach oben. Sie antwortete auf meine Gebete. Sie warf ihre Haare zurück, strich sie sich aus den Augen, und dann streckte sie mir ihre Hand entgegen. Ihr Arm reckte sich über eine große, beinahe unüberwindliche Entfernung: Ich war im Himmel, und sie war viel weiter unten; und der visuelle Eindruck aus einer so schwindelerregenden Höhe war der von Rebeccas Arm, der sich über seine normalen oder tatsächlichen Möglichkeiten hinaus streckte, zu mir heraufreichte wie etwas, das direkt vom Boden emporragte, geschwind aus seinen Wurzeln wuchs, hoch in Richtung der Wolken wie der Bohnenstängel in der Kindererzählung. Da kam ihr Arm, weiß und schön.

Da war ihre Hand.

Schnell – denn ich hatte Angst, dass sie, falls ich zögerte, den Mut verlieren und ihre Meinung ändern könnte; oder auch, wenn sie ihre Meinung nicht änderte, dass wir einander zu langsam die Hände reichen könnten, und wenn wir einander zu langsam die Hände reichten, dass wir mitten in der Luft auseinanderdrifteten, ich quer durch den Raum in Richtung Aquarium abschwenkte, sie zur Bar hinübersegelte oder in die Küche oder Gott weiß wohin –, ich ließ schnell den Topfdeckel los und winkte so gut ich konnte mit der Hand in Rebeccas Richtung. Vielleicht stimmt es, dass wir in dem Moment, bevor wir einen anderen Menschen zum ersten Mal berühren, wenn wir darauf warten, mit unserer Hand die Berührung einer anderen zu spüren, deren fremde Finger mit den Nägeln leicht unsere Handfläche streifen, sodass die Haut nicht nur auf unserer Hand kribbelt, sondern sogar an den überraschendsten Stellen, im Kreuz oder auf dem leicht erhobenen Spann eines Fußes oder in der verletzlichen, weichen Innenbeuge eines Knies – vielleicht in diesem Moment, wenn das Routine-Einerlei des Lebens einer anderen Situation Platz macht, der Situation nämlich, dass wir im Begriff sind, jemand Neuen zu berühren, vielleicht fühlen wir uns in solchen Zeiten lebendiger – *sind* auf unerforschliche, unergründliche Weise lebendiger als in anderen. So fühlte ich mich, kribbelig und atemlos, als ich hinuntergriff, um Rebeccas Hand mit meiner zu umklammern. Sie musste das Gleiche oder beinahe das Gleiche empfunden haben, denn als unsere Hände sich berührten, erschauerte sie, und ich hörte ihren Ausruf: «Ah, ah», als erst ihre Absätze, dann ihre Zehen Zentimeter für Zentimeter vom Boden abhoben und sie zu mir emporschwebte.

«Hallo», sagte ich.

«Bin ich in der Luft? Bin ich wirklich in der Luft?», fragte sie.

«Das sind Sie.»

«Ist das Fliegen?»

«Das ist es.»

«Wir sind so hoch oben. Gott, dort unten sind alle so klein. Ist das die Decke? Was passiert, wenn ich mir den Kopf anstoße? Können sie uns von diesen kleinen Tischen aus sehen?»

«Sherwin kann uns sehen. Und Peter Konwicki weiß, dass wir hier oben sind. Ihm fehlt überhaupt nichts.»

«Was ist mit dem Mann, der uns festhält? Wird es ihm etwas ausmachen, dass ich hier oben bin? Wird er nicht müde werden?»

«Machen Sie sich wegen Richard keine Sorgen. Er ist sehr stark und entschlossen. Wir müssen ihm vertrauen.»

Als ich Rebecca hielt, schlug mein Herz schneller, und die Welt im Restaurant verlangsamte sich – alles *wurde* langsamer, oder die Dinge, wie ich sie sah, lösten sich auf. Wie es beschreiben? Ich konnte klar und deutlich die Fische erkennen, die in ihrem Aquarium neben der Kasse herumschwammen. Ich sah die Farben der Fische. Bernhardt veränderte sachte seinen Griff, mit dem er mich umfasst hielt, und meine Atemzüge wurden langsamer und gleichmäßiger, langsamer und tiefer; und in der Luft neben Rebeccas Kopf sah ich einen schimmernden Löffel baumeln, und auf dem Löffel sah ich ganz detailliert, wie fotografisch vergrößert, orangefarbene und braune Rostflecken. Licht von oben tauchte Rebecca in Helligkeit und uns beide in Hitze. Peter Konwickis Stimme erhob sich laut über die Stimmen der anderen in dem lärmerfüllten Raum: «Er ist unprofessionell, und man sollte ihm verbieten, Patienten zu haben!» – Gefolgt von: «Heutzutage kann jeder so ein blödes Schild raushängen!» Die Luft im Pancake House duftete süß nach Konditoreigerüchen. Es war in diesen ersten Momenten von Rebeccas Himmelfahrt schwer zu sagen, was das eine oder andere Gesehene oder Gehörte mit etwas anderem oder mit mir oder mit ihr zu tun hatte.

Zunächst waren wir beide unbeholfen. Es war, als hätten wir uns im Himmel zu einem Blind Date getroffen. Wir hielten Händchen, und unsere gemeinsamen Bewegungen waren die üblichen, verlegenen Gesten von Leuten, die zu erraten versuchen, was die Grenzen und Wünsche des anderen sind. Ich zupfte an ihrer Hand, und sie wedelte mit dem Arm, dann zog sie an mir, und ich schwebte auf sie zu, dicht an ihre Brust. Ich gewann mein Gleichgewicht zurück und runzelte die Stirn in einer Weise, die ihr zeigen sollte, dass ich nicht an ihre Brust dachte. Sie trat mit den Füßen; ich beugte meinen Körper nach hinten. Wir versuchten zu vermeiden, uns Freiheiten herauszunehmen. Es war ein Tanz des Einanderumgehens. Man kann diese Art Dynamik immer dann wirken sehen, wenn ein Mann einer Frau, die er erst vor kurzem kennengelernt hat, Fischen oder Billardspielen oder Ballwerfen beibringt, und die Frage lautet immer: «Wie sehr und auf welche Art darf ich sie berühren?»

Eine andere Art, diese Frage zu stellen, wäre vielleicht: «Was sagt mir der Körper dieser Frau, falls ihr Körper mir überhaupt etwas sagt, über ihre Bereitwilligkeit, mich als Liebhaber zu akzeptieren?»

«Hören Sie auf zu strampeln», sagte ich zu ihr.

«Entschuldigung.»

«Sie müssen Ihren Arm nicht so ausgestreckt halten», sagte ich.

«Nein?»

«Versuchen Sie es so», schlug ich ihr vor und manövrierte sie langsam näher zu mir heran, um eine bessere Hebelwirkung zu bekommen und sie ein wenig herumzudrehen, wenn ich konnte und sie wollte, sodass sie von mir wegschaute.

«Achten Sie auf den rostigen Löffel», sagte ich zu ihr.

«Ich sehe ihn.»

Sie lehnte sich rückwärts an mich, und ich bekam das Gesicht voller Haare. War das nicht das, was ich mir die ganze Zeit über gewünscht hatte? Der Geruch von Rebeccas Haaren war wunderbar, aber schwer einzuordnen – würzig in gewisser Weise, und, in Ermangelung eines besseren Wortes, rauchig, der Duft von brennendem Holz in einem offenen Kamin.

«Haben Sie zu Hause einen Kamin?», fragte ich sie.

«Warum fragen Sie?»

«Ihre Haare. Sie riechen nach Holzrauch.» Ich holte tief Luft. Der Duft von Rebeccas Haaren war ein Gegenmittel zu Richards Rasierwasser und seinen verschwitzten Kleidern und seinem Atem in meinem Gesicht.

«Wir haben einen Kamin, aber wir benutzen ihn nicht. Wahrscheinlich riecht alles in unserem Haus nach Ruß, weil das Haus so alt und verschimmelt und verfault und eklig ist.»

Sie trat ein paar Mal mit den Füßen, und ich drückte kurz ihre Hand und sagte dann: «Ich finde nicht, dass Sie nach Ruß riechen.»

«Danke.» Lachend.

Ich fühlte mich wohl. Ich war glücklich und entspannt mit meiner neuen Freundin. Ich sagte zu ihr: «Ich weiß, was Sie mit Gerüchen in alten Häusern meinen. Ich liebe die Gebäude aus dem achtzehnten Jahrhundert am Flussufer.»

«Wohnen Sie dort?», fragte sie mich. Schritt für Schritt wurden wir miteinander bekannt.

«Nein. Auf der Südseite, am anderen Ende des College

Hill, in einem Haus, das aussieht wie ein Schleppdampfer. Hinter der ersten Ampel nach dem städtischen Schwimmbad. Und Sie?»

«Wir wohnen auf der Nordseite.»

«In der Nähe der Bücherfabrik?»

«Ich kann sie von meinem Fenster aus sehen. Mein Dad arbeitet dort. Er repariert die Maschinen.»

«Ah ja», sagte ich; und sie kam sofort zum Punkt, wie die Jungen das tun, und fragte: «Haben Sie Kinder?»

«Nein.»

«Warum nicht?»

«Kein Grund», log ich.

«Möchte Ihre Frau ein Kind?» Ich konnte den Druck ihrer Hand in meiner spüren, Rebeccas Finger, die meine Finger festhielten und auf meinem Ringfinger den Goldring berührten.

«Wir reden über Kinder.» Als ich das sagte, hatte ich das Gefühl, ein hirnverbranntes, kompromittierendes Geständnis zu machen. Gab ich eine Information preis, die rechtmäßig Jane gehörte? Oder bedauerte ich bloß diese notwendige Aufrichtigkeit, diese höflichen Formalitäten, die in meiner Unterhaltung mit Rebecca als vertrauliche Enthüllungen daherkamen – oder war es anders herum, provozierende Vertraulichkeiten, die sich hinter guten Manieren verbargen? Als ich mit dem Mädchen sprach und es von mir weghielt, während es mit den Füßen trat, hatte ich das Gefühl, untreu zu sein. Aber wem?

Rebecca? (Unvermeidlich.)

Jane? (Unglücklicherweise.)

Maria? (Kaum, obwohl in gewisser Weise ständig.)

«Ein Junge oder ein Mädchen?», fragte mich Rebecca.

Einen Augenblick war ich mir nicht sicher, wovon sie redete. Ich war gerade damit beschäftigt, meinen gewohnten Wunsch zu bereuen, mich schnell und nach Belieben in einen anderen, ehrenhafteren Menschen verwandeln zu können. Dann erinnerte ich mich. Kinder.

«Junge oder Mädchen, das spielt keine Rolle», erzählte ich der fliegenden Kellnerin. Es war meine zweite Lüge innerhalb von nur ein oder zwei Minuten.

Rebecca vertraute mir an: «Ich möchte keine Kinder. Von Frauen erwartet man, dass sie sich Kinder wünschen. Vielleicht möchte ich Kinder, wenn ich älter bin. Johnny hat immer davon gesprochen, dass er welche mit mir haben wolle. Er rief mich mitten in der Nacht vom College aus an und fing an, von den Babys zu träumen, die wir haben würden. Manchmal waren es ein Junge und ein Mädchen, manchmal zwei von beiden, und wenn Johnny etwas getrunken hatte, war es immer ein ganzer Haufen Jungen, so viele Jungen wie eine Baseballmannschaft. Es war, als würde er ein Selbstgespräch führen. Ich bin im Zimmer neben Tante Sylvia, die an Krebs stirbt. Es ist mitten in der Nacht, und alles, was ich will, ist einschlafen und eines Tages von der Schule abgehen und weit von hier wegziehen. Dann klingelt das Telefon, und es ist Johnny, der sagt» – an dieser Stelle senkte Rebecca die Stimme und sprach kehlig, imitierte die gewollt barsche, scheinbar autoritäre Redeweise eines Jugendlichen, ein Mädchen, das einen Jungen imitierte, der einen Mann imitierte –: «‹Ich hab gerade über uns beide nachgedacht, wenn wir unsere Jungen bekommen.› Er hielt sich für romantisch. Er fand, ich sollte ihn dafür lieben, dass er diese Sachen sagte. Wie sollte ich über den Rest meines dämlichen Lebens nachdenken? Ich bedaure es, dass ich nicht mit ihm geschlafen habe. Er war mein Freund, es war nicht, dass ich gezwungen gewesen wäre, schwanger zu werden. Wenn man vermeiden will, schwanger zu werden, kann man das ohne Probleme tun. Ich war nie entspannt. Ich habe immerzu nein, nein, nein gesagt. Ich dachte, Sex müsste eine große Sache sein. Und es ist auch eine! Sex ist eine große Sache. Ich möchte, dass es Spaß macht. Was wusste ich schon um zwei Uhr morgens, wenn das Telefon klingelte und alle anderen im Haus schliefen oder im Sterben lagen? Ich war gemein. Glauben Sie, dass etwas Schlimmes mit mir ist?»

«Nicht wirklich.»

«Sie irren sich. Ich bin nicht normal. Ich verbringe meine ganze Zeit in Angst. Ich mag die Leute in meinem Alter nicht, aber alt werden möchte ich auch nicht. Manchmal denke ich, dass ich den Rest meines Lebens in dieser dreckigen Bude arbeiten muss. Übrigens, Sie sollten wirklich nicht hier essen. Sie verwenden saure Milch für den Pfannkuchenteig, und der Ahornsirup ist nichts als Kornsirup mit künstlichem Aroma, und es gibt keine echte Butter, und der Koch badet nie und wäscht sich nie die Haare, und im Backofen hausen Kakerlaken, und gestern habe ich eine Maus gesehen.»

«Moment mal. Im Backofen hausen Kakerlaken?»

«Ja.»

«Werden sie nicht gegart?»

«Natürlich werden sie das. Sie backen dort in diesem Moment. Aber in diesem Backofen gibt es so viele Kakerlaken. Neue ziehen ein, und die verbrannten fallen ins Essen.»

«Es tut mir leid, das zu hören.» Ich hielt Rebeccas Hand

fest. Ich konnte nicht erkennen, ob Bernhardt unsere Unterhaltung mit angehört hatte. Er atmete weiter gegen meinen Hals. Rebecca sagte: «Sie scheinen ein netter Mann zu sein. Es gibt keinen Grund, warum Sie Käfer essen sollten.»

«Danke.»

«Das meine ich so», sagte sie, und an der Art, wie sie sich an mich schmiegte, während ihr Körper mit den sanft geschwungenen Hüften und dem Karokleid sich in der Luft auf und ab bewegte, konnte ich erkennen, dass es stimmte.

Dann blickte Rebecca hinunter, und ihre Augen weiteten sich. Ihr Körper spannte sich – ich konnte es durch ihre Hand in meiner spüren –, und ihr Gesicht nahm einen Ausdruck an, wie ihn die Gesichter von Menschen annehmen, wenn etwas Alarmierendes in ihr Bewusstsein tritt. Ihre Zunge kam hervor, einmal, dann noch einmal; ihr blieb der Mund offen stehen, und sie rief: «O mein Gott, wir sind so hoch oben! Mir gefällt es nicht hier oben! Lassen Sie mich hinunter? Die Leute starren uns an. Ich möchte hinunter.»

«Schauen Sie nicht nach unten.»

«Mir ist schwindlig.»

«Schauen Sie nach oben.»

«Ich habe Angst.»

«Machen Sie die Augen zu, und atmen Sie tief durch», sagte ich; und als ich das Restaurant Tisch für Tisch in Augenschein nahm, sah ich, dass Rebecca recht hatte: Wir wurden genau beobachtet.

«Ich werde gleich ohnmächtig! Ich werde ohnmächtig!», rief sie. Ich drückte ihre Hand und schrie sie an: «Reißen Sie sich zusammen! Sonst muss ich Sie fallen lassen! Sie bringen mich dazu, Sie fallen zu lassen, und Richard wird mich fallen lassen, und wo sind wir dann?»

Die Frage war eine Überlegung wert. Es war unwahrscheinlich, dass Rebecca oder ich, falls wir losgelassen und fallen gelassen würden – Rebecca, die von mir weg fiel, ich, der ich aus Bernhardts Armen purzelte –, im Sinne einer richtigen körperlichen Verletzung sehr leiden würden. In Wirklichkeit befanden wir uns nicht furchtbar hoch über dem Fußboden. Gleichzeitig – und das ist ein wichtiger Punkt, glaube ich – waren wir ziemlich hoch über dem Fußboden. Wie hielten einander, wir waren in Abhängigkeit aneinandergefesselt, und unser Flug, dieses Gefühl des Steigens und Schwebens, war mehr als ein imaginäres Ereignis, war weder Traum noch Phantasie. Es war eine komplexe und überzeugende Zerreißprobe, die wir uns gemeinsam geschaffen hatten und die wir miteinander teilten und an die wir glaubten – Rebecca und Richard und ich, zusammen mit den Analytikern, die uns von ihren Tischen aus beobachteten. Man könnte sagen, unser Flug war das Empfindungs- und Wahrnehmungsäquivalent einer sogenannten psychosomatischen Erkrankung. Es ist nicht korrekt zu sagen, dass sich ein psychosomatisch erkrankter Mensch seine Symptome zusammenphantasiert. Symptome und Krankheiten, die sich psychosomatisch manifestieren – als physiologische «Konsequenzen» verborgenen oder extremen emotionalen Aufruhrs –, sind nicht weniger real, medizinisch nicht weniger nachweisbar als zum Beispiel eine Erkältung oder die Grippe, die von einer gängigen viralen oder bakteriellen Ansteckung und Infektion herrührt. Der wahre Hypochonder lebt in seinem Zustand, spürt jeden Schmerz und jedes Fieber.

Rebecca und ich, von Bernhardt hochgehalten, spürten jedes Sinken und Steigen, jeden raschen Abstieg über den Köpfen unserer sitzenden und hin und her gehenden Freunde. Vom Himmel zu fallen wäre ein vernichtendes, bitteres Ende dieser Angelegenheit.

«Lass uns nicht los», bat ich den Mann, der mich festhielt. Zu diesem Zeitpunkt war mir, glaube ich, klar geworden, dass er nicht die Absicht hatte, mich loszulassen, dass sich hier für Richard ebenso wie für mich etwas Bedeutsames – etwas bewegend, lebhaft Pornographisches – ereignete.

«Ich liebe dich, Tom», flüsterte er; und seine Arme in den roten Ärmeln umschlossen mich fest, umfassten meine Arme und lagen über dem unteren Teil meines Brustkorbs; und auch seine Hände, Richards riesige, geöffnete Hände, lagen unterhalb meines Brustkorbs und bedeckten den weichen Bereich über meinem Magen, und ich spürte, wie Richards Finger von beiden Seiten um mich herumgriffen und auf meine Rippen drückten.

Je weiter der Abend fortschritt, desto stärker konnte ich sein überwältigendes Gewicht spüren, Richards ganzen Körper, der auf mich drückte und mich zerquetschte. Ich fühlte mich überall wund von Richards Schwere, die mich erdrückte, und es war schwierig, Luft zu holen.

«Machen Sie die Augen zu», sagte ich zu Rebecca, die wie eine Ertrinkende zappelte und um sich schlug.

«Ich muss mich gleich übergeben!», rief das Mädchen.

«Es geht Ihnen gleich besser», versicherte ich ihr, ungeachtet der Tatsache, dass mir selbst ziemlich übel war – wie schon den ganzen Abend über, seit ich abgehoben hatte, von Bernhardt zu meinem eigenen Flug getrieben.

Rebeccas Hand in meiner fühlte sich kalt und nass an vor Schweiß. Wir schwitzten beide. Ihr Gesicht und ihre Arme waren feucht. Ich hatte Angst, ihre Hand würde aus meiner rutschen.

«Ich übergebe mich gleich», sagte sie noch einmal. Ihre Stimme zitterte, und ihr langes Haar fiel ihr ins Gesicht und blieb dort kleben. Ihr Gesicht war fahlweiß. Sie fühlte sich offensichtlich miserabel. Ich zog an ihrer Hand und schwenkte sie in der Luft ein wenig herum zu einem flachen Bratentopf hin, der von einem dünnen, an der Decke befestigten Draht herabhing.

«Erbrechen Sie in den Topf», sagte ich zu ihr, und sie beugte den Kopf über den Bratentopf und übergab sich.

«Gutes Mädchen, gutes Mädchen», sagte ich, während Rebecca würgte und spuckte. Ich versuchte sie zu beruhigen. Es ist peinlich, sich in der Öffentlichkeit zu übergeben, und niemand, der es tut, möchte dafür getadelt werden.

Ihr Kopf hing zur Hälfte in dem Topf, und ihre Haare fielen über den Rand und umschlossen die schwarze Außenseite des Bratentopfs. Sie raffte mit der freien Hand ihre Haare zu einem Pferdeschwanz zusammen und hielt sie von dem eisernen Gefäß und von ihrem Hals ab. Ihr Hals über dem blauen Kleid war nackt. Rebecca hielt ihr Haar in der Hand, und in ihrem Nacken, über der Wirbelsäule und unterhalb des Haaransatzes, sah ich das winzige, erkennbare Muster aus Sommersprossen und Leberflecken.

Es war ein Ausschnitt aus Jan Bruegels d. Ä. *Waldstraße mit Reisenden*, einem der kleinen und intimen perspektivischen Gemälde Bruegels, eine Landschaft mit flämischen

Landarbeitern. *Waldstraße mit Reisenden* zeigt Männer und Frauen mit ihren Kindern auf einer Reise; sie schleppen Lasten und führen lahmende und erschöpfte Zugtiere, die lädierte Karren ziehen, die mit Haushaltsgegenständen und noch mehr Menschen, den Karrenlenkern und den ganz Alten vermutlich, die nicht über Steine und Dornen und abgefallene Blätter und die Baumstümpfe gehen können, die überall aus dem Waldboden ragen, voll beladen und überladen sind – eine Karawane der Armen, die sich unerbittlich auf einer Straße vorwärts bewegt, die nie eine Straße war, unter alten Bäumen, die über den Köpfen der Menschen herabhängen und die Sonne ausblenden. In geringer Entfernung sind der tiefblaue Himmel, drei oder vier dunkle Vögel, der Waldrand und ein oder zwei aufgemalte Wolken zu sehen. Links unten, im Vordergrund unter einem Baum, liegt das ausgebleichte, vollständige Skelett eines gefallenen Pferdes. Der Schädel des Tieres ist riesig und, wie alles in Bruegels Werk, sehr detailgetreu gemalt. Zwei elegant gekleidete Männer – Adelige? Königliche Kuriere? Wohlhabende Diebe? – reiten auf Pferden an dem Skelett vorbei, zwischen den Bäumen hindurch in den Wald hinein. Bemerken sie die Knochen des gefallenen Tieres? Ist ein totes Pferd Anlass zur Sorge? Wohin gehen die Männer? Welcher Gefahr reiten sie entgegen? Die Pilger andererseits bewegen sich mit ihren überladenen Karren hauptsächlich vom Betrachter weg; und man hat das Gefühl, dass diese guten Leute ihr Zuhause und jegliche Blutsbande, die sie haben mochten, verlassen haben. Sie schleppen sich mit ihren Bündeln dorthin, wo der Wald sich öffnet, auf eine Stadt oder ein Dorf zu, dessen Kirchturm schwach erkennbar am Fluchtpunkt des Horizonts aufragt. Ein paar Reisende und ein schwarz-braun-weißes Hündchen haben angehalten, um sich unter den Bäumen in der rechten unteren Ecke der Szene hinzusetzen und auszuruhen. Der Hund blickt auf die Straße zurück, zurück in den dunklen Wald, zu ungesehenen Dingen, die vor kurzem zurückgelassen oder verloren wurden; und der Hund erwidert auch den Blick des vor dem Gemälde stehenden Betrachters. Karawanen bewegen sich auf die Stadt zu und von ihr weg. Die wohlhabenden Reiter reiten achtlos in den Wald. Die Stimmung in dem Gemälde ist weder glücklich noch traurig, weder furchteinflößend noch befreiend; sie ist alles zugleich.

Wenn man das Gemälde betrachtet, sieht man, wie der Hund einen anstarrt. Ob man sich nach rechts oder links bewegt, die Hundeaugen finden einen – genau wie man es von den Augen der Figuren in Gemälden erwartet.

Der Hund verbindet die Menschen in dem Gemälde mit der Welt außerhalb des Gemäldes. Es ist, als wären Bruegels Landarbeiter aus der Welt geworfen, um das Gemälde zu durchwandern.

Ich war mir sicher, dass es das Hündchen Jan Bruegels des Älteren war, das mich von Rebeccas bloßem Nacken aus anstarrte, als Rebecca sich vorbeugte, um sich in den offenen Bratentopf zu übergeben, der von einem starken, dünnen, in der Decke des Pancake House & Bar festgeschraubten Draht herabhing.

Was konnte es bedeuten, von einem einsamen Hund angeblickt zu werden, der auf den Nacken eines Mädchens gezeichnet war, das sich mitten in der Luft übergab? Es gab keine Möglichkeit, das herauszufinden, doch ich vermute, dass diese Manifestation des Hundes einen Schlüssel lieferte zu meiner Rolle als Übergangsfigur in Rebeccas Leben.

In meinem Beruf ist es wichtig, solche Zeichen zu studieren, nicht als Vorzeichen, die sogenannte reale oder unmittelbar bevorstehende Phänomene ankündigen, sondern als Indikatoren unausgesprochener Vorlieben und Neigungen seitens des Betrachters. Wer Symbole entziffert, ist für immer dem Begehren ausgeliefert. Ich sah einen kunsthistorischen Hund auf Rebeccas Nacken, weil ich mir vorstellte, dass Rebecca selbst unausgesprochen, sehnsüchtig zurückschaute und metaphorisch dunkle Wälder durchforschte – nach einem Mann wie mir.

Sie ließ ihr Haar aus der Hand fallen. Sie spuckte in den schwarzen Topf. Ich hielt ihre andere Hand. Rebeccas linke Hand hing in der Luft, und ihre rechte Hand hielt meine linke Hand. Unsere Hände waren fest miteinander verbunden. Wir glichen zwei ängstlichen, ungeübten Tanzpartnern. Meine Arme wurden von Bernhardts Armen festgehalten. Rebeccas Haar fiel über ihren Nacken, und der Hund entzog sich meinem Blick. Bernhardt hob mich in seiner Umarmung hoch. Er war mein Vater. Ich war imstande, an seinem guten Beispiel zu lernen und ruhig zu Rebecca zu sagen:

«Ich bin da.»

«Scheiße», sagte sie.

Sie hob den Kopf und den Arm und wischte sich mit dem langen blauen Baumwollärmel ihres Kleides das Gesicht ab. «Geht es Ihnen besser?», fragte ich.

«Uff.»

«Können Sie versuchen zu fliegen?»

«Ich weiß es nicht.»

Die Episode von Rebeccas Erbrechen ließ sie in meinen Augen in keiner Weise weniger attraktiv erscheinen; im Gegenteil, sie wurde als Persönlichkeit in meinem Leben schöner und einfühlsamer.

Ich sah ihr beim Spucken zu.

«Sie haben etwas am Kinn.»

«Wo?»

«Da.»

Es war offensichtlich, dass ich meine Hand nicht an ihr Gesicht heben konnte. Ich wünschte, ich hätte sie abwischen können. Es wäre eine mutige, intime Geste gewesen. Ich nickte und wandte den Blick ab.

«Tiefer», sagte ich.

Sie rieb mit der offenen Hand. Mit der anderen Hand hielt sie meine Hand fest. War eine Trennung für Rebecca ebenso beängstigend wie für mich? Fürchtete sie sich vor der Einsamkeit?

«Ein wenig tiefer.»

«Tiefer?»

«Sie haben es erwischt», sagte ich.

Ihre Augen waren wässrig und von schwarzen Schatten umringt. Rebeccas Lippen waren rot.

«Sie sind schön», sagte ich zu ihr.

«Mir ist schlecht.»

«Wir gehen langsam vor», versprach ich.

Und das taten wir. Ich gab Rebecca jede Menge Zeit, zu Atem zu kommen, sich zu säubern oder wenigstens ihr Haar wieder zu ordnen und sich den Mund abzuwischen, diese Dinge, und dann begannen wir, Hand in Hand im Uhrzeigersinn durch den Raum zu zirkulieren. Unterwegs zeigte ich unten auf einige Leute, nannte Rebecca ihre

Namen und schmückte ihre Geschichten mit freundlichem Institutsklatsch aus, winkte und lächelte hin und wieder, wenn die gemusterte Person zufällig heraufblickte und uns über alle Köpfe hinweg durch die Luft gleiten sah.

«Das ist Elizabeth Cole. Sie ist zum dritten Mal verheiratet, mit einem Mann namens Deavers, der mindestens fünfzehn Zentimeter kleiner ist als sie und an der Highschool Biologie unterrichtet. Der Mann rechts von ihr ist Mike Breuer. Mike war früher protestantischer Pfarrer. Davor war er ein gefeierter Running-back bei den Kernberg College Colonels. Heute ist er ein guter Therapeut.»

Mike sah uns und lächelte – als wüsste er, dass wir freundlich über ihn sprachen –, und Rebecca flüsterte mir ins Ohr: «Er sieht nett aus.»

«Mike ist nett», stimmte ich ihr zu. Und warum auch nicht? Der Mann ist für einen Ich-Psychologen außerordentlich freundlich und umgänglich, würde ich sagen; das ist sein Protestantismus, der in Form einer verführerischen, ernsthaften Liebenswürdigkeit durch die analytische Haltung hindurchleckt. Die Menschen wollen sich Mike immerzu anvertrauen, weil sie ihn für vertrauenswürdig halten.

«Wer ist der Typ, der gekleidet ist wie Abraham Lincoln?», fragte mich Rebecca. Sie deutete.

«Das ist Sherwin Lang.»

«Oh.»

«Sherwin ist mir einer der Liebsten», sagte ich.

«Wieso das?», fragte Rebecca. Wir waren in diesem Moment direkt über Langs Tisch; und als ich hinunterschaute, konnte ich sehen, dass Sherwin und Mike deutlich sichtbare kahle Stellen hatten. Wie ich vielleicht bereits erwähnt habe, trug Sherwin sein Haar lang und aus der Stirn gebürstet. Jetzt sah ich, dass das ein Trick war. Keinerlei Kämmen und Zurechtfrisieren können jemals deutlichen Haarausfall verbergen. Langs Schädel war von oben überraschend gut sichtbar; und die Ähnlichkeit – in Form, Umfang und ungefährer Position – zwischen seiner und Mikes Kahlheit war, fand ich, bemerkenswert, insbesondere wenn man die unterschiedlichen Techniken bedachte, die beide Männer im Umgang mit ihren Platten anwandten, und was diese Techniken im Vergleich über diese Männer enthüllten. Mike, der sein Haar bürstenkurz trug, wirkte von oben wie der aufrichtigere und geradlinigere Typ – ein Mann, der offensichtlich nichts zu verbergen hatte. Langs Haare waren bewusst zu einer Art Mähne geformt, zu diesen hohen schwarzgrauen Wellen zurechtfrisiert, die zu schweben schienen, um dann übereinanderzuschlagen und die weiße ungeschützte Grotte seines nackten Schädels zu überschwemmen.

«Sherwin ist ein interessanter Mensch», sagte ich zu Rebecca, während wir gemeinsam auf den Alkoholiker und den ehemaligen Seminaristen hinunterblickten. Diese beiden Männer, seit vielen Jahren miteinander befreundet, funktionierten in Gesellschaft als Ergänzung füreinander und waren meiner Meinung nach deshalb ein gutes Beispiel für das, was ich gerne kompatible Inkompatibilität nenne. Wie oft sehen wir solche Freundes- und Ehepaare? Es ist die Geschichte von Jack Sprat und seiner Frau, dieser alte Spruch von der Wirksamkeit sich anziehender Gegensätze. Aber auch das Verhältnis dicke Frau/magerer Mann deutet darauf hin, wie präzise verschiedene Individuen im jeweils anderen die grundlegendsten, verstecktesten Ähnlichkeiten erkennen. Wenn wir einen Menschen lieben, der uns fremd ist, ist es in der Regel nicht pure Fremdheit, die uns tiefere Zuneigung fassen lässt; im Gegenteil, wir sind berührt von den Gemeinsamkeiten in unserer Geschichte: einer bestimmten Art eines guten oder schlechten Zuhauses vielleicht, der Kindheit voller Liebe oder der Kindheit ohne Freunde, einer einsamen Mutter oder einem trinkenden Vater, der Sehnsucht nach Einsamkeit und der Furcht vor der Einsamkeit, all diesen aufregenden und schicksalhaften Dingen, die das Fundament dessen bilden, was wir in Ermangelung einer besseren Bezeichnung Persönlichkeit nennen.

War es möglich, dass Mike Breuer, dieser nüchterne Vater von drei Kindern mit seinen klaren blauen Augen und dem offenen Lächeln, in Sherwin Lang einen kathartischen, opernhaften Ausdruck seiner eigenen Dilemmata, Phantasien und Ängste fand?

Und «benutzte» Sherwin seinerseits Mike, um sich in der Welt mehr zu Hause zu fühlen?

Und wie passte ich dazu? Wie korrespondierte meine Karriere als kahl werdender Mann mit der von Sherwin und Mike? Peter Konwicki, am Tisch neben Sherwin, zeigte eine Kahlheit vergleichsweise anderer Art – umfassend und absolut, als verhindere die verräterische Tätigkeit von Konwickis Gehirn die Notwendigkeit von Haarwuchs jeden Stils oder jeden Ausmaßes. Ich warnte Rebecca: «Der Mann dort drüben will mich vernichten. Er behauptet, Kinder zu mögen, aber er ist ein Teufel.»

Rebecca drückte meine Hand. Ich hatte das Gefühl, dass wir einander hier oben in der Luft näher kamen, und deshalb fragte ich mich natürlich, ob es nicht angemessen wäre, sie auch vor mir selbst zu warnen.

«Äh, hören Sie», fing ich an; dann quatschte ich leicht manisch auf die Kellnerin ein: «Ich bin verwirrt. Ich weiß nicht, was ich will. Verstehen Sie, was ich meine? Wie könnten Sie? Sie sind jung, und Sie haben das Leben vor sich. Ich führe mich in aller Öffentlichkeit wie ein Baby auf. Ich bespucke meine Kollegen mit Wasser. Ich lehne Abfalleimer an ihre Türen, damit der Müll in ihre Büros fällt, dann klopfe ich an und renne über den Flur davon. Ich denke, diese Streiche würden mich glücklich machen und die Leute würden lachen, aber niemand mag meine Späße, und zu guter Letzt bin ich deprimiert. Später breche ich in wichtigen Konferenzen in Tränen aus. Meine Ehe steckt in einer Krise. Das Problem ist, dass ich nicht weiß, wie ein Mann zu sein hat. Ich bin im richtigen *Alter*, um ein Mann zu sein, aber macht mich das zu einem? Jane lässt sich meine wilden Theorien zu … zu … allem unter der Sonne gefallen! Warum habe ich solche Angst vor Kindern? Warum kann ich mit Jane nicht über ein Kind sprechen? Ist es, weil ich ein Kind *sein* möchte? Ich möchte ein Kind sein! Ich möchte ein Kind sein! Warum glaube ich, Menschen helfen zu können? Kinder können Menschen nicht helfen! Kinder sind diejenigen, die Hilfe brauchen!»

Was hatte dies ausgelöst? Warum führte ich dieses Interview mit mir selbst, platzte mit diesen peinlichen Dingen heraus? Schnell versuchte ich, ein wenig Haltung zu gewinnen. «Ich dachte nur, Rebecca, wenn Sie mit mir fliegen, wenn Sie hier oben sind, wo Ihnen jeder dort unten unters Kleid schauen kann, und Sie nicht dort unten Tische abräumen und Trinkgelder einsammeln, dachte ich, Sie sollten wissen, was für ein Mensch ich bin.»

Rebecca sah mich direkt an und sagte – ich mochte sie

dafür, obwohl ich mir nicht ganz sicher war, wie ich es verstehen sollte –: «Ich dachte mir schon, dass Sie vollkommen durchgeknallt sind, als Sie sich nicht zwischen Pfannkuchen und Eiern zum Abendessen entscheiden konnten. Pfannkuchen oder Eier? Was soll das Ganze? Sie sahen aus, als hätten Sie gleich einen Nervenzusammenbruch. Es war komisch.»

«Komisch?»

«Ja.»

«Es war nicht komisch, als es passierte», sagte ich traurig zu ihr und fühlte mich wie fast immer missverstanden. Aber sie sagte – unglaublich für eine Highschool-Schülerin, fand ich –: «Ich weiß, dass Sie litten. Aber das Leid anderer Leute ist komisch, finden Sie nicht?»

Da wusste ich, dass ich mich in dieses Mädchen verlieben würde. Ich konnte es kommen fühlen. Ich betrachtete ihr Gesicht neben mir. Alles an Rebecca kam mir richtig vor. Ich verspürte den Drang zu lachen. Was ist erfreulicher als eine taufrische Verliebtheit? Ich fühlte mich auf durch und durch angenehme Weise unbehaglich. Waren meine Hand und meine Finger feucht in den ihren? Spürte sie meine Nervosität? Rebeccas Augenbrauen waren dunkel. Zupfte sie sie? Was taten Mädchen heutzutage, um sich erotisch zurechtzumachen? Die Haut auf ihren Wangen und auf ihrem Nasenrücken war mit Sommersprossen übersät. Die Augen waren braun, wirkten aber schwarz in ihrem sommersprossigen, feuchten Gesicht.

Ich fragte sie: «Fühlen Sie sich besser? Hat sich Ihr Magen beruhigt? Möchten Sie in die Küche hinuntersegeln und sich ein Ginger Ale holen?»

«Ich bin in Ordnung. Ich bin daran gewöhnt, mich zu

übergeben. Zu Hause tue ich es die ganze Zeit. Sie werden mir wahrscheinlich den Rat geben, zu einem Psychiater zu gehen.»

«Ich würde niemals zu jemandem sagen, er solle zu einem Psychiater gehen. Psychiater sind Mediziner. Sie legen besonderen Wert auf Diagnostik und Pharmakologie. Ich würde Ihnen raten, mit dem Mann im Flanellhemd zu reden.»

«Dem dicken Typ, der eine Zigarette raucht?»

«Dan Graham ist Spezialist für Essstörungen und Alkohol- und Drogenmissbrauch.»

Wir befanden uns über dem Aquarium, in einer Position, die Flieger als zwölf Uhr bezeichnen, und bewegten uns wie zwei ineinander verhedderte Ballons auf dem Thanksgiving-Day-Umzug an der Kasse vorbei in Richtung des offenen Mittelteils des Restaurants, auf die Fenster zu, die auf die Stadt und, hinter der Stadt und dem Fluss, auf die Erhebung des College Hill hinausblickten. Richard Bernhardt war unser Anker. Der Nebel hatte sich verdichtet, und die Lichter der Stadt verschwammen. Hin und wieder grollte der Donner. Der Regen aus dem Norden ließ sich Zeit, hierherzukommen. Draußen vor dem Fenster war der Horizont nicht zu sehen, nur Nebel und ein die Nacht durchdringendes, strahlendes, atmosphärisches Leuchten, die Stadt im Dunst. Nur das Dach des Krankenhauses war in der Skyline sichtbar, ein Leuchtfeuer im äußeren Dunkel.

Drinnen, unter Rebecca und mir, blies Dan Graham Rauch aus, dann schnippte er die Asche seiner Zigarette auf den Fußboden. Von oben war leicht zu erkennen, wie riesig und rund dieser Mann war. Der Rauch seiner Zigarette schwebte nach oben und sammelte sich unter der Decke. Ich fing einen Hauch von diesem Rauch auf, und aus irgendeinem Grund, der nichts mit den ungesunden Aspekten dieser Gewohnheit zu tun hatte, stimmte mich der Zigarettengeruch traurig für Dan. Er wirkte, wie Raucher das tun mit ihrem Pusten und Saugen, ihrer Aufmerksamkeit für die Rituale des Streichholz- und Zigarettenanzündens und so weiter, ziemlich allein – ein korpulenter, in Gedanken versunkener Mann ohne einen Freund auf der Welt. Und es stimmte: Niemand redete mit Dan. Links und rechts von ihm waren Leute, die ihre Stühle dicht zusammengerückt hatten; und an Dans Tisch gab es drei leere Plätze, die von Analytikern aufgegeben worden waren, die nach dem Essen ihre Stühle zurückgeschoben hatten, aufgestanden und auf der Suche nach besseren Tischen mit besseren, gesünderen und lebhafteren Menschen davonmarschiert waren. Die Party löste sich auf in eine Ansammlung isolierter kleiner Partys.

Meine Vorstellung, dass Dan einsam war, entsprang hauptsächlich meiner Beobachtung dessen, was an dem Tisch hinter Dans Rücken vor sich ging.

Leslie Constant, die Engländerin, blickte Sherwin Lang an. Die beiden befanden sich zu jenem Zeitpunkt des Abends mitten in ihren sexuellen Verhandlungen und legten über Schinken und Eiern, Toast, Kaffee und Bier alle wichtigen sadomasochistischen Muster und Antriebskräfte der bevorstehenden Beziehung fest; wer die Macht haben und wer auf typische Weise ambivalent sein würde; wer regelmäßig weinen und wer als Ursache dieser Tränen betrachtet werden würde; wer nach einem Streit hingebungsvoll und reuig sein würde und wer auf beiläufigen Sarkasmus und neuerliche Auseinandersetzungen bauen würde, um die Bedingungen für Versöhnung und Treue auszuhandeln. All dies – doch wer kann schon mit Sicherheit sagen, wie sich die Dinge in den Verstrickungen anderer abspielen? – schien in dem archetypischen Tableau enthalten zu sein, das dieser Mann und diese Frau mit ihren Tellern und Sherwins beeindruckender Sammlung leerer brauner und, damit nichts zwischen ihnen stünde, zur Seite geschobener Bierflaschen bildeten. Leslie war der designierte Aggressor. Ihre Ellbogen waren auf den Tisch gestemmt, und sie hatte das Kinn auf die Hände gestützt. Ihr blonder Kopf war leicht zur Seite und nach unten geneigt – wodurch Leslie gezwungen war aufzublicken, wenn sie mit Sherwin Blickkontakt aufnehmen wollte. Sie sah Sherwin an wie ein schüchternes Mädchen, das seinen Charme an einem gutaussehenden, distanzierten Erwachsenen ausprobiert. Hat dieses abgedroschene Vorgehen als weibliche Werbetaktik je versagt? Sherwin verschränkte die Arme vor der Brust. In seiner seltsamen, zu engen Jacke wirkte er wie der Gegenstand einer Daguerreotypie. Lang hielt sich an seiner Flasche fest; er drückte sich gegen die unnachgiebige hölzerne Rückenlehne seines Stuhls – wie sonst sollte er Leslies intime Attacke überstehen? –, der verführende Alkoholiker auf dem Rückzug, der der Frau Erlaubnis erteilt, auf seine Verführung zu reagieren, näher und näher zu rücken und mit ihrem über ihren gemeinsamen Tisch geneigten Körper ihre Verwundbarkeit zu signalisieren, ihre Verfügbarkeit, ihre Bereitschaft, in Abhängigkeit zu verfallen.

Am Nebentisch schien Peter Konwicki ein kleines, intensives, nur auf Einladung hin stattfindendes Privatissimum abzuhalten; alle seine Auszubildenden der Kinderpsychologie waren stark dem maskulinen Machtzentrum an ihrem Tisch zugeneigt. Konwicki wippte mit seinem Stuhl nach hinten, benutzte ihn als Schaukelstuhl. Er schlug die Beine übereinander. Dies war ein starker Zug, denn er ließ Peter gefährlich schlecht ausbalanciert aussehen – das eine Bein abgewinkelt und über das andere gelegt, wodurch nur ein hässlicher Schuh den Boden berührte –, aber dennoch in herausfordernder Weise die Situation kontrollierend. Er schaukelte. Die Studenten beugten sich vor. Zu der Beobachtung, wie Peter seinen Stuhl im Pancake House weiter und weiter nach hinten neigte, könnte man sagen, dass er eine innere Befindlichkeit ausagierte, einen Zustand, den ich, kurz gesagt, als ein *A-priori*-Ungleichgewicht in den Primärreaktionen bezeichnen würde, das von einem außergewöhnlich stark funktionierenden Über-Ich reguliert wurde. Dieser Eindruck einer tiefen psychischen Instabilität, die sich in einer körperlichen Disbalance spiegelte, wurde von Konwickis hypermanischem Sprachstil noch betont: ein heftiges Gefuchtel mit Armen und Händen. Er gestikulierte vor seinen Jüngern wie ein Mann, der in einem großen Saal eine Vorlesung für die hinteren Reihen hält – oder, genauer gesagt, wie jemand, der Ausländern auf der Straße komplizierte Wegbeschreibungen zuruft.

«Ich möchte, dass ihr alle genau hinschaut und dem, was ihr seht, Aufmerksamkeit schenkt», wies er seine Studenten an. «Wir haben heute Abend die seltene Gelegenheit, einen Mann mitten in dem zu beobachten, was der Laie einen Nervenzusammenbruch nennt.» An dieser Stelle lehnte sich Konwicki auf seinem zurückgeneigten Stuhl nach vorne. Das erlaubte ihm ziemlich dramatische

Schaukelbewegungen. Er senkte die Stimme und sprach mit lautem Bühnenflüstern: «Richtet eure Blicke auf die Bäche schwitzender Hände und Arme und die allergische Kontaktdermatitis um seinen Hals. Achtet auch auf Toms furchtbar angestrengten Atem und das periodische Zucken und auf die Konvulsionen von Hüften, Beinen und Füßen. Dies sind die Symptome einer katastrophalen Angststörung, die eindeutig sexuell bedingt ist. Das Subjekt ist in eine klassisch präödipale Haltung regrediert, um seine psychosexuelle Wirklichkeit zu reorganisieren und das Trauma zu überwinden. Die Fixierung auf freien Flug und der Zusammenbruch subjektiv erlebter Zeit sind diagnostizierbare Nebeneffekte und wenn auch nicht gerade verbreitet, so doch in der Literatur nicht unbekannt. Hat jemand Interesse, einen Kommentar zum wahrscheinlichen Ergebnis abzugeben?»

«Psychotischer Zusammenbruch mit plötzlich einsetzenden schizophrenen Schüben, hm, möglicherweise feindseliges Verhalten, das die allmähliche Auflösung einer kohärenten Identität herbeiführt, was eine antipsychotische Behandlung und … möglicherweise … lebenslange Einweisung notwendig macht?», riet Bob, Konwickis nervöser Musterschüler.

«Vollständige Neuorientierung der sexuellen Identität und eine grundsätzliche Ablehnung gesellschaftlich verbindlicher Sitten und Konventionen, einschließlich des Ehevertrags?», prophezeite jemand aus dem zweiten Studienjahr (weiblich, brünett, mit Namen Katharine), Spezialistin für Geschlechterzuordnung als Funktion gesellschaftlicher Zugehörigkeit.

«Schaut hin und lernt», sagte Konwicki.

Es war, musste, nach neun sein. Der Wind blies gegen die nördlichen Fensterscheiben. Der Wind trug Wolken vor sich her, die vom Fluss herantrieben. Niemand aß mehr. Eine Familie, die eine Nische in der Nähe der Tür besetzt hatte, war gegangen. Mir war nicht aufgefallen, dass sie ihre Rechnung bezahlt hatten. Auf ihrem Tisch herrschte ein heilloses Durcheinander und auf dem Fußboden rundherum ebenso, kleine Kinder hatten dort gesessen. Die beiden Teenager in der Ecke bei den Toiletten, sah ich, kuschelten sich immer noch in brütender, zurückgezogener, adoleszenter Gemeinschaft aneinander. Der Junge steckte Geld in eine Miniatur-Jukebox an der Wand neben ihrem Tisch, dann beugten das Mädchen und er die Köpfe über den Tisch, um die Auswahl zu studieren. Er drehte am Knopf der Jukebox. Sie atmeten einander ins Gesicht. Ich stellte mir vor, dass dieser Junge und das Mädchen Rebeccas sexuell erfahrene Freunde waren, die darauf warteten, dass sie um elf Dienstschluss hatte, damit sie sich im Auto des Jungen davonmachen konnten. Ungeachtet der Sexualität, sahen diese Teenager für mich wie Kinder aus, das heißt, sie sahen mollig und unfertig aus, während Rebecca in meinen Augen zur Frau geworden war. Ich betrachtete ihren Knochenbau, die verschatteten, nach innen gewölbten Schläfen und die dünne Nase und die jungenhafte, eckige Kinnpartie; und ich hatte Angst, dass ich vor Vergnügen kichern und dass sie meine Gefühle missverstehen und nicht geschmeichelt sein könnte. Für mich roch sie nach Holzrauch und irgendeiner unbekannten Seife und – leicht, aber überhaupt nicht unangenehm – nach Erbrochenem. Es war unmöglich, sie zu küssen, ohne dass jeder es sah. Als wir unter der Styropordecke dahinsegelten, konnte ich Bruchstücke einiger Unterhaltungen aufschnappen, kleine Kommentare der Leute über Therapie, über die Geschäfte des Krakower Instituts, über einander und über uns beide, über mich und Rebecca, die wir in Bernhardts Armen vom Boden abgehoben hatten.

Es war der Kommentar aus meiner eigenen Nische, den ich am interessantesten und am bedrohlichsten fand.

«Schau sie dir an dort oben, Manuel. Das kann nicht gutgehen. Tom sollte, seinem Alter gemäß, ein professionelleres Verhalten an den Tag legen. Er sollte es besser wissen. Er will nur an ihre Möse», sagte Maria.

Manuel erwiderte: «Was hat Tom getan? Er hat einer jungen Frau freundschaftlich die Hand entgegengestreckt. Vielleicht stimmt es, dass unser Freund in seiner Phantasie einen leidenschaftlichen Cunnilingus mit einem schönen Mädchen genießt. Von den Männern in Cafés weiß man, dass sie von der Kellnerin träumen.»

«Dieser Ort ist von einem Café weit entfernt, Manuel. Und dieses Mädchen ist ein Teenager. Sie geht in die Highschool.» Maria klang wütend und gemein, sie rief laut genug, dass jeder, einschließlich Rebecca, es hören konnte: «Tom geht zu weit! Er geht zu weit!»

Manuel antwortete – brillant, fand ich –: «Tom ist ein Mann.»

«Ich finde es krank.» Maria fuhr fort: «Ich finde dieses ganze Älterer-Mann-jüngere-Frau-Ding zum Fürchten. Tom mag ein Mann sein, aber er ist auch mit einer wunderbaren Frau verheiratet.»

«Er muss in seinem Leben seine eigene Wahl treffen, Maria, das weißt du. Du berätst die Menschen in ihren, wie sagt man, Beziehungen. Wir dürfen Tom nicht sagen, wie er ein Mann zu sein hat.»

«Das Mädchen wird diejenige sein, die verletzt wird, Manuel. Sie wird damit leben müssen, nachdem Tom sie vollkommen vergessen hat.»

«Ich weiß es nicht. Ich glaube, was du sagst, ist eine, ich glaube, das Wort heißt ‹Verallgemeinerung›», sagte Manuel. Das war natürlich eine vage und wenig wirkungsvolle Entkräftung und damit möglicherweise eine Konzession an Marias Sichtweise der psychosexuellen Wirklichkeit. Sie spürte die Unsicherheit des Europäers in Bezug auf die gängigen einheimischen Deutungen von den Machtstrukturen der Liebe. Sie spielte ihren Trumpf aus.

«Was würde Jane davon halten?»

«Das geht uns nichts an.»

«Ich könnte finden, dass es mich sehr wohl etwas angeht», sagte Maria.

Als ich das hörte, verspürte ich ein echtes Verlangen, das Lokal zu verlassen, wie man so sagt. Maria, das schien offensichtlich, war wütend über meine Verführung Rebeccas, einer Frau, die halb so alt war wie sie. Aber war, das alles? War Maria auch bedrückt wegen Rebeccas Verführung – die sich symbolisch ausdrückte im Fliegen, im In-den-Eisentopf-Erbrechen, darin, mir den kleinen Hund zu zeigen und so weiter –, Rebeccas Verführung meiner Person? Proklamierte Maria eine rudimentäre Bindung, ein zu erwartendes Widerstreben, ihren ehemaligen Liebhaber in einem Kontext, der sie ausschloss, erotisch funktionieren zu sehen? Hatte ich mit anderen Worten in nächster Zeit eine Chance, mich mit Maria durch das knarrende, fensterlose Treppenhaus, durch den Keller und an dem alten

Heizkessel vorbei in das Buch- und Manuskriptarchiv des Krakower Instituts zu schleichen?

Es gab keine Möglichkeit, das herauszufinden. Wenn ich mit Maria Süßholz raspelte, würde das Bernhardt veranlassen, mir die Rippen zu zerquetschen.

Unter diesen Umständen hatte ich das Gefühl, dass es für mich am besten wäre, sicher über den Dingen zu bleiben, Rebecca in meiner Nähe zu halten und, falls wir konnten und ihr Magen es erlaubte und ihr Chef sie nicht feuerte, durch die Decke und gen Himmel zu fliegen, aus dem Pfannkuchen-Restaurant hinaus und unter den Sternen davon, über die dunstverhangene Stadt mit ihrem sich dahinschlängelnden Fluss und ihrem Krankenhausdach, das über allem erstrahlte wie das Grab eines Pharaos.

Wie weit konnten wir gehen? Wie hoch? Ich zupfte an Rebeccas Hand, und ihr Körper gehorchte. Sie lehnte sich an mich. Wir kuschelten uns aneinander. Ich konnte schwach das Erbrochene in ihrem Atem riechen und den Kaminfeuergeruch ihrer schwarzen Haare; und ich konnte natürlich Bernhardt riechen, seine Kleider und sein Rasierwasser und seinen Atem; und den bitteren Zigarettenrauch, der den Raum über Dan Graham bewölkte. Die Deckenbeleuchtung sah in der verrauchten Luft gelb und fettig aus, und die Leuchten verbreiteten einen eigenen Duft – den süßlichen Gestank nach Elektrodrähten, die in ihrer Gummiisolierung dahinschmoren. Ich roch Kaffee und etwas Scharfes, das in der Küche buk. Kakerlaken? Ich hatte Bernhardt hinter mir und Rebecca vor mir. Wir waren alle aneinandergepresst. Rebecca war groß und lang. Sie passte gut. In diesem Moment fiel mir ein, dass ich ihren Nachnamen nicht kannte. Ich wollte sie später danach fragen. Ihre Haare waren phantastisch dick, und ich konnte nicht zu Bruegels Hund hindurchsehen.

Bernhardts Arme waren unermüdlich. Ich bewunderte den Mann. Bewunderung war nichts, was ich für Bernhardt bisher je empfunden hatte. Ich sagte zu ihm: «Richard, dein Panamahut drückt gegen meinen Hinterkopf.»

«Tut mir leid, Tom.»

«Schon gut. Wenn du den Kopf zur Seite neigst. Ein wenig.»

«Ist es so besser?»

«Nun …»

«Und wie ist es so?»

«Das ist gut. Viel besser. Ist es bequem für dich, wenn du den Hals so verdrehst?»

«Kein Problem, Tom.»

«Prima.»

«Ich drücke nicht zu fest, oder?», fragte mich Bernhardt. Offen gestanden fand ich, dass Bernhardt ein bisschen heftig drückte, aber da er rücksichtsvoll genug war, nachzufragen, hatte ich das Gefühl, mich an meine Manieren erinnern und eine höfliche Antwort geben zu müssen:

«Nein.»

«Bist du sicher, Tom?»

«Ganz sicher. Es ist angenehm.»

«Fühlst du dich sicher?»

Ich holte krächzend Luft. «Eigentlich schon.»

«Denn meiner Meinung nach, Tom, ist das die wichtigste Sache im Leben. Ein Gefühl der Sicherheit.»

«Ich gebe dir recht, Richard» – keuchend.

«Du meldest dich und sagst mir Bescheid, wenn ich etwas tun kann, damit du dich wohlfühlst», erbot sich Bernhardt mit seiner tiefen, tiefen Stimme; und wieder spürte ich im Rücken dieses Ding, das, ich war mir sicher, die Erektion des Mannes sein musste.

Ja. Da war es. Es gab kein Entrinnen.

Andererseits, war es wirklich, tatsächlich Bernhardts Erektion? Weil Bernhardt mich wie ein Bär umfasst hielt und weil Bernhardts Bauch und die Vorderseite seiner Beine vollständig mit meinem Rücken und der Rückseite meiner Beine verschmolzen, war es auch und gerade der Fall, dass ich mich – körperlich, rein «physikalisch» gesprochen – mindestens fünfzehn Zentimeter höher über dem Boden befand als er.

Ich hätte Richards Ständer vielleicht an meinem *Bein*, aber wahrscheinlich nicht an meinem Rücken spüren können. Ich konnte mich allerdings irren.

Rebecca wandte den Kopf und sagte über meine Schulter zu Bernhardt: «Hallo, wir kennen uns noch nicht. Ich bin Rebecca. Ich war Ihre Kellnerin.»

Wie ungezogen von mir, zu vergessen, sie einander vorzustellen. Und wie dumm. Jetzt war es zu spät, ihr Kennenlernen zu kontrollieren und Bernhardts Kontakt mit Rebecca auf ein Minimum zu beschränken.

Bernhardt sagte: «Ich erinnere mich an Sie. Sie hatten eine wunderbare Art, Tom bei der schweren Entscheidung wegen seines Abendessens zu helfen. Nicht viele Menschen können in einer Krise eine solche Ruhe bewahren. Sie haben wirklich Talent. Sie sollten über einen Beruf in der Psychologie nachdenken.»

«Wirklich?», fragte Rebecca.

«Warum sollte ich Sie anlügen», sagte der große Mann zu dem jungen Mädchen mit dem Hund im Nacken. Das machte mich wütend. Warum konnte nicht ich es gewesen sein, der nette Dinge über Rebeccas Zukunftsaussichten sagte?

Ich konterte: «Überstürzen Sie nichts bei der Berufswahl, Rebecca. Es ist wichtig, zu experimentieren und die Arbeit zu finden, die zu einem passt. Gehen Sie auf ein anständiges geisteswissenschaftliches College, und belegen Sie eine Reihe von Kursen in verschiedenen Bereichen. Amüsieren Sie sich, lesen Sie ein paar gute Bücher, treiben Sie neben dem College noch ein bisschen Sport, und finden Sie heraus, was Sie interessiert.»

Sie sagte – und ließ diese Idee absolut deprimierend klingen –: «Meine Mom möchte, dass ich ins Kernberg gehe.»

«Hm», sagte ich.

Bernhardt schrie fast: «Macht sie nieder, Colonels!» Dann beruhigte er sich und sagte: «Der Ort hat sich verändert, seit ich dort war. Es gibt einen brandneuen Studiengang in Tiermedizin. Gemeinschaftswohnheime für beide Geschlechter.»

Sollte das ein Anreiz sein? Es war ganz und gar nicht überraschend, Manuel zu hören, der in der mit Plastik und Resopal ausgekleideten Nische unmittelbar hinter Richard saß und mit Maria Kaffee trank – es war nicht überraschend zu hören, wie der Kleinianer loslegte und ausrief (in dem Maße, wie dieser Mann überhaupt jemals etwas *ausrief*): «Widersteht der Mutter! Kostet die verbotenen Früchte des Lebens!»

«Du bist so ein Arsch, Manuel», sagte Maria. «Warum bittest du sie nicht einfach, sich hier unten auf den Tisch zu legen, damit du auf unseren Tellern deine Freude an ihr haben kannst?» Maria schaute zu Rebecca hinauf und sagte: «Hören Sie, Kind, achten Sie nicht auf diese Idioten. Sie sehen in Ihnen ein Sexualobjekt. Sie fühlen sich von Ihrer Vitalität bedroht.»

Was war dazu zu sagen? Maria hatte bis zu einem bestimmten Punkt recht; und ich schätze, es war unvermeidlich, dass sie für sich eine Stellung als Rebeccas alternative «gute» Mutter schuf.

Maria gab dem Mädchen ein paar Ratschläge zu Sex und Macht. Indem sie das tat, ließ sie unfreiwillig einen widersprüchlichen und entlarvend fleischlichen Ton anklingen und untergrub damit ironischerweise die von ihr hochgeschätzte Rolle der reifen, finanziell unabhängigen Frau, die sich nach Lust und Laune eines Mannes bedienen, es aber auch bleiben lassen kann.

«Schicken Sie sie zum Teufel», sagte sie zu Rebecca.

Es könnte hilfreich sein, zu diesem Zeitpunkt kurz innezuhalten und die sich entwickelnde zwischenmenschliche Situation zu studieren: die müden alten Bindungen im Niedergang, die neuen erotischen Strukturen, die Vorrang bekamen; die Beziehungsmatrix *in flux* wegen der Frage nach den Collegeplänen einer jungen Kellnerin. Wie jeder gebildete Mensch heutzutage weiß, sind unsere Kritik am und unsere Urteile über das Leben anderer zumindest gelegentlich – nach Meinung einiger Kollegen in meinem Bereich beinahe immer – als heimliche Kommunikation unserer eigenen Ansichten, Neigungen und Bedürfnisse von Bedeutung. Doch manches, was wir über uns *selbst* aussagen, wenn wir sentimental oder voller Vorurteile über unsere Familie und unsere Freunde tratschen (oder über Institutionen wie das Krakower Institut oder sogar über erfundene Charaktere in einer Geschichte), drückt mehr aus als das getrennt handelnde Selbst; beiläufige Bemerkungen und Klatsch enthüllen vielmehr Einsichten und Wahrnehmungen über andere, die unbestreitbar öffentlich und universell sind, allgemein menschlich.

Es ist eine andere Art auszudrücken, dass das, was wir von unseren Eltern und Liebhabern halten, sehr häufig zutrifft.

Ich hoffe, ein Bild von den Dingen zu zeichnen, wie sie an jenem Aprilabend im Pancake House & Bar *waren*, und anhand dieses Prozesses gewissenhaft meinen eigenen Charakter und die Charaktere meiner Kollegen sichtbar zu machen und auf diese Weise etwas Lohnendes darüber zu sagen, was ich die Verifizierbarkeit emotionaler Erfahrung nenne.

Rebecca war mit mir in der Luft. Sie war in der Luft, weil sie meine Hand in die ihre genommen hatte. Sie war eine Starke Junge Frau, und ich wollte sie neben mir haben. Richard verankerte mich. Richard war in Maria verliebt; er hatte das gezeigt, als er sich an einem Stück Wurst verschluckt hatte. Maria, eine Eheberaterin, hatte nie geheiratet. Richard umfasste mich mit seinen Armen. Richards Arme waren der Grund für meinen Flug. Zu fliegen, nachdem ich eine Frühstücksmahlzeit zu mir genommen hatte, verursachte mir Übelkeit, doch auf einen Fixpunkt zu starren, während ich unter der Decke umherschwirrte, half, meinen Magen zu beruhigen. Die Spitze des Krankenhauses war ein solcher Punkt, Sherwin Langs kahle Stelle ein zweiter. Sherwin machte keine großen Bewegungen. Leslie rückte ihm zu Leibe, und er stellte sich praktisch tot. Mike beobachtete die beiden, wie sie einander anhand von Bewegungen und Innehalten, von Gesten und Posen mitteilten, was im Bett erlaubt sein würde und was nicht. Mikes Lächeln verbarg Wut und Neid. Elizabeth sah Mike an und strich ihre Haare zurück und zeigte Mike ihre Ohren. Wenn zwei Menschen in einer Gruppe ein Paar bilden, fangen andere um sie herum an, nach Partnern zu suchen. Elizabeth wollte Mike. Manuel wollte Jane. Die Teenager in der Ecke wollten einander. Bernhardt wollte Maria, und ich wollte Maria, und Maria wollte Bernhardt, und ich hatte ihn; ich war sein Kind. Maria befand sich außerhalb meiner Reichweite, und deshalb, als maßgefertigten Schutz gegen Sherwin und Leslie, um mich nicht unerwählt und einsam zu fühlen in einem Raum, wo überall, wohin ich auch schaute, erotische Liebe «im Gange» war, wie wir in unserem Geschäft gerne sagen –, um mich nicht allzu melancholisch und ängstlich zu fühlen und um, falls ich es vermochte, mir in meinem Leben ein Gefühl des Gleichgewichts und der Verhältnismäßigkeit zu schaffen, hatte ich Rebecca zur Partnerin gewählt. Ich riskierte die Missbilligung meiner Kollegen. Aber in der psychoanalytischen Gemeinde steht Diskretion als Äquivalent für Professionalität. Bernhardts Erektion drückte hart gegen meinen Rücken. Die Teenager, die die Jukebox spielen ließen, waren knapp davor, sich zu küssen, während Peter Konwicki es knapp vermied, mit seinem Stuhl nach hinten zu kippen. Die Welt vor den Fenstern wurde plötzlich von fernen Blitzen erhellt. Ich sah die Autos und die Bäume, und dann waren diese Dinge verschwunden. Donner folgte. Maria sprach leise mit Manuel. Manuel verstand, dass meine Umarmung Rebeccas für ihn ein Signal war, dass ich seine Zuneigung zu Jane erkannte und akzeptierte. Bald würde er Müdigkeit und einen geschäftigen morgigen Tag vorschützen, seinen Kaffee austrinken, auf Wiedersehen sagen und nach Hause gehen.

Doch er würde nicht nach Hause gehen.

Er würde zu meinem Haus mit der rot gestrichenen Haustür und den kleinen, zugestrichenen Fenstern im oberen Stock fahren.

Es war nicht schwierig, sich vorzustellen, wie Manuel parkte und aus dem Auto stieg, leise die Autotür schloss. Abends hörte man immer den Fernseher der Pritchetts aus dem Haus nebenan. An diesem Abend – wie ich wusste, dass es der Fall sein würde, und wie ich mir *vorstellte*, dass es der Fall sein würde –, an diesem Abend sind die Sterne vom Nebel verhüllt, der zusammen mit den Lichtern der Stadt den Himmel beinahe weiß färbt. Janes Tulpenbeete begrenzen die Auffahrt zu beiden Seiten. Blassgelb, leuchtend rosa, rot. Sie haben angefangen zu blühen. Es ist wahrscheinlich, dass Manuel – dessen Persönlichkeit weitgehend den stereotypen amerikanischen Erwartungen bezüglich der charakteristischen Züge eines südeuropäischen Intellektuellen entspricht, was bedeutet, dass seine Persönlichkeit, seine Person zutreffend als ein Amalgam subtiler, selbstverständlicher ästhetischer Interessen beschrieben werden könnte –, es ist wahrscheinlich, dass Manuel sich Zeit nimmt, die Tulpen zu bewundern; er wird innehalten und sich an einem bestimmten Punkt seines Spaziergangs über die Auffahrt hin zu der roten Haustür bücken, nicht um an einer gelben oder roten Blume zu riechen, denn das könnte vulgär wirken; sondern vielmehr um in einer raschen und selbstbewussten körperlichen Geste zur Anerkennung der Schönheit innezuhalten, einer Art semiotischen Probe für die weit gerisseneren Gesten und Schachzüge, die, sobald er in meinem Haus ist, erforderlich sein werden, um Jane zu entspannen und empfänglich zu machen. Ein Schulterzucken hier, ein Nicken oder eine kleine Bewegung mit dem Kopf oder der Hand dort. Wenn man weiß, was man tut, ist es ganz einfach. Manuel bückt sich und bereitet sich auf meine Frau vor; er nähert sich mit der Nase ihrem Garten, obwohl niemand in der Nähe ist, der ihn dabei beobachtet. Und Jane wird nicht überrascht sein, wenn sie Manuel nachts auf unserer Veranda stehen sieht, nicht wirklich. Sie könnte so tun, als wäre sie überrascht – und sie ist es! Jane ist in diesem Moment, in dem sie so tut, als ob, tatsächlich verwirrt, auf angenehmste Weise durcheinander – aber in erster Linie ist Jane zufrieden und glücklich, ein Zustand, den sie verbirgt, indem sie zappelig tut, unsicher. Ob er gerne etwas zu trinken hätte? Oh, bitte komm herein. Jane muss unbeholfen um Escobar herumgreifen, um die Tür zu verriegeln, und in dieser Verwirrung, in der sie einander beinahe berühren, lehnt er es ab, etwas zu trinken. Dann überlegt er es sich anders, denn sie drängt ihn. Bist du sicher? Was kann ich dir bringen? Sie hätte gerne etwas zu trinken. Sie sind im Wohnzimmer. Sie haben nicht viel Zeit. Was geht schneller? Verdammt noch mal etwas zu trinken oder es abzulehnen und sich möglicherweise in den Formalitäten zu verhaken, der rechten Art, wie man als Gast und Gastgeberin zu funktionieren hat? Manuel hat an dieser Stelle Gelegenheit, einen uncharakteristisch blöden Witz auszuprobieren. Der Witz ist, dass Tom im Pancake House «festgehalten» wird. Es spielt keine Rolle, dass dies weder witzig noch für Jane als Witz erkennbar ist. In gewisser Weise ist das genau der Punkt:

Es ist Manuels erste Grausamkeit. Er trinkt etwas mit Jane, weil er sich wegen der Witzelei ein wenig schuldig fühlt. Er hat bereits angefangen, ihr den Zugang zu seinen Gedanken und Gefühlen zu verwehren. Es wäre schrecklich, wenn sie wüsste, dass er Humor hat. Die Dinge können nur dann in Würde ihren Lauf nehmen, wenn alle Höflichkeitsschritte eingehalten werden. Und das ist genau richtig. Etwas zu trinken ist der korrekte Schritt.

Aber nein.

Manuel stand noch nicht auf, um die lange Fahrt nach Norden, durch die heruntergekommenen Viertel der Stadt, aufzunehmen. Er war *nicht* unterwegs, um Jane die Träger ihres rückenfreien Kleides von den Schultern zu streifen.

Er saß in der leuchtend orangefarbenen Nische an dem teilweise von einem Vorhang verdeckten Fenster im Pancake House & Bar. Das Fenster neben der Nische gab den Blick auf das Krankenhausdach frei. Maria unterhielt sich mit Manuel, und er begleitete ihr Geflüster mit Kopfnicken. Das Krankenhausdach war immens, ein erleuchteter Tempel, der die Nacht beherrschte. Ich starrte durch das Restaurantfenster, durch das feuchte Glas und den dichter werdenden Nebel hinaus, auf die illuminierte Pyramide; und während ich es beobachtete, schien dieses Gebilde, das nebelverloren über unserer Stadt schwebte – es schien ein klein wenig zu wachsen. Was für eine Art von Halluzination war das? Genauer gesagt, sah es so aus, als käme das Dach näher, ein abgehobenes Gebilde, das sich aus Richtung des Flusses langsam heranschob. War es in Wirklichkeit ein Raumschiff? Andere Gebäude der Stadt waren in den Wolken verschwunden, die bis auf den Boden herab zu reichen schienen. Sogar das Musikgebäude des Kernberg College, die frühere Waisenakademie, die die Spitze des Hügels schmückt, dieses schöne Gebäude aus dem neunzehnten Jahrhundert mit seinen Türmen und Kuppeln und Buntglasfenstern, den L-förmigen Flügeln, die unter den im Laufe der Jahre grün angelaufenen Kupferdächern zu weiteren Flügeln führen – sogar das rote Backsteinwaisenhaus war im Nebel unsichtbar. Oder nicht? War es das, dort, weit in der Ferne? Es war unmöglich zu sagen. Formen und Lichter tauchten auf, vergingen dann wieder, manifestierten sich erneut. Die ganze Innenstadt war tatsächlich verschwunden, eine Geisterstadt. Da schwebte die goldene Pyramide heran. Wie beeindruckend sie war. Konnte es sein – war das überhaupt möglich? –, dass es sich beim Näherkommen des Krankenhausdachs um eine von der atmosphärischen Feuchtigkeit und den Lichtreflexen hervorgerufene Illusion handelte? Fiel sonst jemandem auf, der zufällig Gabel oder Messer hinlegte oder seine Tasse abstellte und einen Augenblick aus dem Nordfenster blickte, dass sich die Spitze des neuen Städtischen Krankenhauses – die Intensivstation, die Neugeborenenstation und die Privatsuiten, um genau zu sein – an uns heranschlich?

Richard blies mir seinen Atem in den Nacken. Auf der anderen Seite meines Gesichts war der von Rebecca. Außer der verbrauchten Luft dieser beiden gab es für mich keine Luft zum Atmen. Die Leberflecken auf Janes Rücken, dachte ich, während ich in Bernhardts Griff hing, würden Escobar nie wie ein Winslow-Homer- oder wie ein Bierstadt-Gemälde des grandiosen, aufregenden amerikanischen Westens vorkommen. Zugegeben, diese Einschätzung von Manuels imaginativen Grenzen ist nur als starke Vermutung verifizierbar. Es liegt in der Natur der Wirklichkeit, dass sie unseren Vorstellungen von den Auffassungen anderer von der Welt unterworfen ist. Meine Gedanken über Manuel und Jane sollten sinnvollerweise nicht anders verstanden werden denn als Alternativversion zu dem, was Manuel über Jane und Maria dachte – über Maria in Bezug auf Bernhardt, wenn auch nicht ausschließlich in Bezug auf Bernhardt. Rebecca war rasch und anmutig ins Bild getreten; und wenn man sie reden hörte oder sie beim Erbrechen beobachtete, stellte man fest, dass Rebecca trotz ihrer Jugend unbestreitbar erwachsener war als Leslie Constant. Ein einziger Blick auf die Engländerin in ihrem Verhältnis zu Sherwin Lang machte das deutlich. Leslie blickte Sherwin über den gemeinsamen Tisch hinweg an; sie starrte und starrte. Ich denke, ich kann mit aller Fairness sagen, dass dies in einer Situation ohne Mutter und Kind der beste und alarmierendste Einsatz des Kinderblicks war, den ich je gesehen habe. Wer konnte dem Mann vorwerfen, dass er dies beenden wollte? Er stellte seine Flasche auf den Tisch neben all die anderen. Er schob seinen Stuhl zurück, ruckelte mit den Holzbeinen seines Stuhls über den Fußboden, entfernte sich kratzend und schlurfend von der Auszubildenden. Plötzlich beugte er den Körper nach vorne, und es sah aus, als würde er gleich etwas zu Leslie sagen, vielleicht etwas Nettes flüstern, um sie zu beschwichtigen und zum Lächeln zu bringen. Stattdessen wandte er sich ab. Der Mann wusste, wie man jemanden am Boden zerstört. Indem er sich mit einer Hand auf der Tischplatte abstützte und mit der anderen seinen Stuhl umklammerte, hievte sich Lang auf die Füße. Jede Unsicherheit war eine wohl überlegte, vorsätzliche Bewegung. Welche Kraft dieser betrunkene Mann hatte! Er ging umsichtig zwischen den Tischen hindurch, obwohl er schwankend so etwas wie eine Show aufführte, um vom Gegenteil zu überzeugen. Jeder im Raum wartete darauf, dass Sherwin sich lächerlich machte und jemandem auf den Schoß fiele. Aber Betrunkene haben den Bogen raus, sich zurechtzufinden. Und tatsächlich, da kam er im Zickzack durch den Raum getorkelt. Ich konnte seinen enorm großen Kopf sehen, der in dem hellen Licht, das aus der Küche kam, rot leuchtete.

Er schien genau das zu tun, wovor ich Rebecca früher gewarnt hatte – er spähte unter ihr Kleid.

Sherwin schaute benebelt zu uns herauf. Er sah nicht gut aus. Er schleuderte der Kellnerin entgegen: «Kernberg? Gehen Sie nicht ans *Kernberg*! Im Kernberg *spukt* es! Jeder weiß das. Dort wimmelt es von den Geistern der Kinder, die gezwungen wurden, Musiker zu werden!»

Dann sagte er mit der langsamen, aber tadellosen Aussprache des geübten Alkoholikers: «Hören Sie nicht auf mich. Ich bin ein dummer Mann. Manchmal sage ich harmlose Sachen. Geben Sie mir Ihre Hand. Tom wird es nichts ausmachen. Da bin ich mir sicher. Und Richard ist stark. Es sind gute Männer. Sie werden es verstehen. Ich kann es nicht ertragen, mich in eine neue Frau zu verlieben.»

Er war so, so betrunken. Er war nicht zu bremsen. Er streckte Rebecca die Hand entgegen und fragte sie mit einer Stimme, die sich herzergreifend anhörte: «Werden Sie mich festhalten?»

Was sollte Rebecca tun? Sie schaute mich an, aber ich wusste nicht, ob sie Führung wollte.

«Vertrauen Sie Ihrem Instinkt», sagte ich zu ihr und

fühlte mich umgehend wie ein Manipulierer und Betrüger; denn Rebecca musste gewusst haben, dass ich eine Konkurrenz um ihre Aufmerksamkeit wohl kaum zu schätzen wissen würde, schon gar nicht von einem charmanten Trinker wie Sherwin, der, ungeachtet seiner erklärten Neigung, den Schmerzen und Sorgen der Liebe entgehen zu wollen, keine Zeit verlieren würde, seine Hände auf ihre Titten zu kriegen. Ich konnte Rebecca nicht davor warnen, ohne wie ein Schwein dazustehen. Ich selbst hätte sicher nicht herummanövriert, um meine Hände auf ihre Brüste zu bekommen, wenn ich mich von Bernhardts Griff hätte befreien können. Eines Tages werde ich eine Veröffentlichung mit dem Titel «Frömmigkeit als Ausdruck des Grotesken» verfassen. Ich sollte zu diesem Thema sagen, dass mein Eindruck von mir selbst als Betrüger gewisse fröhliche Begleiterscheinungen zeitigte. Die vollendetsten Schwindler der Welt sind – ohne eigenes Zutun – meist gewöhnliche Jugendliche, die durchschnittlich drei bis sechs Jahre ihres Lebens darauf verwenden, mögliche, wenn auch häufig unwahrscheinliche Persönlichkeiten zu schaffen, sie durchzuarbeiten und schließlich abzulegen. Wir alle haben diesen Vorgang mit dem größtmöglichen Entsetzen beobachtet. Wies mein eigener, kalkulierter Betrug auf ein stark komprimiertes Stadium psychologischen Wachstums hin, analog der «normalen» Entwicklung eines Teenagers? Verließ ich durch diese zarten Verhandlungen mit Rebecca den von Bernhardt oktroyierten Zustand der Kindheit?

O Glück! Wie herrlich, im Laufe eines Lebens oder eines Pfannkuchenessens zum Urheber von Täuschungen, zum Strategen in Sachen Sex, zum Bezwinger eines Rivalen zu werden – ein richtiger Mann oder wenigstens ein Mann, der weiß, was man tun muss, um gut, begehrenswert und großzügig dazustehen! Sollte Sherwin doch in die Luft kommen! Sollte er heraufkommen und seinen Platz neben mir und Rebecca einnehmen. Was hatte ich von diesem unglücklichen alten Freund mit seinen blutunterlaufenen Augen und seiner komischen, pseudoviktorianischen Aufmachung schon zu befürchten?

Neben Lang konnte ich nur gut aussehen. Ich nickte Rebecca zu. Um sicherzustellen, dass sie mich verstand, sagte ich: «Ziehen Sie ihn hoch.»

Interessant für mich war die plötzliche Entdeckung, dass ich, nachdem ich das gesagt hatte, es auch wirklich wollte. Ich verspürte, wie schon oft in der Vergangenheit, eine große, verzweifelte Zuneigung zu diesem Mann. Es ist nicht unüblich, als Voraussetzung für eine bewusste Artikulierung seine anfänglichen und oftmals starken Wünsche, Ängste, Hoffnungen, Zweifel und so weiter in Worte zu fassen. Rebecca war im Moment die Person, die mir am nächsten war. Ich spürte die Hitze ihres Körpers. Ich nahm ihren Geruch nach Erbrochenem wahr. Ich spürte die Feuchtigkeit ihrer Handfläche in meiner. War ich in sie verliebt? War es irgendwie paternalistisch, dass ich mich von ihr angezogen fühlte? Sie wollte offensichtlich auch, dass Sherwin mit uns durch das Restaurant schwebte. Hatte das Mädchen eine Schwäche für Alkoholiker? Falls ja, was konnte das über ihr häusliches Umfeld aussagen? Und was empfand Bernhardt bei der Aussicht, dass Sherwin sich uns anschließen und überall seinen Bieratem verbreiten würde? Niemand machte sich die Mühe, ihn zu fragen. Rebecca übernahm die Initiative und streckte ihre freie Hand aus – es war ihre linke –, damit Sherwin sie packen konnte. Und gleichzeitig drückte sie mit ihrer lieblichen Rechten leicht meine Hand. Sie ließ mich wissen, dass sie *mit mir* zusammen war und dass diese neue Verbindung mit Sherwin eine Verbindung war, die sie und ich gemeinsam aufbauen konnten. Auch Bernhardt spürte, dass Sherwins Himmelfahrt ein bedeutungsvoller Beweis war für die Bande zwischen mir und Rebecca, zwischen ihm und uns beiden, die wir in seiner Umarmung verankert waren. Sherwins Einbeziehung war ein Zeichen für unser grundlegendes Vertrauen in das Urteil des anderen zum gesellschaftlichen Umgang und zu der Art von Gesellschaft, die wir schätzten und mochten. Sherwin war unser Typ. Richard verpasste meinen Rippen einen festen, schrecklichen Druck, wie er es gerne tat, wenn er sich mitteilen wollte. Ich hatte das Gefühl, als würde ich von Kopf bis Fuß gequetscht. Bernhardt drückte, Rebecca drückte; jeder umarmte und kuschelte sich an und schwitzte. Ich konstatierte vergnügt und zufrieden den Schmerz in meiner Brust, die schiere Unfähigkeit, tief durchzuatmen. Ich schaute voller Mitleid auf die Welt unter uns. Die Analytiker und die Auszubildenden an ihren unordentlichen Tischen wirkten armselig und gemein, schäbig, von der Liebe abgeschnitten, die über ihren Köpfen den oberen Teil des Raumes erfüllte.

Sherwin Lang, der erschöpfte, große, unentschlossene Sherwin, von Bier benebelt inmitten dieser untröstlichen Post-Freudianer, schwankte von einer Seite zur anderen, schaukelte unsicher. Sein rot angelaufenes Gesicht wirkte länger und breiter, runder und größer als sonst; auch in seinen Augen, die wild um sich blickten, war kein Weiß zu sehen. Rebecca streckte ihm ihre feingliedrige Hand entgegen – genau so, wie ich früher am Abend meine größere und gröbere Hand nach ihr ausgestreckt hatte. Rebeccas Arm in dem blau karierten Ärmel reckte sich nach unten in Sherwins Richtung; und der lange Arm des Mannes in schwarzer kratzender Wolle reckte sich nach oben; und wieder war der Eindruck – genau wie er entstanden war, als ich mich entschieden hatte, Rebecca vom Boden hochzuheben –, wieder war der Eindruck der einer großen, kaum überbrückbaren Kluft zwischen hier oben und dort unten.

Über diese Wasserscheide hinweg streckten sich die Arme des Mädchens und des Mannes. Ihre Finger berührten sich, ihre Hände verbanden sich. Sherwin begann zu steigen. Sein Gesicht drückte Erstaunen aus. Seine spitzen, schäbigen Schuhe verließen den Fußboden, und Sherwin baumelte über den mit blauen Tischtüchern bedeckten Tischen. Er trat mit den Füßen, und sein Körper drehte sich hierhin und dorthin, wie vom Wind bewegt. Aber da war kein Wind. Wir waren drinnen, und die Fenster waren geschlossen. Die oberen Stockwerke des Krankenhauses näherten sich von Norden, unterwegs zu einem spätnächtlichen Rendezvous mit dem Pancake House & Bar, auch wenn das niemandem sonst auffiel. Alle starrten gebannt auf Sherwin in der Luft. Die Analytiker und die Studenten, sogar die liebeskranken Teenager stießen ihre Stühle zurück, schlüpften seitwärts aus den engen Nischen und versammelten sich in diskreten, neugierigen Gruppen neben dem Aquarium oder der Süßwarentheke; sie alle blickten nach oben und deuteten auf den hängenden Mann; und es war, dachte ich dann, als hätten diese Leute erst in diesem Augenblick wirklich *begriffen*, was vor sich ging. Aber, wie wir alle wissen, Bewusstsein braucht Zeit.

Manuel und Maria und Peter und die Auszubildenden der Psychoanalyse und Sherwin und Leslie und Dan Graham und Terry, Elizabeth und Mike und die liebeskranken Teenager und die Kellnerinnen in Blau – mit anderen Worten, die *Gruppe* – hatten angefangen, als Gruppe, als Gesellschaft bewusst zu erkennen, dass mehrere ihrer Mitglieder tatsächlich umherschwirrten, sich übergaben, über das Leben plauderten und über ihren Köpfen gegen Töpfe und Pfannen stießen.

Wenn ich nur meine Arme um Rebecca hätte legen können! Das wäre schön gewesen. Man hat im Laufe des Lebens nicht viele Gelegenheiten, die Jungen zu umarmen. Wie die Dinge liefen, jeder uns beobachtete und auf uns deutete, und wegen Sherwins Bemühungen, betrunken an Bord zu kommen, war es unwahrscheinlich, dass Rebecca und ich später ungestörter sein würden. Es war jammerschade, diese Möglichkeit, mich an sie zu kuscheln, zu verlieren.

Da kam Lang. Zum Teufel mit ihm. Ich beobachtete, wie er fliegen lernte. Es war ein entmutigender Anblick. Lang war eindeutig entsetzt über das, was mit ihm geschah. Er hing unter Rebecca in der Luft. Schweiß klebte sein Haar an seiner Stirn fest. In seinem Gesichtsausdruck und seinem körperlichen Verhalten (falls man Sherwins Bewegungen so nennen konnte, «Gezappel» wäre ein besserer Ausdruck) und, wie es mir schien, als ich von Bernhardts Armen auf ihn hinunterblickte, in jedem Aspekt von Langs Selbst und seinem Wesen waren Angst und Unglück zu lesen. Was war das Problem? Rebecca zog und zerrte, und dennoch blieb Lang, wenigstens aus meiner Perspektive, ziemlich weit unter ihr, überwand nur langsam die mittlere

Entfernung zwischen dem Fußboden und dem hängenden Garten aus Töpfen und Tiegeln, zwischen den Menschen auf der Erde und den Menschen über der Erde.

Unter Sherwin liefen Analytiker und Kellnerinnen durcheinander wie Menschen, die – was taten? Es war, als wäre jemand in einer Nische aufgesprungen und hätte mit erschrockener und alarmierter Stimme gerufen: «Schaut mal, dort oben!», und dann auf etwas Schreckliches gedeutet. Ein Flugzeug, von dessen Tragflächen Flammen schlugen? Einen bevorstehenden Absturz? Die Stimmung auf der Party veränderte sich, auch wenn es schwierig war, Art oder Richtung der Veränderung auszumachen. Warteten alle auf eine Tragödie? (Eine andere, weitreichendere Frage könnte sein: Was genau war die Tragödie, auf die alle warteten?) Dan Graham, der diese klobigen, orthopädischen Schuhe trug, bei denen die Gummisohle des einen Schuhs höher ist als die des anderen, stapfte zwischen den Tischen und Stühlen umher und stand dann, eine Zigarette paffend, an das Aquarium gelehnt da. Er betrachtete Lang. Dan sah wie immer einsam aus. Oder, besser gesagt, weise. Rauch stieg in die Luft und sammelte sich unter der Decke. Der Vorrat an Dans Rauch wuchs; er glich einer auf den Kopf gestellten Pfütze, die durch den ausgeblasenen Rauch von dem Mann dort unten und von dem grauen, nass aussehenden Strom, der von Dans Zigarettenspitze ausging, endlos erneuert wurde. War es eine gute Idee für einen Mann von Grahams Größe, sein Gewicht gegen ein mit Wasser gefülltes Aquarium zu lehnen? Dan ist ein ausreichend – nein, mehr als ausreichend – ein ausgesprochen kluger, scharfsichtiger Profi; er hat Veröffentlichungen verfasst zu Themen, die sich mit Privatsphäre und Abwertung im analytischen Setting befassen und, in Zusammenhang mit Lang von größerer Bedeutung, über die Arbeit mit widerspenstigen Süchtigen; Dans Patienten mögen und respektieren ihn jedenfalls, und es hätte mich interessiert, seine Ansichten zu Sherwins Himmelfahrt zu hören, obwohl ich, das gebe ich zu, nicht begeistert war von der Aussicht, Dan zu einem Schwätzchen hier heraufzuziehen; er wog, würde ich schätzen, wohl um die einhundertzwanzig, vielleicht einhundertdreißig Kilo.

Sherwin strampelte und wand sich. Ein Mann, den man am Hals aufhängte, würde wahrscheinlich genauso kämpfen. Dans brennende Zigarette stand aus seinem Mundwinkel hervor; die Zigarette schien dort zu wachsen, ein ständiger, furchtbar nervöser, brennender, in Dans Bart wurzelnder Fortsatz. Die Asche fiel ab und zerkrümelte auf Dans Flanellhemd.

Dann rief eine Frau – es klang wie Maria, ja, natürlich war sie es, wer sonst hätte es sein können: «Tom ist dieses Mal zu weit gegangen. Er ist zu *weit* gegangen! Er ist absolut *zu weit gegangen*!»

Wofür gab Maria mir die Schuld? War alles mein Fehler? Warum war immer alles mein Fehler?

Es war nicht so, dass ich alle mit Wasser bespuckt hätte. Ich hatte auch nicht jemandem, der sich gerade hinsetzen wollte, still und heimlich den Stuhl weggezogen.

Es war Bernhardt, der unser Essen an sich gerissen hatte, mir die Luft aus dem Brustkorb gedrückt und dann eine Erektion bekommen hatte, die er mir immer wieder in den Rücken stieß. Ich konnte ihn dort spüren, Bernhardts Ständer, der scheuerte und stupste, während die Leute am

Boden auf Lang in seiner seltsamen Jacke deuteten, Lang, der betrunken auf Rebeccas Umarmung zuflog.

Während ich beobachtete, wie Sherwin die Hand der Kellnerin umklammerte, stieg das Bild jener Unseligen in mir auf, die von aus der Verankerung gerissenen Ankerleinen, wie sie von Heißluftballons herabhängen, davongetragen werden und rasch daran gen Himmel driften.

Falls Sherwin Rebeccas Hand losließe, falls er in Panik geriete und abstürzte, würde der charismatische, frauenverführende Psychiater dann zu Tode stürzen zwischen Brotkrumen und verschmutzten Servietten, die, wie etliche Damentaschentücher, auf dem Fußboden des Pancake House lagen?

Oder würde er im Stil eines Schau-Tauchers, der eine Zirkusnummer vorführt, wie eine Kanonenkugel glücklich an Dan Grahams Kopf vorbei in das tropische Aquarium stürzen, das neben der Kasse vor sich hin blubberte?

«Halt Rebeccas Hand fest! Du schaffst es! Schau nicht nach unten!», rief ich Lang zu. Er zappelte verzweifelt.

Rebecca gemahnte den um sich schlagenden Mann zur Vorsicht. «Hören Sie auf, sich zu wehren! Sonst werde ich Sie fallen lassen! Es gibt keinen Grund, Angst zu haben!»

Tatsächlich gab es etwas, wovor man Angst haben musste: nämlich Leslie Constant, die sich wütend einen Weg durch die Menge bahnte.

«Komm herunter, Sherwin Lang! Flieg nicht ohne mich davon! Untersteh dich, mich mit all diesen *schrecklichen* Kinderpsychologen hier unten allein zu lassen! Komm zurück an den Tisch und trinke noch ein Bier, ja? Sherwin! Lass mich dir ein kaltes Ale bringen. Du *Idiot*! Du weißt nicht, wie man eine Frau behandelt! Mir ist egal, ob du einen medizinischen Titel hast! Die amerikanischen Männer sind alle gleich! *Genau!* Nicht ein Einziger von euch weiß, wie man eine Frau *verwöhnt*! Ihr seid alle so verflucht *billig*! Mir tun die amerikanischen Frauen leid, die ihr *ganzes Leben* mit euch verbringen müssen! Ihr könnt ein Mädchen nicht mal zum *Abendessen* einladen – ihr müsst in ein *Frühstücksrestaurant* gehen, wo es nichts zu essen gibt außer *Toastbrot*! Dieser ganze Zucker macht mich noch *krank*! Hörst du mich? Hörst du mich, Sherwin? Und die Rechnung bezahlt immer *ein anderer*! Stimmt's? Flieg nicht weg von mir, *Doktor* Lang! Oh, du würdest alles tun, um zu vermeiden, dass du *Geld* ausgeben musst! Sherwin, verlass mich nicht! Geh nicht weg – *oh, du*!» Und so weiter, fluchend und drängelnd, die Leute zur Seite schiebend und schließlich zwischen Maria und Escobar hindurchpflügend, mitten hinein in den offenen Kreis unter ihrem brillanten, betrunkenen, freischwebenden Geliebten. Leslie schwankte ein wenig, war nicht ganz im Gleichgewicht in einem Paar überraschend hoher marineblauer Stilettopumps, die sehr hübsch zu ihrem knielangen marineblauen Rock und der weißen Seidenbluse passten. Die Schuhe waren mir vorher nicht aufgefallen, als Leslie gesessen und die Beine unter dem Tisch versteckt hatte. Hatte sie im selben Rhythmus Bier getrunken wie Sherwin? War Leslie betrunken? Die Tatsache, dass diese Frau von den Britischen Inseln stammte, sprach meiner Meinung nach für diese Möglichkeit. Wahrscheinlich sollte ich so etwas weder über die Engländer noch über sonst jemanden sagen. Es ist eine Verunglimpfung und als solche Ausdruck eines jener spöttischen Stereotype, die manche zweifellos als beleidigend empfinden; aber es ist eine Tatsache, dass Engländer,

Iren und, ich nehme an, Schotten und Waliser – habe ich jemanden vergessen? –, sei es nun stereotyp oder nicht, über eine lange, bunte Geschichte von Alkoholproblemen verfügen. Wer kann ihre Literatur studieren, geschweige denn ihre Kunst betrachten, und das bestreiten?

Leslie brachte sich schwankend unter Sherwin in Stellung. Man konnte sehen, wie ihre Blicke dem hin- und herpendelnden Mann folgten, hierhin, dorthin, wie die Augen von jemandem, der ein Tennismatch auf dem Center Court beobachtet. Und als ich Leslie betrachtete mit ihrem kurz geschnittenen blonden Haar, ihrer subtilen, anglikanischen Nase, ihrem entschlossenen Blick, kam mir unsere Katze zu Hause in den Sinn, Lawrence Mandelbaum, wie sie sich vom Perserteppich im Wohnzimmer aus anschleicht, wenn man ihr spielerisch einen Stängel Katzenminze vor die Nase hält – man weiß nie, wann die Katze zuschlägt. Ich hielt mich eng an Rebecca, und ich spürte, wie Bernhardt seinen Griff veränderte. Wir waren ein Team: Wir hatten es nicht nötig, die Dinge zu diskutieren. Wir arbeiteten zusammen, um mit Sherwin fertigzuwerden, der in dem Raum zwischen Rebecca und Leslie kämpfte und strampelte.

«Lassen Sie ihn nicht los!», rief ein Mann in der Menge. Es war Mike Breuer, der die ganze Zeit schon die grundsätzliche *Richtigkeit* dessen verstanden hatte, dass Leslie und sein Freund im Ehestand oder wenigstens in einer vorübergehenden Beziehung zueinander fanden.

«Spring!», rief eine andere Stimme von der Bar her. Dieses Mal hörte sich der Sprecher jung an. War es der Teenager, der sich unbekümmert in das Tun der Erwachsenen einmischte? Ich hatte das Gefühl, dass es ein Potenzial für

Mobbingverhalten gab. Alle strichen herum und hielten Ausschau nach etwas, was sie tun konnten. Es war diese späte, entmutigende abendliche Zeit, wenn eine andere Party, wenn der Tanz beginnt.

Und richtig. Konwickis Kinderpsychologen nahmen den Ruf auf. «Spring. Spring. Spring.»

Was würde Leslie tun? Sie beobachtete, wie Sherwin wie ein wildgewordenes Pendel über ihr hin- und herschwang. Die hohen Absätze verliehen Leslie Statur. Sie konnte leicht hinaufgreifen und Langs Hosenaufschläge packen, dann an seinen Kleidern hochklettern, ihn am Gürtel packen und ihre Arme um seine Taille schlingen. Doch das war nicht das, was sie tat. Sie griff mit einem blassen Arm nach oben und packte mit bloßen Händen und einem Griff, der, wie man es in der Welt des Sports ausdrücken würde, athletische Fähigkeiten bewies, einen von Langs fliegenden Schnürschuhen. Es entstand ein Geräusch, als würde ein scharf geschlagener Linienball im Handschuh eines Außenfeldspielers landen. *Zack!* Sie hielt seinen Fuß fest. «Hab ich dich!», verkündete sie mit ihrem Londoner Akzent, die Betonung stark auf «hab», was sich anhörte wie «hob».

Ein Johlen begann. «Schwieriger Fang! Hervorragender Fang!», rief der Teenager. Dieser Junge, wurde mir klar, würde über kurz oder lang zum Ärgernis werden. Doch was konnte ich dagegen unternehmen? Er hatte den Arm um die Schulter seiner Freundin gelegt; sie lehnten sich auf diese suggestive, erstickende Weise aneinander, die die Kids in der Öffentlichkeit an sich haben, um die unglückliche Erwachsenenwelt wissen zu lassen, dass sie aus Spaß miteinander schlafen. Ich war hoch in der Luft, schaute hinunter und hielt mich mit aller Kraft an der menschlichen Kette fest.

An Bernhardts Hecheln, seinen schnellen, kurzen Atemzügen, konnte ich erkennen, dass ihm die neuen Leute zu schaffen machten. Leslies Fuß hob vom Boden ab. Ihre blauen Stilettos baumelten an ihren Zehen. Die Leute unter ihr versammelten sich in einem dichten Kreis, feuerten sie an, auch Sherwins anderen Schuh zu packen und sich hochzuziehen, ihre Arme um seine Knöchel zu schlingen.

«Der Schuh kommt links von Ihnen rein! Hinter Ihnen! Warten Sie, bis der Schuh vor Ihnen ist! Lassen Sie den Schuh nicht aus den Augen!», rief Mike Leslie zu. Mit seinem kahl werdenden Kopf und seinem breiten Mund, in dem alle Zähne zu sehen waren, und dem karierten Polohemd, das akkurat in der bis zur Taille hochgezogenen Bügelfaltenhose steckte, erschien er mir wie das Muster eines Kreisliga-Vaters. «Ich sage Ihnen, wenn Sie sich bewegen müssen. Bereit? Da kommt der Schuh. Er ist beinahe da. *Jetzt.*»

Leslie fuhr mit der freien Hand durch die Luft, verpasste aber den schwarzen Schatten, der an ihrem Gesicht vorbeischoss.

«Denken Sie voraus!», brüllte Mike wütend. Dann gewann er die Beherrschung zurück und erklärte in einem Ton, in dem sich Wut und Geduld in perfekter Weise mischten: «Ihre Hand muss dorthin, wo der Schuh sein wird.»

Wieder schwang Langs Schuh an Leslie vorbei, und wieder versuchte sie, ihn zu fangen, und griff daneben. Langs Schuh trieb durch die Luft, als hätte er ein Eigenleben und einen eigenen Kopf. Mit der einen Hand umklammerte Leslie Langs anderen Fuß. Wie lange konnte sie sich halten? Der Mann versuchte, die Frau abzuschütteln. Ich konnte gar nicht hinsehen. Ich machte mir Sorgen um Leslie. Würde es irgendwie zu Sherwin Lang, dem Alkoholveteranen und Schürzenjäger, passen, fragte ich mich, aus Versehen kräftig eine verliebte Frau zu treten?

Die Wahrscheinlichkeit machte mir Angst.

Sherwin, ausgestreckt zwischen Rebecca oben und Leslie unten, schien mir in seiner konkreten physischen Situation die klassische Zwangslage eines Mannes zu verkörpern, der die Verführung liebt.

«Helft mir! Verdammt noch mal! Ich möchte nicht so sterben!», rief er, an niemanden speziell und an alle gerichtet, als die Engländerin sich in einer mutigen Zurschaustellung von Ausdauer und jugendlichem Überschwang hochzog und den schwierigen Aufstieg an seinem Bein antrat.

«Lassen Sie auf keinen Fall meine Hand los», befahl Rebecca. Schrie sie Lang an oder mich? Sherwin schien mehr denn je aus großer und unsicherer Höhe herabzuhängen.

Und meine Freunde am Boden hatten sich in der Zeit, in der diese Dinge passierten, weiter und weiter entfernt. Sie traten zurück, Dan und Elizabeth und die Übrigen, und würden scheinbar winziger und winziger. Das war im Laufe der Nacht passiert. Es war Teil der ganzen psychischen Halluzinationserfahrung. Es war, als würde die Decke des Restaurants stetig, unaufhaltsam angehoben. Wir stiegen hoch, die Kellnerin und ich, immer weiter unter den Töpfen und den hellen, heißen Lampen – und mit uns stiegen Lang und Leslie, die an unseren Armen hingen. Und doch, wie schon den ganzen Abend über, konnte ich sogar, während wir emporschossen, beim Hinunterschauen auf meine erdgebundenen Kollegen die groben Details erkennen, zum Beispiel die Kleider der Leute und ihre Frisuren, ihre Brillen und die Stifte, die sie in ihre Taschen gesteckt hatten, und ihre wässrigen Augen und ihre Hautunreinheiten und die Umrisse von Adern unter der Haut, all diese Bewegungen und Ticks in ihren Gesichtern, wenn sie den Ausdruck wechselten, diese zwar nebensächlichen, aber entscheidenden stofflichen Merkmale ihrer Persönlichkeiten.

Ich konnte ihre Schreie hören, ihre Kritik und ihr Geflüster, einschließlich Peter Konwickis vertraulichen Spekulationen gegenüber seinen Studenten, als er Leslie zuschaute, die sich an Sherwin emporhangelte.

«Schaut genau hin», sagte der wilde Mann zu seinen Auszubildenden, die, wie man so sagt, an seinen Lippen hingen. «Ein dramatischeres Beispiel sexueller weiblicher Habgier werdet ihr nie erleben.»

«Es ist bemerkenswert, wozu Menschen fähig sind, um sich fortzupflanzen, nicht wahr?», sagte Bob, Konwickis Einserstudent. Das Mädchen neben Bob, das Mädchen namens Katharine (das früher am Abend beiläufig, aus dem Stegreif, vorhergesagt hatte, dass meine persönliche Situation auf eine Reorientierung der sexuellen Identität und eine daraus folgende Zurückweisung sozial verbindlicher Moralvorstellungen hindeutete … nun, vielleicht – wie wäre es damit?), kommentierte: «Ich habe so etwas in einem von diesen Naturfilmen im Fernsehen gesehen.»

«War das zufällig diese Dokumentation über Madagaskar?», fragte Bob.

«Madagaskar? Könnte sein.»

«Mit den drei Lemuren? Ja. Ich glaube, es waren drei Lemuren. Sind das die mit den rosafarbenen Nasen und den unglaublich langen Schwänzen?»

«Ich habe keine Ahnung von ihren Nasen», verkündete Bob mit tiefer, wohlklingender Stimme. Es hörte sich an, als erklärte er seinen Anspruch auf irgendetwas – als ob er eigentlich sagte: «Diese Diskussion gehört mir.» In diesem Sinne und einem Hypnotiseur, der einen Zauber bewirkt, nicht unähnlich, intonierte er nun: «Ihre Schwänze sind lang. Ihre Schwänze sind sehr lang.»

«Ich erinnere mich an die Lemurenschwänze», seufzte die Auszubildende. Sie half Bob, indem sie absichtlich – vielleicht auch unbewusst – verträumt reagierte, eine sich unterordnende Haltung einnahm und den jungen Mann wirkungsvoll ihr intellektuelles Eigentum in Besitz nehmen ließ: Schließlich war sie es gewesen, nicht er, die die Verbindung zwischen Lang, Leslie und einer Naturdokumentation hergestellt hatte.

Jetzt preschte Bob vor und schlug einen, wie ich fand, riskanten Wurf: «Lemuren haben die ganze Zeit Sex. Sie sind vollkommen promiskuitiv. Sie haben Sex mit ihren eigenen Verwandten. Man weiß von ihnen, dass sie ständig masturbieren. Sie haben einfach dauernd Sex.»

Das Mädchen sagte nichts. Hatte Bob die Dinge zu weit getrieben, zu schnell? Hatte er sich als erotisch verdächtig offenbart? Anscheinend waren diese Überlegungen für Katharine nicht von Interesse. Sie senkte den Kopf in einer Weise, die am besten als mädchenhaft beschrieben werden kann. Sie sah sich um, um festzustellen, wer, falls überhaupt, sie eventuell beobachtete. Sie presste ihre Schulter gegen Bobs Arm. Sie war bereit, sich ihm hinzugeben.

Und so geschah es. Der schwere Nebel umfing alles. Der Regen rückte näher. Die Stadt verschwand, und das Krankenhaus schwebte heran. Bob hatte Katharine. Leslie hatte Lang. Maria hatte Richard. Richard hatte mich. Manuel hatte meine Frau. Die Teenager hatten einander. Peter hatte seine Studenten, und Elizabeth hatte Mike, und Mike hatte zu Hause seine Kinder. Terry Kropp war neu am Institut; ich wusste nichts über ihn. Ich schätze, Dan Graham hatte seine Zigaretten.

Ich umklammerte Rebeccas Hand. In der Luft hielt jeder jemanden fest. Ich beobachtete, wie Rebecca Lang unterstützte, der panisch wurde und um sich trat, als Leslie Constant an seinem Bein hochkletterte, um mit ihm zu kopulieren. Da wusste ich, dass Rebecca unbestreitbar, unabänderlich eine Starke Junge Frau des Krakower Instituts war.

War es zu viel der Hoffnung, dass wir hinausfliegen könnten – Rebecca und ich, gemeinsam direkt aus dem Fenster oder durch das Dach des Pancake House? Könnten wir (wenn wir uns Mühe gaben – wenn wir es uns wie ein erfundener Junge und ein erfundenes Mädchen in einem Kinderbuch sehr *wünschten*), könnten wir diesem Zirkusszenarium, dieser liebeskranken menschlichen Leiter entfliehen und stattdessen davonschießen, uns von dem lärmenden Mob davonstehlen und rasch durch die Decke des Restaurants brechen, durch die weißen Fliesen und die Balken aus Hartholz, die rosafarbene Isolierung und durch die schwere, giftige Teerpappe oben drauf? Ich wusste genau, wo ich mit Rebecca gerne hingegangen wäre. Battlefield Grove. Genau. Der primitive Grabhügel mit der Kanone aus dem Revolutionskrieg, die so auf den niedrigen Hügeln ausgerichtet ist, dass sie auf die heiligen Gräber feuert. Wir würden eine Decke dabeihaben wollen – ein blaues Tischtuch aus Polyester-Mischgewebe könnte reichen –, die wir auf dem Boden ausbreiten oder in die wir uns gegen die Nachtluft einwickeln könnten. Vielleicht wäre Rebecca einverstanden, auf dem Weg hinaus hinunterzufegen und eine Thermoskanne mit Kaffee oder Tee zu packen. Falls Bernhardt freundlicherweise seinen Griff lockerte, könnte ich es vielleicht schaffen, in meine Tasche zu greifen und die Fünf-, Zehn- und Zwanzigdollarscheine herauszuholen, die dort zusammengeknüllt waren, könnte sie wie Blätter aus meinen Fingern rieseln lassen, von wo aus sie dann abwärts schweben und auf der Tastatur der Kasse landen würden – oder, falls ich schlecht zielte und danebenwarf, würde das Geld ins Aquarium fallen und nass werden, aber was würde das schon ausmachen? –, nur damit es keine Auseinandersetzungen wegen der Rechnung gäbe. Dann würden wir machen, dass wir fortkämen.

Zuerst würden wir über den Nebel steigen. Die Lösung lag darin, Höhe zu gewinnen. Zu fliegen, sogar die Art von «außerkörperlicher» Projektion, wie Rebecca und ich sie erführen – wie sie und ich sie bereits erfuhren –, konnte, so stellt man sich das vor, ohne mildes Wetter und Fernsicht riskant werden. Dies ist eine technische Frage, aber sie ist nicht streng oder ausschließlich technischer Natur. Sich die psychologischen Weiterungen vorzustellen, wenn man mit einem Baum oder einem Gebäude kollidiert, ist in jedem Fall erschreckend. Um nicht darüber nachzudenken, würden wir über dem Nebel dahinsausen.

Wie schön, in der klaren Nacht zu sein, wo niemand

rauchte oder Eier aß! Ich würde daran denken müssen, Bernhardt zu bitten, seine Arme wieder zu verlagern, nur ein kleines bisschen, um den Druck von meinen Rippen zu nehmen, damit ich meine Lungen mit einem sauberen, winterlichen Atemzug füllen konnte. Einem tiefen Atemzug. Unglücklicherweise weiß ich nicht viel über die Sterne und ihre Konstellationen, deshalb würde ich Rebecca keine benennen können. Das würde uns nicht davon abhalten, die Brillanz der Milchstraße zu bewundern oder zur Abwechslung gelegentlich einen Blick auf das gut eine Meile unter uns liegende flache Wasser zu genießen, unseren Fluss, der in Mäandern durch das Land fließt, sich nach Osten und Süden windet, hin und wieder das Mondlicht reflektiert, das in gebrochenen Säulen durch die windzerzausten Wolkenöffnungen fällt.

Wenn man dem Fluss folgt, kommt man zum Schlachtfeld. Rebecca und ich bewegen uns, wie die Gegenkultur es auszudrücken pflegte, mit dem «Flow», wenden unsere Köpfe nach rechts und sausen konsequenterweise auch nach rechts, lehnen uns backbords und segeln sachte nach links. Lebhafte Bewegungen in die eine oder andere Richtung bewirken ein Schlingern. Rebecca und ich schlagen vor Vergnügen Purzelbäume. Wir geben an! Zu viel Herumgewirbel mag ich nicht, denn – das sollte ich inzwischen wissen – es verursacht mir Übelkeit. Ihr, da bin ich mir sicher, ergeht es ebenso. «Gehen wir es langsam an», sage ich zu ihr, und wir legen gleichzeitig den Kopf zurück und ahmen damit genau jenes absichtliche Dagegenlehnen nach, mit dem man reagiert, wenn man in einem sich rasch verlangsamenden Fahrzeug sitzt. Dadurch drosseln wir unsere Geschwindigkeit. Hier und da erscheint unter uns ein Lichtpunkt oder ein Lichtstrahl, und Rebecca und ich wissen, dass wir über ein Haus hinwegfliegen, wo die Menschen wach sind, oder über ein Auto, das von einem späten Heimkehrer über eine Landstraße gefahren wird.

Ist es möglich, dass Jane, das Lenkrad umklammernd, in einem dieser Autos sitzt, in unserer grünen Limousine, die über den Eureka Drive nach Süden kriecht, an der Bücherfabrik vorbei und den Hügel hinunter, durch die überdachte Brücke hindurch und um den alten Flugplatz herum, unterwegs, um mich nach einer langen Ausgehnacht des Flirtens, Streitens und Fliegens nach Hause zu holen?

Was wird Jane tun, wenn sie im Pancake House ankommt und mich nicht findet, weil ich durch die Dachbalken davongeflogen bin? Würde sie ihren Mantel ausziehen, es sich an einem Tisch gemütlich machen, an einem Muffin knabbern und mit Escobar plaudern – beiläufig, als wäre nichts zwischen ihnen?

Rebecca und ich lehnen uns in die Brise, die über die Straße weht, bringen unsere Köpfe in eine andere Position und drücken das Kinn an den Körper, um stromlinienförmig eine höhere Geschwindigkeit zu erreichen. Die Stadt liegt hinter uns. Rebeccas Haare fallen ihr über die Schultern, sie werden vom Wind zurückgeweht, und einen kurzen Augenblick lang gelingt es mir, einen Blick auf Bruegels Hund zu erhaschen, der mich von ihrem Nacken aus angrinst, und natürlich frage ich mich, was dieser Hund mir sagen will.

Vor uns liegt Battlefield Grove. Da ist der Grabhügel, ein grasbewachsener Kreis, der von hoch oben ironischerweise aussieht, als hätte er ungefähr den Durchmesser einer Kanonenkugel. Rebecca und ich versuchen, nicht miteinander zu kollidieren, während wir umherschwirren und abseits der Bäume nach einem Landeplatz suchen. Besser gesagt, versuchen wir beide den Eindruck zu erwecken, dass wir uns körperlich ausweichen, und kollidieren dabei mehrmals miteinander. Was ist vergnüglicher als ein versehentlicher Zusammenstoß? Wir halten bereits Händchen; jetzt lege ich den Arm um ihre Schultern – weder zu zaghaft noch zu selbstbewusst. Eine leichte, halbgare Umarmung ist alles, was ich versuchen kann. Es ist genug. Rebecca fühlt sich sicher und, obwohl ihr das nicht gleich auffällt, leicht erregt. Ich sage mir, was ich wirklich will, ist, für sie zu sorgen, die Art Erwachsener zu sein, bei dem sie sich anlehnen kann, der ihr hilft, sich von ihrer Familie abzugrenzen und einen besseren Job zu finden und sich zu entscheiden, welche Kurse sie am College belegen soll.

Doch wenn das der Fall ist, wenn es mein glühendster Wunsch ist, zu beraten und zu beschützen, warum locke ich Rebecca dann zu dem Grabhügel hinaus, einer allseits bekannten Schmusestelle?

Das Gras ist kissenweich. Es ist lang und ungeschnitten, wie eine Matte, und flach gedrückt, eine Wiese in der kalten Jahreszeit. Ich stelle fest, als ich die Erde berühre, dass es lange her ist – seit Bernhardt mich damals hochhob und dazu zwang, den Rosinen-Zimt-Toast fallen zu lassen –, dass es lange her ist, seit ich ohne Stütze auf dem Boden stand. Meine Zehen berühren den Boden, und ich spüre, wie das Gras unter mir zusammengedrückt wird. Ich trage zurückhaltende, elegante Schuhe mit Ledersohlen und einem bescheidenen Fußbett, und ich bin zunächst überrascht von der Fähigkeit des Leders, diese Empfindung zu übertragen: Als meine Füße landen, verstehe ich die Erde in ihren Einzelheiten. Unter den Grashalmen, dem Blick verborgen, drücken Steine und andere Unregelmäßigkeiten der Oberfläche gegen meine Schuhsohlen, und als mein Körpergewicht auf ihnen lastet, graben sich die Steine ein. Ich verlagere mein Gewicht und gleiche aus, indem ich meinen linken Fuß nach links, meinen rechten nach rechts setze, die Zehen zuerst krümme und dann strecke und mich von den Fußballen abstoße. Ich stehe. Ein Stock zerbricht unter meinem Absatz, und ich werde mir der ersten Schmerzwellen bewusst, die über meinen unteren Rücken, durch das Becken und über den Ischiasnerv in meine Beine hinunterwandern. Wie einleuchtend. Etwas wie dies war nach Stunden der Gewichtslosigkeit, nach der langen Nacht in Bernhardts Umarmung, eigentlich zu erwarten. Und ohne Zweifel gibt es eine starke psychologische Komponente. Die Logik des Schmerzes, obwohl emotional und, man kann durchaus dieser Meinung sein, sentimental, ist elementar. Der Schmerz geht von meiner Lumbalregion aus. Das ist die Stelle, wo auf Janes Rücken die aus Muttermalen gebildeten Fischer in ihren winzigen Holzbooten den Horizont überblicken. Und es ist die Stelle auf meinem Rücken, gegen die schon die ganze Zeit Bernhardts Erektion drückt; und wirklich, ich glaube – ich kann das von Berufs wegen, nicht nur als Betroffener sagen –, man kann die Wirkung eines aufdringlichen Penis im Verhältnis zu einem somatisierten Ischiasnerv gar nicht überschätzen. Was immer die Ursachenlehre auch dazu sagen mag, ich muss zugeben, dass ich wegen der Krämpfe am liebsten auf die Knie fallen und heulen würde wie ein Baby. Ich habe schon früher Symptome im unteren Rücken gehabt, aber noch nie so, noch nie so stechend und so extrem. Es ist ein Glück – und ihr so *gemäß* –, dass Rebecca an meiner Seite ist. Ich habe meinen Arm um ihre Taille gelegt, und sie selbst kommt auch zur Ruhe; sie sinkt ins Gras, das sich unter ihren Füßen neigt und zertrampelt wird. Ihre Hüfte streift die meine, ihr Bein berührt mein Bein, und sie stellt sich langsam neben mich, und wir schmiegen uns mitten auf dem geheiligten Hügel aneinander.

(Über die Menschen, die dieses urzeitliche Monument gegraben haben, ist wenig bekannt, außer dass sie aus der Vorzeit stammen und beinahe mit Sicherheit Nomaden waren – in der Nähe wurden nirgendwo Stellen gefunden, die dieser ähneln –, ein großes, langgliedriges Volk, das primitivste Steinwerkzeuge benutzte und den jüngeren Stämmen der amerikanischen Ureinwohner – den Seminolen und der Dynastie der Cherokees, die die südlichen Gebiete und die Gebiete am mittleren Atlantik in Besitz nahmen, den Irokesen und den Clans der Huronen im Norden und den unzähligen unabhängigen Völkern dazwischen, deren Krieger zur Stelle waren, um die europäischen Forscher und Siedler vom späten fünfzehnten bis ins frühe siebzehnte Jahrhundert hinein zu begrüßen – um viele Jahrhunderte voraus war. Vielleicht waren die Erbauer des Grabhügels vor Tausenden von Jahren Ausgestoßene einer locker organisierten Zivilisation im Westen oder im Mittleren Westen gewesen, die, so glauben einige, entstanden und dann auf mysteriöse Weise verschwunden sein könnte. Wer auch immer sie waren, es verschafft mir unweigerlich einen kleinen sexuellen Kitzel – ich bin mir nicht sicher, ob ich das zugeben sollte –, auf ihren Skeletten herumzuspazieren.)

«Au! Mein Rücken! Au! Au!»

Herumspazieren kommt nicht in Frage. Ich bin zittrig, mehr als nur ein bisschen wacklig; und Rebecca, die sieht, dass ich in Schwierigkeiten bin, begreift meinen Kummer, legt meinen Arm fest um ihre Schultern, hält meine Hand in der ihren, macht einen winzigen Schritt vorwärts und sagt: «Ich helfe Ihnen beim Gehen.»

So ist natürlich sie diejenige, die mir hilft, und nicht umgekehrt, wie ich es mir gewünscht hatte – oder wie ich gedacht hatte, es mir zu wünschen. Denn sehen Sie, möglicherweise trifft auch zu, dass ich in meiner Gebrechlichkeit, in meiner Unfähigkeit, ohne Unterstützung zu gehen, endlich das bekomme, was ich brauche und mir wünsche.

Gemeinsam schlurfen wir über den Grabhügel. Jeder Schritt wird ein Akt des Hinfallens auf Rebecca; und mit jedem Schritt fühle ich, wie sich genau an der Stelle, wo Bernhardts Schwanz mich berührt, ein Dolch in mein Rückgrat bohrt. «O Gott!», rufe ich aus, als die Schneide eindringt. Rebecca trägt die Thermoskanne und das blaue Tischtuch. Wir trinken abwechselnd Kaffee oder Tee oder was immer sie mitgebracht hat, nippen aus der Plastiktasse, die der Thermoskanne gleichzeitig als Deckel dient; und ich mache meine Ignoranz in Sachen Astronomie und Milchstraßen wett, indem ich lahm auf historische Stätten hinweise, die bei Nacht und Nebel mehr oder weniger unsichtbar sind, wenn auch hier und da noch schemenhaft zu erkennen.

«Im Winter 1775 campierte hier kurz eine versprengte, abgerissene und erschöpfte Truppe der Kolonialisten», informiere ich sie und nicke eifrig mit dem Kopf, um das Gebiet zu bezeichnen, auf dem sie ihr blaues Tischtuch ausbreitet und mich währenddessen, unbequem und unsicher auf meinen eigenen zwei Beinen stehend, warten lässt. Ich beuge mich nach vorne, gehe in die Hocke, lege meine Hände auf die Knie und verringere damit das Gewicht auf meinem Rücken. Rebeccas Tischtuch erweist sich als riesig, um vieles größer, als man erwarten würde, wenn man im Pancake House & Bar einen Tisch damit gedeckt sieht. Auf dem ausgebreiteten Tuch ist Platz genug, um sich hinzulegen und auszustrecken oder auf und ab zu gehen oder sogar im Kreis herumzurennen: So groß ist es.

Ich knirsche mit den Zähnen gegen mehrfachen schlimmen Tremor. Ich sage zu Rebecca: «Zur Zeit des Unabhängigkeitskrieges war dies kein Wäldchen. Im ganzen Land gab es nur wenige bedeutende alte Waldlandschaften. Das ländliche Gebiet hier wurde im achtzehnten Jahrhundert für Bauernhöfe gerodet. Es war Schafweide. Harthölzer wurden zum Kochen und Bauen und Heizen benutzt. Ende des neunzehnten Jahrhunderts waren die Wälder in den Herdstellen verbrannt.»

«Was für eine Verschwendung», könnte Rebecca darauf erwidern und damit jene Art moderner ökologischer Wertvorstellung ausdrücken, die die ersten Siedler sich weder hätten vorstellen noch leisten können.

Unter diesen Umständen – die Süße der Nachtluft; der rauchige Geruch von Rebeccas Haar; das herausfordernd bedeutungsvolle Grinsen des kleinen Hundes; die Agonie, die vom Stehen, Laufenlernen, von dem Gefühl winziger Steinchen herrührt, die sich durch die Schuhe in meine Füße bohren etc. – halte ich es für klug, von den komplexen Zusammenhängen der Landwirtschaft und der Bewahrung der Umwelt wegzusteuern. «Wie dem auch sei, hier hatten die Freiwilligen im Unabhängigkeitskrieg ihr

Lager aufgeschlagen. Ein paar Rotröcke, die leichte Artillerie transportierten, biwakierten damals neben der Poststraße ...» – ich gestikuliere und deute in weite Ferne, obwohl man im Nebel tatsächlich nicht weiter als zehn Meter sehen kann, oder so scheint es wenigstens – «... dort drüben hinter diesen Hügeln. Am Gefechtsmorgen waren die Briten, zufällig nicht unter der Führung von General John Burgoyne, wie einige der lokalen Revolutionskriegsfanatiker gerne glauben möchten, sondern unter einem bevollmächtigten Offizier, der später bei einer Flussüberquerung ertrank – und wenn ich schon dabei bin, Rebecca, dann lassen Sie mich hinzufügen, dass, was auch immer Dr. Woody Ihnen in der elften Klasse beigebracht haben mag und was auch immer die Gedenktafeln, die von der Parkverwaltung aufgestellt werden, uns gerne glauben machen wollen, General Burgoyne nie durch diese Gegend geritten ist. Jeder, der das behauptet, ist entschieden falsch informiert. Burgoyne befand sich auf einem Kriegsschiff und segelte über den Atlantik nach Hause, um den Saratoga-Feldzug zu planen – und, wie dem auch sei, die Briten unterstanden dem Kommando eines jungen Lieutenants, den das Schicksal mehrere Tage nach dem sogenannten Zwischenfall auf dem Grabhügel durch das Eis brechen ließ. Nun gut, das spielt keine Rolle. Am Morgen des Kampfes, der schließlich kein wirklich großer Kampf war, wissen Sie, und das ist der interessante Teil, am Morgen des Kampfes, kurz vor Sonnenaufgang, zogen die Briten ihre Feldartillerie über diese Hügelspitzen ...» – wieder deute ich ohne guten Grund in Richtung unsichtbarer Osten – «... und platzierten sie hinter den hastig in den Hügel gegrabenen Schanzen, die dem amerikanischen Feldlager gegenüberlagen.»

«Was sind Schanzen?», fragt mich Rebecca. Ich kann nicht sagen, ob aus echtem Interesse oder um mir einen Gefallen zu tun.

«Schanzen sind Befestigungen, die dazu bestimmt sind, die Kanone und die Soldaten zu beschützen, die sie ausrichten und feuern.»

«Das macht Sinn», antwortet Rebecca und glättet einen Zipfel des riesigen blauen Tischtuchs.

«Doch es war Winter, und der Boden war gefroren. Die Infanterie war außerstande, mehr als ein paar Schaufeln Erde auszuheben, und aus diesem Grund war ihre Verteidigung unzureichend.»

«Das ist schlimm», sagt Rebecca und äußert bei dieser Gelegenheit eine jener provozierenden, ärgerlichen, politisch konträren Positionen – indem sie mit der typischen Haltung eines jungen Menschen unsere Erzfeinde, die Engländer, in einem entscheidenden Moment bei der Geburt der Nation bedauert –, eine Position, die, ungeachtet der Meriten, die sie abstrakt betrachtet haben mag, wie der zeitgenössische ökologische Radikalismus eindeutig ein Abkömmling der aktuellsten demokratischen Potenziale der Gesellschaft ist, ebenjener Potenziale, möchte man hinzufügen, die die Briten unter ihrem wahnsinnigen Monarchen kriegerisch zu unterdrücken versuchten.

Ich mache mir nicht die Mühe, während ich vornübergebeugt auf dem Grabhügel stehe, mit Rebecca über die Psychopathologie der Aggression zu diskutieren.

Ich stelle fest, dass sie sich auf dem Tischtuch nach hinten gelehnt hat. Sie hat mich mit meinen Rückenschmerzen allein gelassen. Rebecca liegt auf der Seite, nippt aus dem Deckel der Thermoskanne und beobachtet mich von der anderen Seite des Tuchs. Um sie zu erreichen, muss ich eine große Entfernung über die weiche blaue Weite zurücklegen.

Ist jetzt endlich die Zeit für mich gekommen, auf die Knie zu fallen? Dem ist so, und ich tue es; ich kippe mit ausgestreckten Händen nach vorne und lasse mich von der Schwerkraft bewegen. Meine Knie treffen zuerst auf dem Boden auf, gefolgt von meinen Händen; und das Gras unter dem Tuch dämpft den Aufprall von Knien und Händen, den unvermeidlichen Schock für den Körper; und überraschenderweise ist mein Fall gepolstert und schmerzfrei, das heißt, das Fallen verursacht mir keine neuen Schmerzen. Es fühlt sich an, als wäre eine riesengroße blaue Matratze über den prähistorischen Grabhügel gebreitet worden.

Ich bin auf allen vieren, wie man so sagt. Rebecca wartet im Nebel. Gehe ich fehl in der Annahme, dass wir uns auf unserem blauen Bett gleich lieben werden? Wie wird das sein? Wird Rebecca sich schüchtern und unsicher verhalten? Werde ich so sein? Würde sie, wie eine Frau mit Erfahrung, wissen, was zu tun ist und wie? Unser erster Kuss wird diese Fragen beantworten.

Ich kann sie vor mir sehen, obwohl sie in dem immer dichter werdenden Nebel schnell meinen Blicken entschwindet.

Ich fange an zu krabbeln. Ich komme langsam voran. Der Boden ist kalt. Ich halte den Rücken tief; es ist am besten, wenn ich meine Beine überhaupt nicht benutze; stattdessen ziehe ich es vor, sie hinter mir herzuschleifen, denn ich habe das Gefühl in den Füßen verloren. Mein Körper scheint an einem unbestimmten Punkt unterhalb der Hüfte zu Ende zu sein. Dennoch habe ich Gewicht. Ich greife mit den Händen fest in die Falten des blauen Tischtuchs, setze die Ellbogen auf und, in Erinnerung an die Einschränkungen, die mir durch Richards Umarmung auferlegt sind – denn ich bleibe, sogar während ich über den Grabhügel rutsche, effektiv im Pancake House & Bar, ein Gefangener in der Zwangsjacke von Bernhardts Umarmung –, arbeite ich mich vor. Ich schürfe mich an Steinen auf, als ich mich über das Tuch vorwärts bewege. Ich werde mit Sicherheit Prellungen davontragen. Ich habe das Gefühl, als würde ich einen Berg oder einen langen, steilen Hügel hinaufklettern, was ich in gewisser Weise auch tue; der Grabhügel hat die Form einer abgerundeten Schräge, was für einen beinlosen Mann einen herausfordernden und anspruchsvollen Aufstieg bedeutet. Ich bin wie ein in der Schlacht verkrüppelter Soldat, der in Sicherheit robbt und versucht, nicht zu sterben. Dieses Bild der Behinderung ist, finde ich, in Anbetracht der Geschichte dieses Ortes nicht unangemessen; auch nicht in Anbetracht meiner körperlichen Situation Bernhardt gegenüber etc. an jenem Abend im Pancake House. Hier draußen im Battlefield Grove ist mein Verständnis von Sicherheit – aus Gründen, die mehr mit Trost als mit Sex zu tun haben – damit verknüpft, dass ich Rebecca erreiche. Während ich dem verschwindenden Mädchen entgegenrobbe, beschreibe ich ihr mit lauter Stimme, von der ich nur hoffen kann, dass sie sie hört, die Ereignisse des Winters 1775, den Zwischenfall auf dem Grabhügel.

«Die britische Artillerie protzte ihre großen Vorderlader ab und brachte sie auf den Hängen in Stellung. Die Amerikaner schliefen in ihren Zelten. Die englische Infanterie marschierte die Hügel hinunter und formierte sich. Damals war es Brauch, dass die angreifende Armee vordrang, während sie von einander überschneidenden Linien aus, einer knienden und einer stehenden, bei hellem Tageslicht in hellen Jacken den Feind beschoss.»

Ich schürfe mir an Zweigen und Steinen die Ellbogen auf. Mein Rücken ist in warmen, folternden Schmerz gebadet.

Ich kämpfe mich den Grabhügel hinauf. Ich kann Rebecca nicht mehr sehen. Der Nebel hat sie umfangen; die Nacht neigt sich der Dämmerung entgegen, und der Tau auf dem Gras dringt durch das Tischtuch. Meine Kleider sind durchnässt.

«Bei Tagesanbruch eröffnete die englische Kanone das Feuer. *Kabong! Kabong!*» – Ich mache eine Pause, nachdem ich diese etwas lächerlichen, ausschmückenden Kanonengeräusche gemacht habe, um ein paar Mal zu husten. «Der Lärm war ohrenbetäubend. Das Echo der Explosionen hallte von Hügel zu Hügel. Geschützblitze erhellten den Himmel. Kanonenkugeln flogen durch die Luft auf die hilflosen Amerikaner zu.»

«Was ist dann passiert?» fragt die körperlose, aufgeregte Stimme Rebeccas. Ich bin froh, sie zu hören. Sie kann nicht weit weg sein.

«Die Artillerie krachte. Die Infanterie rückte vor. Plötzlich senkte sich dichter Nebel über das Land.»

«Wie der Nebel jetzt?», fragt Rebecca irgendwo in den dicken, bodentiefen Wolken.

«Ja. Nebel senkte sich herab, Nebel wie dieser, und verbarg den Grabhügel und die Soldaten der Kolonialisten.»

«Wow.»

«Die englische Infanterie feuerte und feuerte, aber kein einziger Schuss traf sein Ziel. Die Infanterie befestigte Bajonette und ging zum Angriff über, wurde aber im letzten Moment durch den Nebel verwirrt und kam Richtung Süden vom Ziel ab. Jeder der Männer verlor den Kontakt zu seinem Nebenmann. Die Berufssoldaten schlugen in Panik auf alles ein, was sich bewegte. Es war ein blindes Gefecht. Rotröcke griffen Rotröcke an. Ich weiß es, denn ich war dabei. Ich habe einmal bei der Darstellung der Winterschlacht die Rolle des ertrunkenen Lieutenants gespielt.»

«Wirklich?», fragt Rebecca, plötzlich munter. «Mein Vater hat immer bei den Darstellungen mitgespielt. Er hat damit aufgehört, als ich elf war.»

«Ihr Vater? Na so was. In welcher Armee war Ihr Vater?»

«In der britischen, wie Sie. Das deprimierte ihn. Dad redet nie, niemals von der Schlacht. Er hat eine schlimme Erfahrung gemacht.»

«Was ist passiert?»

«Jemand hat ihn mit einem Bajonett verletzt.»

«Hmm.»

«Was ist los?»

Was soll ich sagen? Was soll ich tun? Die Wahrheit sagen und die Konsequenzen ertragen? So tun, als wäre alles in Ordnung, und eine spätere Enthüllung der wesentlichen, kompromittierenden Auslassungen riskieren?

Ich wähle den steinigen Weg wie ein Mann. «Ich weiß nicht genau, wie ich es Ihnen sagen soll, Rebecca, aber – lassen sich mich nachdenken, wie ich es richtig erklären soll –, äh, wenn Ihr Vater der ist, der ich glaube, dass er ist, was ich sagen will, ist, ich habe möglicherweise – wie drücke ich es am besten aus? –, ich könnte ihn versehentlich bajonettiert haben.»

«O mein Gott.»

«Rebecca, es tut mir leid. Ich habe es nicht absichtlich getan. Bitte versuchen Sie, es zu verstehen. Wir hatten keine Proben. Die ganze Darstellung war miserabel organisiert. Ich hasse Gewehre.»

«Sie haben meinen Vater bajonettiert?»

«Es war ein Unfall. Wir sind zusammengestoßen, mein Gewehr deutete in die falsche Richtung, das Bajonett war im Weg, und er wurde verletzt.»

«Sie haben meinen Vater bajonettiert. Sie haben meinen Vater bajonettiert.»

«Ich fühle mich schrecklich deswegen, Rebecca.»

«Ich kann es nicht glauben. Sie haben Dad mit dem Bajonett verletzt! Und ich habe Ihnen *vertraut*», erklärt das Mädchen – wobei es sich, wie beleidigte Menschen das so häufig zu tun pflegen, in brillanter Weise auf Ereignisse beruft, die Jahre zurückliegen, und diese retrospektiv als Beweis für heutige Verhältnisse einsetzt.

Ich habe zu dieser unlogischen Formulierung nichts zu sagen außer dem Bewährten und Richtigen: «Können Sie mir verzeihen? Rebecca? Können Sie mir in Ihrem Herzen verzeihen?»

«Ich habe Ihnen *vertraut*!»

Es vergeht ein Augenblick, ohne dass jemand etwas sagt, und ich warte ab, um herauszufinden, woher der Wind weht. In dieser Zeit kann ich über die wesentlichen Folgen nachdenken. Im Guten wie im Bösen sind Rebecca und ich durch die Wunden ihres Vaters miteinander verbunden. Es ist durchaus nicht unbekannt, dass Menschen eine starke Zuneigung zu denen entwickeln, die ihnen Schaden zugefügt haben, oder, wie in diesem Fall, zu denen, die ihre Lieben verletzt haben.

Mit diesem Gedanken und um die Situation unter Kontrolle zu bekommen, greife ich auf ein ruhiges und professionelles, mitfühlendes Verhalten zurück. «Es muss für Sie schwierig gewesen sein, in so jungen Jahren Ihren Vater von oben bis unten mit seinem eigenen Blut beschmiert durch die Tür kommen zu sehen.»

«Das war es. Es war schrecklich. Ich dachte, er würde sterben», erinnert sie sich leise; und ich helfe ihr dabei, diesen Gefühlen und ihren Kindheitserinnerungen nachzugehen. «Ich verstehe, wenn Sie wütend auf mich sind, Rebecca. Ich möchte Ihrem Kummer nicht im Weg stehen.»

«Als Dad aus dem Krieg nach Hause kam, weinte ich und weinte. Er sagte, es ginge ihm gut und dass es keinen Grund gebe, sich Sorgen zu machen, aber ich dachte, er sage das nur zu mir, damit ich nicht traurig wäre, weil er sterben würde.»

Sterben?

«Damit ich das richtig verstehe. Sagen Sie, dass die Tatsache, dass Ihr Vater *nicht* am Sterben war, Sie davon überzeugte, dass er es war?»

«Was?», sagt sie. Dann sortiert sich vermutlich die Semantik dieser Frage in ihrem Kopf, und sie antwortet: «Ich schätze, das stimmt. Das macht nicht viel Sinn, oder?»

«Es macht vollkommen Sinn.»

«Ich habe die ganze Nacht über geweint.»

«Möchten Sie jetzt gerne weinen?»

«Nein, warum sollte ich jetzt weinen? Das ist albern. Ich war elf Jahre alt. Ich will jetzt nicht weinen.»

Ich kann Rebecca nicht sehen, obwohl ich sie irgendwo im Nebel atmen höre. Ich wähle meine nächsten Worte mit Bedacht. «Manchmal verschließen die Menschen ihre Gefühle in sich, und dann vergehen Jahre, und diese unterdrückten Gefühle können neurotische Depressionen und Groll verursachen.»

«O bitte. Seien Sie nicht so herablassend. Ich bin nicht eine von Ihren Patientinnen.»

«Ich wollte es nur erwähnen.»

«Dad war nicht schwer verletzt. Am nächsten Morgen war alles besser. Er hat sich von mir mit seinen Bandagen helfen lassen.»

«Wie schön für Sie beide», sage ich zu ihr. Das ist ein taktischer Fehler, und ich bin mir dessen sofort bewusst; ich klinge gereizt und gemein – ich bin gereizt und gemein. Sie hört natürlich die Eifersucht in meiner Stimme. «Sie sind wütend auf mich, nicht wahr?», fragt sie.

«Nein», lüge ich.

«Warum sind Sie wütend auf mich? Ich bin nicht diejenige, die herumläuft und mit dem Bajonett auf andere einsticht. Sie möchten, dass ich weine wie ein kleines Mädchen, weil Sie mit mir als Frau nicht zurechtkommen.»

«He! He!» ist alles, was ich als Antwort hervorbringe. Denn natürlich klagt sie mich aus legitimem Grund an.

Mit einer Stimme, die sich sehr wie die einer Frau anhört, tief und voll klingt, in sich ruhend und, vermutlich würde ich es so ausdrücken, voll weiblicher Würde und Sexualität – ganz und gar nicht wie die Stimme eines Mädchens –, schlägt sie vor: «Warum erzählen Sie mir nicht vom Krieg gegen die Krone, Tom?»

«Rebecca, wir müssen nicht über den Revolutionskrieg sprechen, wenn Sie das unglücklich macht.»

«Es macht mir nichts aus.»

«Vielleicht wäre es besser, es nicht zu tun.»

«Ich möchte es aber.»

Auf diese Weise kämpfen wir miteinander, bieten kleine Zugeständnisse an, versuchen behutsam, Vertrauen aufzubauen.

Mich stimmt fröhlich, dass sie so selbstverständlich und entspannt meinen Namen benutzt. Sie hat unsere Verbindung anerkannt. Ist es dekadent von mir, aus einem solchen Grund optimistisch zu sein? Wir betreten eine neue, reifere Ebene unserer Beziehung.

Es gibt jedoch über den Zwischenfall auf dem Grabhügel wenig mehr von Interesse zu berichten. Den Amerikanern gelang es, sich zu sammeln und ohne Verwundete den Rückzug anzutreten. Sie stürmten die vereisten Geschützstellungen und erbeuteten die unverteidigten Sechs-Pfund-Kanonen.

«War das das Ende der Schlacht?»

«So ziemlich.»

«Es war nicht gerade ein großes Ereignis, nicht wahr?», fragt mich Rebecca. Ich merke an ihrer Stimme, dass sie enttäuscht ist. Wer könnte ihr das vorwerfen? Ich merke auch, dass sie ganz in der Nähe ist. Ich habe es geschafft oder beinahe geschafft, über das riesige Tischtuch zu robben. Alles, was ich tun muss, ist, nach oben zu greifen und herumzufummeln, bis ich – hoffe ich – sie berühre; dann, falls die Gefühle gegenseitig sind und falls sie mich wirklich nicht hasst, weil ich ihren Dad niedergestochen habe; dann, falls sie mich, was wohl möglich und perverserweise auch wahrscheinlich ist in einer Situation wie dieser, in gewisser Weise, vielleicht ohne es zu wissen, liebt, weil ich ihren Alten aufgeschlitzt habe, werden wir uns umarmen und, in das Tuch eingewickelt wie in eine Decke, den Sonnenaufgang betrachten, und dann, auf eingeschränkte Art, die sanft und liebevoll den Verlust meiner Beine berücksichtigt, werden Rebecca und ich uns auf diesem geheiligten Grund aneinanderschmiegen.

Ich krieche näher an sie heran. Ich weiß, dass sie in der Nähe ist. Es ist rührend, Rebeccas Atemzügen zu lauschen. Der Sturm auf dem Gipfel des Grabhügels hat mich erschöpft. Ich bin entkräftet, ein Krüppel. Trotz der Kälte der Aprilnacht sind mein Gesicht und mein Rücken schweißüberströmt. Doch die Nässe fühlt sich für mich an wie Blut.

Das Atmen schmerzt. Ich halte krampfhaft den blauen Stoff fest, der von Rebecca so ordentlich auf dem Wiesengras ausgebreitet wurde, und erzähle ihr keuchend, halbwegs delirierend ein paar unterhaltsame Fakten über militärische Beschaffung und Ausstattung in der Ära des verrückten Königs George. Besonders erwähnenswert waren die Uniformen, die von einer engen, zweireihigen Tunika vervollständigt wurden, die dafür entworfen war, zugeknöpft auf dem Paradeplatz gut auszusehen, aber Oberkörper und Armen herzlich wenig Bewegungsfreiheit ließ. Ihrem Vater zuliebe und um meine offensichtlichen Schuldgefühle zu erleichtern, verunglimpfe ich die Uniformen Rebecca gegenüber.

«Es waren Zwangsjacken.»

Dann erzähle ich ihr: «Das Blau in Ihrem Kleid und in diesem Tischtuch ist dasselbe Blau wie jenes, das die Amerikaner im Unabhängigkeitskrieg getragen haben.»

«Und?»

Sie hat mich ertappt. Worauf will ich hinaus? Alles läuft ineinander und kollidiert in meinem Gehirn. Rotröcke? Blaues Tuch? Feuernde Geschütze? Äste und Steine?

Das Krankenhaus in den Wolken. Schweiß und Blut. Ein kleiner Hund und die Fischer in ihren Booten.

Schließlich bin ich ein verheirateter Mann, wenn auch kinderlos. Ich habe viele Probleme. Ich habe oben an der Treppe ein ungestrichenes Zimmer. Ich spüre die Furcht vor der Liebe. Jane hätte unser Zimmer gerne blau.

Blau für einen Jungen! Seele meines ungeborenen Sohnes! Das Tuch auf dem Grabhügel! Die Kellnerin in ihrem blauen Kleid und die Süße der Pfannkuchen und Krüge voller Milch und Flaschenbier und Sherwin Lang und alle unsere alten, müden, kahl werdenden Köpfe und ein Ständer, der gegen meinen Rücken drückt, die Arme eines Mannes, die um mich gelegt sind.

General Burgoyne. Jane, die barfuß oben herumläuft, während die Katze um ihre Beine streicht. Nebel wie weißer Rauch, der sich unter dem Himmel sammelt.

«Der Nebel an jenem Wintermorgen 1775 war kein Zufall, Rebecca. Das schlechte Wetter hatte seinen Grund. Mir ist klar, dass es sich vielleicht maßlos anhört, wenn ich das sage, aber ich glaube, dass die Seelen, die in diesem Wäldchen ansässig sind, keine Gewalt gegen ihre Ruhestätte dulden, auch nicht gegen die Lebenden, die in dem magischen Kreis, der durch den Grabhügel bezeichnet wird, Asyl suchen.»

«Glauben Sie das?»

Das ist eine gute Frage. Ich bin mir nicht sicher, ob ich

sie beantworten kann. Stattdessen strecke ich die Hand aus und finde im Nebel ohne größere Schwierigkeiten die von Rebecca. Ich reiche ihr meine Hand. Wir sind vereint. Als Rebeccas warme Finger und meine sich ineinanderschlingen, gelingt es mir, freier zu atmen und damit aufzuhören, so sehr an den Tod zu denken. Ich fühle mich ein wenig getröstet.

Genau in diesem Moment beginnt der Regen zu fallen, der so lange, praktisch die ganze Nacht hindurch, in der Ferne, im Hintergrund geblieben war. Ich zwinge meinen Körper vorwärts – bewege mich mit einer letzten, mich ein wenig schwindelig machenden Anstrengung, bevor ich schließlich meinen Kopf in Rebeccas Schoß betten kann. Regen fällt auf mein Hemd und auf das Tischtuch und macht dabei ein gedämpftes, gelegentlich aussetzendes Geräusch, Niederschlag, der auf Stoff trifft. Ich schließe die Augen und sage zu Rebecca: «Die Geister der Toten sind überall um uns herum. Sie sind jetzt hier. Können Sie sie hören? Wir sind nicht allein. Horchen Sie. Die Toten sind herausgekommen, um sich auf dem Grabhügel zu lieben. Hören Sie?»

«Sie sind verrückt», sagt sie, und ich murmle ihr zu: «Die Geister wollen, dass wir uns lieben.»

«Nein, das wollen sie nicht.»

«Doch, das wollen sie.»

«Wollen sie nicht.»

«Sie wollen.»

«Nein. Sie wollen *nicht*!», insistiert sie.

«Ich fürchte, sie wollen es wirklich, Rebecca», sage ich zu ihr und halte schamlos an meiner Art und Weise der Verführung fest, unterstreiche dies auch noch körperlich, indem ich meine Stirn an ihr Knie lege und sie daran reibe. Sie kichert: «Sie sind albern.»

Sie hat recht. Die Frage: «Wie kann ich möglicherweise in einer Situation, die von Sexualphantasien definiert und durchdrungen ist, mit Autorität etwas sagen?», sollte besser so gestellt werden: «Wie kann ich, nur um mich an Rebecca heranzumachen, als Vorwand Geister anrufen und dabei keine Miene verziehen?»

Sie sagt: «Sie sind ein Mann, der auf jemandes Vater einsticht und ihn zum Bluten bringt.»

Stimmt wohl. Was kann ich dazu sagen? Ich sage, was ich sagen kann, und dränge sie in die Defensive. «Ich habe mich bereits dafür entschuldigt.»

«Ich weiß. Es tut mir leid, dass ich davon angefangen habe.»

Dann sage ich und kontere so mit einem subtil infantilisierenden Gesprächsangebot: «Entschuldigen Sie sich nicht. Sie haben nichts Falsches getan.»

Sie antwortet darauf mit einer Frage, die mir das Herz bricht: «Lieben Sie mich?»

«Das wissen Sie», sage ich wirklich aufrichtig zu ihr, wenn auch von der Wortwahl her absichtlich ausweichend und doppeldeutig.

Genau in diesem Moment wird mir natürlich *voll und ganz bewusst*, dass Rebecca und ich nicht allein auf dem heiligen Grabhügel sind. Und ich muss mich unter diesen Umständen fragen, ob es tatsächlich möglich ist, dass meine «Anrufung» uns begleitender, geselliger, auf Liebe ausgerichteter Geister vorteilhaft als klarer Ausdruck einer persönlichen und kraftvollen kreativen Fähigkeit verstanden werden könnte. Bin ich, wie ich mir das früher an diesem Abend vorgestellt habe, ein Erfinder von Wirklichkeit geworden? Bin ich im Laufe des langen Abends im Pancake House (und, konsequenterweise, hier draußen auf dem urzeitlichen Grabhügel) im wahrsten, verzaubertsten Sinne zum Kind geworden? Wir wollen uns daran erinnern, dass der Flug mit Rebecca zum Battlefield Grove nicht mehr war als eine kunstvolle und zugegebenermaßen ziemlich aufwendige Phantasievorstellung; die ganze Sache war vollkommen – oder zumindest größtenteils: sogar die offensichtlichsten erotischen Fieberträume enthalten und reflektieren bedeutsame Aspekte privilegierten, privaten emotionalen Wissens –, die ganze Sache war, wie ich schon sagte, vollkommen erfunden; unsere gemeinsame Zeit auf dem Grabhügel hat in meinem Kopf, in meinen Gedanken existiert (und in gewisser Weise wirkt sie noch weiter); es war, mit anderen Worten, ein subjektives Gebräu; der Flug zu dem Grabhügel war (ist) einfach etwas, von dem ich mir *wünschte* (und mir immer und vor allem wünsche?), dass es passierte, obwohl ich nicht ernsthaft behaupten kann (konnte), dass etwas davon *passierte* (oder sogar *passiert*), denn – wir wollen es nicht vergessen – in Wirklichkeit hing ich wie eine Puppe in Bernhardts massiven Armen und driftete mit einem Gefühl der Übelkeit unter der Decke des Pancake House entlang, und – wir wollen auch das nicht übersehen – währenddessen drückte sich der harte Penis meiner Vaterfigur, wie man so sagt, *in* meinen Rücken; und, in nicht erfundener Wirklichkeit, hing auch Rebecca in der Luft, baumelte zwischen mir und meinem Freund Sherwin, hielt uns beide an den Händen, der Doktor einigermaßen eingeschränkt von seiner engen schwarzen Jacke, aber sich nichtsdestotrotz betrunken zur Wehr setzend, als Leslie Constant wie eine Trapezkünstlerin an seinem schmalen Gürtel schwang und im Begriff war, ihre blauen Schuhe zu verlieren. Und in Wirklichkeit rauchte Dan Graham eine Zigarette und lehnte sein Gewicht unbeholfen gegen das dekorativ blubbernde Aquarium, wodurch der Behälter umzustürzen und das Pancake House zu überfluten drohte. Hinter der Süßwarentheke schlüpften die rosigen Hände von Peter Konwickis Auszubildendem der Kinderpsychologie, Bob, in Katharines Bluse, schlüpften unter das gekräuselte und nicht in die Hose gesteckte Vorderteil, begrapschten den Bauch seiner Studienkollegin oberhalb ihrer Hose in einer Weise, die er Katharine gegenüber offenbar für unaufdringlich und Leuten gegenüber, die in der Nähe standen oder über den Köpfen zwischen Töpfen und Pfannen hingen, für nicht erkennbar hielt. Dies ist – ich sollte sagen, dies *war* an diesem Aprilabend der Spiegeleier und Toasts – eine willkürliche Auswahl der wesentlichen Realitäten. Es handelte sich nicht um bloße Gefühlsdeutungen (ich folge Winnicott in der relativen Folgenlosigkeit von Deutungen sowohl im analytischen Kontext als auch im alltäglichen Leben); dies waren die Paarungen und Levitationen, die ich sah und empfand und erfuhr. Trotz, trotz und wegen all der großen und demütigenden Dinge, die sich an jenem Abend ereigneten, spürte ich, wie mein Kopf sich in Rebeccas bequemen Schoß bettete, und ich hörte den ersten Frühlingsregen auf Battlefield Grove fallen, den Regen, der niederging und uns bespritzte; und ich konnte das Ozon riechen, das mit diesem Wetter herunterkam, und den üppigen, wirklich wie aus einer Scheune kommenden Geruch fermentierenden Wintergrases und nasser Erde;

und obwohl ich fror und verkrüppelt war, konnte ich einen Augenblick lang frei atmen; und ich fühlte mich friedvoll und schloss die Augen. Ich denke, ich hätte einschlafen können. Über kurz oder lang, das war richtig, würde Jane ins Pancake House kommen, um mich abzuholen und mich in unserem kleinen grünen Auto nach Hause zu bringen. Und was für eine Freude wäre es dann, mich aus Bernhardts Umklammerung zu winden und zu ihr hinüberzurobben und ihre Beine zu umarmen, mich dann hochzuziehen und mir von ihr zum Parkplatz helfen zu lassen. Sie könnte mich an die Stoßstange lehnen, während sie die Autotür öffnete, und mir dann auf den Beifahrersitz helfen; dann – es gibt ein paar Dinge, die ich immer noch alleine fertigbringe – könnte ich meinen Sicherheitsgurt einrasten lassen, meinen Kopf gegen die Kopfstütze lehnen und meine müden Augen wieder schließen. Um am Anfang zu beginnen und nichts der unwissenschaftlichen Imagination zu überlassen, werde ich Jane alles über unseren wunderbaren psychoanalytischen Abend erzählen. Das wird die ganze Fahrt nach Hause dauern, die gesamte Länge des Eureka Drive von Süden nach Norden, von der überdachten Brücke zum College Hill und hinüber zur Granite Farm Road – es wird wahrscheinlich die ganze Fahrt dauern, alles loszuwerden. Jane ist anspruchsvoll, was Details angeht. Wir werden auf der Straße, die sich an der Bücherfabrik vorbeischlängelt, den steilen Hügel hinaufbrummen, und vielleicht werde ich das Beifahrerfenster einen Spaltbreit öffnen, bevor ich meiner Frau erzähle, dass ich, als Richard mich in seinen Armen hochhob, nur an sie denken konnte. Das wäre mein Stichwort, um meine Hand auf Janes Knie zu legen, leicht, um zu vermeiden, dass ich zu sehr drücke und ihren Fuß auf das Gaspedal presse; und während ich ihr Bein drücke – aber nicht kitzle! –, werde ich meine Himmelfahrt nach dem Abendessen beschreiben und die Himmelfahrten der anderen, Rebeccas und Sherwins und Leslies, die so charakteristisch abliefen, so perfekt die elementaren Züge im Sexualverhalten jeder dieser Personen aufzeigten. Natürlich würde ich dafür sorgen, dass ich zu Janes Unterhaltung einen gründlichen Überblick über die Liebesaffären nicht vernachlässigte, die auf dem Boden und in der Luft ihren Anfang nahmen. Würde sie erraten, dass es Andeutungen zu ihren Rendezvous mit Manuel waren, die ich fallen ließ? Wie viele Paare, unterwegs nach Hause und ins Bett und in die Arme des anderen, würden rückblickend ihren Bund auf jenen Abend datieren, als Tom den Rosinen-Zimt-Toast fallen ließ und, von Bernhardt vergewaltigt, die Macht über seine Beine verlor und dann durchs Dach davonschoss? (Wenn wir schon von Dächern sprechen, ich muss daran denken, das schwebende Krankenhaus zu kommentieren, die goldene Intensivstation, dann den Flur entlang und um die Ecke der Intensivstation die neue, hochmoderne Neugeborenenstation.) Ich würde Jane sogar von meinem Aufenthalt mit Rebecca im Battlefield Grove erzählen – oder vielleicht auch nicht? –, während ich in unserem gemütlichen grünen Auto sitze und wir im Reihenhausgitter der historischen Innenstadt von roter Ampel zu roter Ampel kriechen, eine Meile Stop-and-go-Verkehr, bis Eureka ansteigt, das Marktviertel hinter sich lässt und den College Hill erklimmt. Irgendwo hinter der Kreuzung mit der Woodrow Avenue – einer dieser gefährlichen, abfallenden Kreuzungen mit vier Stoppstellen, die es erforderlich machen, die Feststellbremse zu betätigen, wenn man von unten kommt – könnte ich den Mut fassen und Jane wissen lassen, dass ich, während ich über den Köpfen meiner Kollegen vom Krakower Institut dahinschwebte, Gelegenheit hatte, gründlich über Kinder nachzudenken. Von Bernhardts Griff festgesetzt, habe ich endlich Sinn und Zweck unseres Zimmers oben an der Treppe verstanden. Ich werde Jane nichts erzählen, was sie nicht intuitiv schon weiß, wenn ich sage, dass das, was dort wohnt und hinter einer geschlossenen Tür wartet, hinter der, auf dem Fußboden verstreut, so viele tote Motten liegen, meine eigene Männlichkeit ist. Unser ungeborenes Kind ist der Mann, den sie vor Jahren geheiratet hat, nachdem sie ziellos durch die dunklen Viertel der Stadt spaziert ist, im Nachmittagslicht und in der Dämmerung ihr Fahrrad neben sich hergeschoben hat an jenem Sommertag, als der Hund dieses Unbekannten bellend von einem Garten auf dem Hügel heruntergelaufen kam, um uns anzugreifen. Später erzählte uns ein furchteinflößender Barkeeper von seinem toten Sohn. Zuerst rannten wir vor dem Hund davon, dann vor dem Mann hinter der Bar. Draußen war es dunkel. Wir waren jung. Wir gingen ins Bett. Wir küssten uns, und als wir uns küssten, verliebten wir uns einfach. Jeder braucht jemanden zum Vögeln, aber warum sollte ich auch nur eine Minute lang glauben, dass die Bedürfnisse meines Körpers, oder auch die von Janes Körper, sich nach Art oder Intensität wesentlich von den Begierden und dem Verlangen unterscheiden, wie es Tausende von Männern und Frauen in der Ehe empfinden? Vielleicht sollte ich an dieser Stelle erwähnen, dass eine der charakteristischen Freuden – und Illusionen – des psychotherapeutischen

Prozesses in der wachsenden Wertschätzung der Persönlichkeit als eines formbaren und launischen Konstrukts liegt. Wir neigen dazu, unseren Charakter oder wenigstens einige unserer Charakterzüge, all die identifizierbaren Vorlieben und Abneigungen und die alten, lästigen Gewohnheiten und so weiter, genau zu überprüfen als Beispiele für das, was wir gerne Individualität nennen; und mir scheint, dass wir als egoistische Individuen verschiedentlich die eine oder andere der heiligen Sprachen benutzen müssen, die uns von der zeitgenössischen Forschung zur Verfügung gestellt werden – in meinem Fall ein psychoanalytisches Idiom –, um vor uns und den Menschen, die uns am nächsten stehen, Zeugnis abzulegen und unsere narzisstische Unabhängigkeit von der Masse der anonymen Menschen zu betonen, die ohne Bewusstsein durch die Welt stolpert. Auf diese Weise, indem wir unsere Getrenntheit erklären und definieren, nehmen wir die Furcht schließlich an und werden – falls das einen Sinn ergibt – *einzigartige, gewöhnliche Mitglieder der Gemeinschaft*, leben unser Leben als intellektuelle Wesen, die keine Angst davor haben, Angst vor Sex zu haben und vor dem Ergebnis von Sex, Kindern. Ich stelle fest, dass nichts von dem, was ich sage, dem durchschnittlich gebildeten Denker als etwas anderes denn ein befangener Aufguss der elementarsten und weitgehend absorbierten sozialen Ideen vorkommen muss, «typisch» postfreudianisch und insbesondere adlerianisch. Ich glaube jedoch, dass es in Anbetracht der Ereignisse an jenem Abend im Pancake House & Bar wichtig ist, sowohl über Stolz als auch über Bescheidenheit nachzudenken. Man erinnere sich, dass wir April hatten, die österliche Jahreszeit, das Ende des Winters. Wer war Bernhardt, wenn nicht mein Vater, der mich hoch in die Luft hob? Roch er nicht furchtbar nach Rasierwasser? Hatte er nicht, womöglich für immer, meine Fähigkeit, zu gehen oder auch nur aufrecht zu stehen, zerstört? Waren nicht meine Hände unbeweglich gemacht, meine Rippen von den Armen dieses Mannes zusammengequetscht? Und was war die Bedeutung des kleinen Hundes, der von Rebeccas Nacken unter ihrem Haar hervorlugte? In dem wohlbekannten Gemälde starrt der Hund endlos in eine Waldlandschaft – aber dies kann nur unsere Welt sein, würde ich annehmen, der konkrete, irdische Wohnort jedes Betrachters, der Bruegels erschöpften Reisenden für immer verloren gegangen ist. Vor den Pilgern liegen offene Felder und ein Dorf, dessen Kirchturm in den Himmel ragt. Mein Dorf in jener Nacht war das Pancake House; mein Wald Battlefield Grove; mein Kirchturm die abgehobene Krone des Krankenhauses, die sich stetig durch das All bewegte, hin zu ihrem Rendezvous mit einem Frühstücksrestaurant. Und so war es angemessen – wenn Sie kurz innehalten und darüber nachdenken wollen –, dass ich mich in jener Nacht an zwei oder drei Orten gleichzeitig befand. Ich bin mir nicht einmal sicher, welche Zeitstrukturen ich benutzen soll, um die Reihenfolge der Aufspaltung zu beschreiben. Ich war (und war gewesen) in der Luft über Maria und Manuel, Peter und Dan und den anderen vom Institut; ich war (und bin) auf dem Grabhügel zusammengekauert, den Kopf in Rebeccas Schoß vergraben. Ich befand mich in Bernhardts Umarmung. Während ich mit baumelnden Beinen im Pancake House & Bar über den Köpfen dahinschwebte, war ich in Wirklichkeit nichts anderes geworden als das, was Richard zu Beginn unseres gemeinsamen Abends von mir behauptet hatte, als ich über seine Schultern kletterte und dann versuchte, das Brot zu werfen, und stattdessen in Schande davongetragen wurde. Ich war das winzige Baby dieses Mannes. Mit meiner Hand in der von Rebecca und mit dem Penis meines Vaters neben mir wurde ich geboren. War es überraschend, dass ich zum Flug über das Schlachtfeld ansetzte? War es überraschend, dass ich mich nach dem Schoß eines Mädchens sehnte, um meinen Kopf zur Ruhe zu betten? Das Gras unter dem blauen Tuch unter unseren Körpern roch wie feuchtes Heu, und die Brise fühlte sich kalt an. Regen prasselte herab; der Nebel war silbern und weiß; die Feuchtigkeit fühlte sich schwer an auf der Haut. Das waren genau jene atmosphärischen und barometrischen Bedingungen, unter denen ich verlässlich einen Ständer kriegen könnte. Ich wäre stolz darauf, Jane alles zu erzählen, was sich im Pancake House ereignet hatte, denn, sehen Sie, endlich wäre ich bereit zum Sex, wenn auch ohne Beine und im Herzen immer noch ein Kind.

Vorerst dachte ich jedoch an die schwarzhaarige Rebecca und an den Unabhängigkeitskrieg und daran, wie in einer unbedeutenden Schlacht, die in diesem Krieg nicht unweit meines Zuhauses gefochten worden war, ich in gewisser Weise einmal einen Mann niedergestochen hatte; und daran, dass dieser Mann sich als der Vater eines gewissen Mädchens herausstellte; und daran, wie es dazu kam, dass dieses Mädchen, diese junge Frau, sollte ich sagen, mit mir intime Familienkenntnisse teilte, während im Nebel um uns herum eine Legion mutmaßlich freundlicher, wohlmeinender Geister ihre Grabstellen verließ, um sich auf das niedergedrückte Gras zu kauern und laut zu kopulieren. Soll ich meinen professionellen Ruf riskieren und darauf beharren, dass es das war, was ich hörte? Würde ich damit, wie Maria mit dem toten Zahn es gerne bei jeder Gelegenheit hinausposaunt, zu weit gehen? Ich öffnete die Augen und blickte mich um und sah – nicht viel. Man bedenke, dass der Nebel dicht war, beeindruckend dicht. Rebecca und ich konnten jenseits von uns und unseren Händen nicht viel sehen, obwohl wir Küsse und Seufzer hören konnten, ominöse Geräusche, die die Dunkelheit beherrschten, zarte Plumpser und das beunruhigende Echo sich bewegender und sich verlagernder und sich berührender Körper, von Männern und Frauen, die einander kurz vor dem Orgasmus gegenseitig in den Mund atmeten.

Oder war es vielmehr der Wind, dessen Echo von Hügel zu Hügel getragen wurde und der im Regen leise stöhnte?

«Wir sollten von hier verschwinden. Wir werden vollkommen durchgeweicht. Mir ist kalt. Mir gefällt es nicht hier draußen. Ich möchte zurück ins Restaurant. Ich möchte nach Hause!», rief Rebecca mir zu.

Nach Hause? War dies meine Starke Junge Frau?

«Mir gefällt es hier nicht. Warum sprechen Sie mit mir über Tote? Sie machen mir Angst. Sie wollen mir Furcht einjagen, damit ich mit Ihnen schlafe! Aber ich werde nicht mit Ihnen schlafen! Ich spare mich für Johnny auf! Johnny liebt mich. Wir werden zusammen eine Familie haben, lauter Jungen, die zu Männern heranwachsen werden, und ich werde Doktor werden wie Johnnys Vater, ein richtiger Doktor mit Examen und einem Stethoskop! Bringen Sie mich zurück. *Bitte.*»

«In Ordnung.»

«Wie viel Uhr ist es überhaupt? Wie lange sind wir schon hier draußen? *Tom?* Man wird mich feuern!»

«Man wird Sie nicht feuern», versprach ich und war ein wenig traurig für sie, andererseits froh, dass ich nominell ein Erwachsener war und kein Teenager mit einem lausigen Job; und ich sagte zu ihr: «Es ist nicht spät.»

Doch das war es. Die frühen Morgenstunden waren nahe. Es war, es musste kurz vor der Zeit gewesen sein, zu der unsere erste Pfannkuchen-Zusammenkunft auf der Südseite der Stadt langsam abflauen und, nun, enden würde.

Wie spät war es genau? War es nach Mitternacht? Davor? Wie viel davor? Wie viel danach?

Den heiligen Grabhügel auf dem Schlachtfeld zu verlassen war glücklicherweise ein konkreter Vorschlag. Alles, was dazu vonnöten war, war ein wenig Willenskraft. Wie nett, wenn alles im Leben durch Wünschen erreicht werden könnte! Wie süß auch, wenn Wünsche wahr würden.

«Sind Sie sicher, dass Sie nicht hierbleiben und sich hinlegen und, hmm, vielleicht ein wenig herummachen möchten?», fragte ich sie. Und warum sollte ich diese beiläufige Frage nicht stellen? Es ist meistens nicht falsch, es zu versuchen. Ich sollte sagen, dass ich keine Antwort erwartete. Ich war schließlich ein Mann, der einen Ring trug. Was würde Rebecca in diesem Ehemann in mittleren Jahren sehen, der weder jung noch alt war und doch, stellte ich mir vor, in ihren Augen hinfällig, so kahl und schlecht in Form, ein von Rückenschmerzen geplagter Krüppel?

«Gehen wir», kommandierte ich, und Hand in Hand erhoben wir uns im Tandem vom Boden in den grauen Nebel, wandten unsere Köpfe nach rechts, machten uns auf in Richtung Norden. «Haben Sie daran gedacht, die Thermoskanne mitzunehmen?», fragte ich Rebecca, als wir hoch genug schwebten, um – wie wir das auch auf unserer Reise dorthin getan hatten – durch die flüchtigen Öffnungen zwischen den Wolken den schimmernden Fluss ausfindig zu machen, wo vor langer Zeit der junge Lieutenant ertrunken war.

«Ich hab sie.»

Doch genug von Astral-Projektionen in mittlerer Höhe und leicht groteskem Picknickzubehör. Es möge genügen, festzuhalten, dass Rebecca und ich uns im Pancake House wiederfanden – wo die Situation unter den hell strahlenden Lampen, die von der schmierigen Fliesendecke herabhingen, nicht mehr dieselbe war wie noch vor kurzer Zeit. Ganz und gar nicht mehr dieselbe.

Dan Graham war von seinem Platz neben dem Aquarium verschwunden. Ich konnte ihn, als ich von meinem hohen Ausguck unter einer Omelettpfanne hinunterblickte, zwischen den Menschen dort unten nicht finden. Dichter Rauch erfüllte den Raum in der Nähe der Decke, was darauf hindeutete, dass Dan noch nicht lange weg war. Vielleicht war er auf der Herrentoilette. Wo immer Dan war, es war eine Erleichterung zu wissen, dass die Fische fürs Erste davor sicher waren, umgekippt zu werden.

Hinter der Süßwarentheke, an der hinteren Ecke des Aquariums und den Blicken teilweise entzogen, lagen der junge Bob und Katharine miteinander im Clinch. Ich konnte nur die Oberkörper der Auszubildenden sehen, nicht tiefer, aber ich konnte erkennen, dass Bob mit seinen Händen wieselgleich – oder sollte ich sagen «lemurengleich»? – in Katharines Bluse gelangt war; und, dem Stoff nach zu urteilen, der hochgeschoben war, als wäre er von den Häkchen zwischen den Schulterblättern des Mädchens gerafft worden, hätte ich gesagt, dass er ihr den BH aufgemacht hatte.

Mike und Elizabeth hatten in ihrer knospenden Beziehung Fortschritte gemacht. Dieses Paar, von dem jeder mit einem Partner verheiratet war, der eindeutig außerhalb der lokalen psychologischen Gemeinde arbeitete, wusste es dennoch besser, als Staub aufzuwirbeln oder in den Büros des Instituts Kommentare hervorzurufen. Ein schneller Blick zeigte, dass zwischen ihnen ein subtiles Werben im Gange war. Mike, nach gültigem Maßstab kein furchtbar erotischer Mann, tat sein Bestes mit dem, was er hatte, und posierte beiläufig so, dass sein gutentwickelter Quadrizeps zu sehen war – Mike war Läufer, und er produzierte sich mit vorgedrückten Knien in einer «Helden»-Pose, die dem klassischen Theater und der klassischen Kunst entlehnt war. Elizabeth fasste sich als Reaktion darauf mit der Hand ins Haar und zog es aus der Stirn zurück. Ihre Ohren sprangen befreit hervor.

Jemand steckte Geld in eine Jukebox. Ein paar Leute – unter ihnen Terry Kropp und eine wirklich hübsche Frau, die mir zuvor nicht aufgefallen war – traten direkt unter Sherwin und Leslie in die Mitte des Raumes. Wer war diese Frau, die Terry begleitete? Seine Frau? Aus irgendeinem Grund hatte sie ein Interesse daran, Peter Konwicki zum Aufstehen und zum Tanzen zu ermutigen; dazu tat sie etwas, was eine schöne, aber unsichere Frau manchmal tut, wenn sie genug getrunken hat und die Tanzfläche nicht überfüllt ist und sie die Unterstützung einer Gruppe sucht; sie tanzte mit schleifenden, zuckenden Schritten einen Pfad von einem Mann zum anderen und wieder zurück, praktizierte Demokratie mit ihrer Schönheit. Als sie ihre Hand ausstreckte, um Peter aufzufordern, errötete er furchtbar – sein ganzer Kopf wurde rot –, und er wedelte mit nach außen gekehrten Handflächen mit den Händen, als wäre die Aussicht, mit dieser Frau und einem Analytikerkollegen, sogar einem soeben neu eingestellten wie Terry, «Lady Bump» zu tanzen, nichts weniger als eine Kasteiung. Mich überkam überraschend eine Welle von Sympathie und Mitgefühl für Peter Konwicki. Warum empfand ich so plötzlich Empathie mit diesem Mann, der meine außerschulischen Programme abschaffen wollte? Ich stellte fest, dass ich mir wünschte, er würde aufstehen und mit Terrys Frau oder Freundin, oder wer immer sie war, tanzen. Peter wirkte einsam und ein wenig gedankenverloren, wie er da auf seinem nach hinten gekippten Stuhl hin- und herschaukelte; und ich muss gestehen, dass ich den Mann aus Gründen, die ich nicht benennen konnte, mochte und ihn glücklich sehen wollte. Ist das nicht seltsam? Die Musik war ein Popsong, den ich vor Jahren auf der Fahrt nach Hause oder zur Arbeit unzählige Male im Radio gehört hatte; und ihn jetzt zu hören ließ mich an ein bestimmtes Abendessen ungefähr zu jener Zeit denken, bei dem Jane Krustentiere bestellt hatte, die uns beide furchtbar krank gemacht hatten.

Merkwürdigerweise waren keine Kellnerinnen in Sicht. Einige Tische und Nischen waren aufgeräumt worden, andere waren in wilder Unordnung: ein sich selbst überlassenes, unansehnliches Durcheinander aus aufeinandergestapelten Tellern, Tassen und Schalen, Wassergläsern, die auf kaffeebefleckten Tischen zu prekär sich neigenden Türmen ineinandergestellt waren. Ein Muster im Verhältnis der abgeräumten zu den unaufgeräumten Tischen war jedoch nicht zu erkennen. Auch sah man kein Licht unter den großen Schwingtüren hindurchscheinen, die zur Küche führten. In der Küche herrschte geheimnisvolles Dunkel. Machte der Koch eine Pause? Das Pancake House & Bar bleibt die ganze Nacht hindurch geöffnet, deshalb musste es für das Fehlen der Angestellten eine Erklärung geben. Wahrscheinlich war das Personal hinten draußen und rauchte. Ich weiß es einfach nicht.

Der Teenager und seine Freundin führten, wie ich das schon früher befürchtet hatte, nichts Gutes im Schilde. Ich hatte den Jüngling für einen Delinquenten der langweiligsten Vorstadt-Sorte gehalten, für einen gewohnheitsmäßigen Kiffer oder einen ernsthaften Schulschwänzer. Als Dieb hätte ich ihn nicht eingeschätzt. Doch er war einer. In Abwesenheit von Kellnerinnen etc. plünderte der Kerl die Bar, reichte seiner Freundin die Bierflaschen so schnell aus dem Kühlschrank, wie sie sie unter ihrem übergroßen Lodenmantel verstecken konnte. Aus dem offenen Kühlschrank strömte kalte Luft. Der Jüngling griff mit beiden Händen hinein und packte die Flaschen am Hals. Was das Stehlen anbelangt, glaube ich eigentlich nicht, dass es sich hier um ein besorgniserregendes Beispiel handelte. Viele Heranwachsende ziehen genau diese Art von Show ab und werden dann als Erwachsene verantwortungsbewusst und glücklich. Das weiß ich aus meiner Praxis.

Alles in allem war die Szene auf Bodenhöhe so, wie es zu erwarten war – eine gewöhnliche Party, die sich aufsplitterte und kurz vor dem Kollaps durch ihre letzten Abschnitte stolperte. Manuel und Maria saßen in ihrer Nische und sahen betäubt aus, als könnten sie die Energie nicht aufbringen, aufzustehen und ihre Mäntel anzuziehen. Ich habe den Verdacht, dass Maria darauf wartete, mit Bernhardt zusammen zu gehen – oder vorsichtshalber eine Minute vor Bernhardt –, sodass er in seinen dunkelroten Kombi steigen und ihrem gelben Sportwagen in die Stadt folgen konnte. Maria und Manuel sahen den Tanzenden zu und wandten hin und wieder die Köpfe, um diskret nach den Studenten der Kinderpsychologie Ausschau zu halten, die hinter der Süßwarentheke herummachten. Dann blickten sie auf Sherwin und Leslie über den Tanzenden.

Es war dieses Paar, der alkoholisierte Doktor und die verwaiste Engländerin, das an diesem Abend das bedrückendste – oder das bewegendste? – Bild abgab. Ich verspüre ein gewisses Zögern, en détail zu enthüllen, was ich zu sehen bekam, einfach aus dem Grund, weil ich es vorziehen würde, die Intimsphäre und die privaten Angelegenheiten meines Freundes und seiner neuen Geliebten zu respektieren. Andererseits waren wir hier in einem Pfannkuchenrestaurant. Zum Teufel damit, sie vögelten. Das musste man Leslie lassen. Sie hatte Sherwins Beine in deren voller Länge erklommen. Ihre Beine waren um seinen Rücken geschlungen. Das ist nicht ganz richtig: Ein nacktes Bein war um Sherwin gelegt, das stimmt, und das andere packte Sherwin mit der freien Hand, derjenigen, die nicht von Rebecca festgehalten wurde, hinter dem Knie, und es ragte über seine Schulter nach oben. Leslies Schuh mit dem verblüffend langen und schmalen Absatz wies zur Decke und scheuerte hin und wieder gegen Sherwins Kopf. Lassen Sie mich sagen, dass ich von oben keine tatsächliche, verifizierbare genitale Verbindung beobachten konnte. Doch ich konnte Leslies Rock sehen, der hochgeschoben war, und Langs geöffneten Gürtel, seine aufgeknöpfte Hose und den offenem Reißverschluss. Ich hätte gewettet, dass Sherwin zu betrunken war, um zu vögeln, und ich hätte mich geirrt. Die beiden pressten sich aneinander und machten mit den Hüften schaufelartige Bewegungen.

Dies erklärte so gut wie irgendetwas anderes die relativ normale Stimmung, entschied ich, das lustlose Tanzen und das Herumsitzen in den Nischen und so weiter, das praktisch auf alle unten zutraf; meine frühere Geliebte und die anderen verhielten sich, als ginge nichts Außergewöhnliches vor.

Nur Bob und Katharine, die Ausnahmen, waren jung genug – und offensichtlich reif genug –, um auf Sherwins und Leslies öffentliche und akrobatische Vögelei in einer Höhe von schätzungsweise drei oder mehr Metern über dem Boden einzugehen; nur diese zwei waren im richtigen Alter, sich Sherwin und Leslie zum Beispiel zu nehmen, ihre Hemmungen abzuschütteln und ihrem eigenen Drängen nachzugeben.

«O mein Gott. Tun sie, was ich glaube, dass sie tun?», flüsterte mir Rebecca ins Ohr. Sie sagte: «Sollte ein Doktor das tun? Ich kann nicht glauben, dass ich seine Hand halte!»

«Hören Sie auf zu starren», sagte ich zu ihr.

«Ich starre nicht», sagte sie.

«Es ist unhöflich», erklärte ich ihr.

Sie sagte: «Was macht er mit ihrem Bein? Ist das sein Bauch? Ich glaube, mir wird gleich wieder schlecht.»

Dann sprach Bernhardt: «Das geht schon eine Weile so. Es ist schwierig, so etwas nicht anzustarren.»

«Versuchen Sie wegzuschauen», schlug ich vor.

Aber natürlich hatte Richard recht. Wie oft haben wir die Möglichkeit, Menschen, die wir kennen, beim Liebesakt zu beobachten?

Es geschah mit so etwas wie Hochachtung, mit so etwas wie aufrichtiger, stummer Bewunderung, dass Bernhardt und Rebecca und ich Sherwin und Leslie bei ihrer Umarmung zusahen. Leslie schlang ihre Arme um Lang und verschränkte die Hände hinter seinem Nacken. Sherwin hielt Leslies Bein und rückte sie sanft zurecht, und Rebecca drückte meine Hand. Ich war mir sicher, dass sie die von Sherwin ebenfalls drückte; und ich stellte fest, dass Rebeccas Atem und Richards und meiner synchron waren und auch synchron mit den Atemzügen der Liebenden und ihren aufeinander abgestimmten Bewegungen; wir, Richard und ich und Rebecca, waren außerstande, uns zurückzuhalten und nicht zu reagieren, nicht – in unserer Art, uns zu berühren und einander sachte zu streifen – der langsamen, anmutigen, kontrollierten Gleichmäßigkeit zu gehorchen, mit der Sherwins Hüften sich an Leslie vor und zurück bewegten, die sich wiederum mit geschlossenen Augen und hochgerolltem Rock so nett vor ihm bewegte. Sherwin stieß in Leslie hinein, und Bernhardt stieß gegen mich, und stoßend und umarmend, umklammernd und reibend schob er mich direkt gegen Rebecca. Rebecca drehte sich um, ähnlich wie Leslie ihren Körper herumgeschwenkt hatte, um dem von Sherwin entgegenzukommen, während sie – ich beziehe mich auf Rebecca, nicht auf Leslie – zuließ, dass ihr Bein sich zwischen meine Beine schob.

In meiner Vorstellung war es keine Frage, dass Bernhardt kam. Wie kann ich dieses Gefühl anders beschreiben denn als unablässige, furchteinflößende, nasse, stampfende Maschine in meinem Rücken? Die Kraft dieses Mannes, mich zu halten, mich zu benutzen, war phantastisch. Sein Körper mahlte gegen meinen. Ich konnte seinen schnellen Atem an meinem Ohr spüren und hören. Ich konnte ihn riechen. Er zuckte, und ich zitterte. Er zitterte. Von ihm kam ein Seufzen. Nach und nach verlangsamte sich seine Bewegung. Auf meinem Rücken und durch mein Hemd hindurch breiteten sich Wärme und Nässe aus. Da war so viel davon. Ich konnte nichts sehen, aber ich konnte es fühlen. Das Gefühl an meiner Haut war seltsam, gleichzeitig schockierend und tröstlich. Alles war nass. Es hatte sich den ganzen Abend über in Bernhardt angestaut, und jetzt war es vorbei. Es war beendet. Sogar der Panamahut, dessen Krempe meinen Hals streifte, machte mir jetzt nichts mehr aus. Weit unter uns wirbelten die Tanzenden herum, warfen von Zeit zu Zeit einen Blick über die Schulter, um sich der Situation unter der Decke zu vergewissern, ehe sie sich wieder ihren Partnern und den Musikrhythmen aus der Jukebox zuwandten.

Durch die Panoramafenster des Restaurants drang stumpfes Licht. Es schien unmöglich, dass es bereits Morgen war. Würden die Kellnerinnen zurückkommen? Und der Koch? Ich konnte durch den Nebel und den Nieselregen draußen auf dem Parkplatz die blassen Farben der Autos erkennen und die grauen Stämme der Bäume, die den Platz umsäumten. Dann wurde das Licht stärker, beleuchtete das Regenwasser, das an den Fenstern herunterlief und die Scheiben streifte.

Dann kam zu guter Letzt das Krankenhaus und warf sein Licht über alles. Ich konnte es sehen – ich konnte sein

Licht sehen –, draußen vor dem Fenster in der Nähe der Nische, wo Maria und Manuel saßen mit Wasser und ihren letzten Schlucken kalten schwarzen Kaffees. Die riesige Pyramide am Himmel näherte sich.

Sie kam.

Rebecca drängte ihr Bein zwischen meine Beine. Sie kommunizierte mit mir durch ihr Bein, das zwischen meine Beine geschoben war, und durch den Druck ihrer Hand, deren Finger sich tief in die Gelenke zwischen meinen Knöcheln gruben; sie kommunizierte die Wirkung, die es auf ihre Gedanken und ihren Körper hatte, Zeugin beim Sex zu sein. Sie drückte meine Hand so fest, dass es wehtat. Ich packte Rebeccas Hand, dann ließ ich sie kurz los, nur um ihr eine Vorstellung davon zu geben, dass wir mehr konnten, als einander weh zu tun; wir konnten unsere Hände aneinanderreiben und durch unsere Fingerspitzen und unsere Handflächen eine Version des Geschlechtsverkehrs spüren, unsere züchtige Nachahmung dessen, was unter uns in der Luft stattfand; wir konnten, mit anderen Worten, mit den Händen vögeln.

Sherwin trieb es heftig mit Leslie. Manuel und Maria hingen in ihren Sitzen. Es war offensichtlich, dass diese beiden in der Vergangenheit eine Liebesaffäre miteinander gehabt hatten und dass ihre Affäre, wie die meine mit Maria, vor langer Zeit in einer Weise geendet hatte, die eine Wiederaufnahme unter allen Umständen verhinderte. Sie waren meine Freunde, und sie waren miteinander befreundet, und jetzt waren sie müde. Das war der Grund, warum sie dasaßen und nichts taten.

Während der ganzen Zeit hielt Bernhardt mich fest, nicht nur körperlich, sondern, genauer – und in dem tieferen Sinne, wie er von den britischen Theoretikern der Objektbeziehung berühmt gemacht wurde –, auch emotional. Und dennoch war es schwierig, in Anbetracht all dessen entspannt zu bleiben.

Sherwins Hüften bewegten sich in einem zu schnellen Tempo, als dass ich oder Rebecca oder Bernhardt mit unserem Atem hätten folgen oder es nachahmen können; wir konnten nichts anderes tun, als einander in den Armen zu hängen und unter den Töpfen zu schwitzen. Sherwin schaffte es, zwischen betrunkenen Stößen zu sagen: «Hervorragende» – tiefer, langer Stoß – «Party» – eine weitere Bewegung in Leslie – «Thomas.»

In diesem Moment geschah etwas Seltsames und Unvorhergesehenes. Ein Auto fuhr vor und hielt vor dem Pancake House. Ich konnte es nicht sehen, denn es parkte direkt hinter einer kleinen, schmucken Mauer. Ich konnte jedoch das Knirschen der Reifen im Kies hören, und ich konnte das rasselnde Geräusch ausmachen, als der Motor erstarb. Ich konnte ziemlich deutlich hören, wie sich die Autotür öffnete, vielleicht die Tür auf der Fahrerseite, vielleicht die des Beifahrers; und darauf erwartungsgemäß das dumpfe Aufschlagen von Metall auf Gummi, als die Tür zufiel. Ich kenne diese Geräusche auswendig, die der schlecht eingestellte Motor meines Autos von sich gibt und die die Türen machen, wenn sie sich öffnen, ehe sie nicht allzu fest zuschlagen; und ich dachte, dass dies – *endlich!* – unsere kleine grüne Limousine sein könnte, mit Jane am Steuer, um mich abzuholen.

Doch es war ein Mann, nicht meine Frau, der in das Restaurant hereinkam, unter der Tür stand und sich im Raum umblickte.

Er hatte ein dunkles Wolljackett über einem weißen Hemd und schwarze oder vielleicht graue oder dunkelblaue Hosen an. Er trug eine Brille mit Drahtgestell und hatte eine eher kleine Nase und einen gestutzten Bart, und er war, wie so viele der an diesem Abend versammelten Männer, beinahe kahl. Was er an Haaren noch hatte, war oben auf dem Kopf und an den Seiten kurz geschoren, zum Bart passend getrimmt. Er war auffallend groß, und seine Ohren standen beinahe ebenso prominent ab wie die von Elizabeth Cole. Der Mann kam seinem Aussehen nach weder von weit her, noch litt er an Schlaflosigkeit; es schien, wenigstens in der improvisierten Vorstellung, die ich mir von ihm machte, als wäre er irgendwo auf dem Land bei einem wichtigen Abendessen gewesen, wo es spät geworden war. Er warf einen Blick auf die Szene im Pancake House, dann drehte er sich um und ging hinaus.

Und das Seltsame ist, der Mann sah aus wie ich. Er sah nicht genauso aus wie ich, aber er sah irgendwie so aus wie ich – wie eine glücklichere, besser gekleidete und besser frisierte, insgesamt besser aussehende und besser ernährte, hübschere und erfolgreichere Adaption von mir. Das ist der Grund, weshalb ich mich an ihn erinnere und weshalb ich mich an das Gefühl von Scham erinnere, das mich überkam, als ich sah, dass dies nicht Jane war, die zur Tür hereinkam, um mich nach Hause zu holen; vielmehr war es ein Mann in einem gutgeschnittenen Jackett, der hereinschlenderte und, das nehme ich an, mit einem Blick alles in sich *aufnahm*, was nötig war, um die Situation zu erfassen – der Junge und seine Freundin, die das Bier stahlen, Mike und Elizabeth, die einander in die Augen starrten, und das mitleiderregende Getanze in der Mitte des Raumes. Er sah Leslie mit Sherwin vögeln, während wir übrigen so taten, als würden wir irgendwo anders hinschauen. Er sah, wie ich vergewaltigt wurde.

Was muss er gedacht haben? Er verließ das Restaurant. Er hatte so viel gesehen, wie er sehen wollte oder sehen musste. Welchen Gebrauch würde er in Zukunft wohl davon machen? Licht flutete in den Eingang, als er die Tür aufmachte. Er ging durch die Tür in das Licht hinaus. Die Tür schloss sich hinter dem Mann, und einen Augenblick später öffnete sich die Autotür und schloss sich wieder, die Zündung startete den Motor, und das Auto fuhr davon. Möglicherweise war jemand mit dem Mann im Auto. Möglicherweise schliefen Kinder auf dem Rücksitz. Wer weiß? Das Auto fuhr davon, doch das Licht draußen wurde nicht schwächer. Es kam durch die Fenster des Pancake House & Bar. Das Licht war kein Sonnenlicht, noch kam es von den Scheinwerfern vom Auto des Mannes. Das Licht schien durch die Fenster, durch die mit Vorhängen und durch die ohne Vorhänge, von Osten und Westen und Süden und Norden.

Als ich in das Licht starrte, in dieses Leuchten, wusste ich – oder hatte das Gefühl zu wissen, was rückblickend vielleicht das Gleiche ist oder ebenso gut; und wer kann mit Sicherheit wissen, was die Zukunft bringen wird? –, dass meine Beine wirklich tot waren und dass ich wahrscheinlich nie mit Jane einen Sohn haben würde, dass mein eigener Vater mir, mit meiner Komplizenschaft, das Leben genommen hatte.

Meine Kleider waren von Schweiß und Bernhardts Samen durchtränkt. Ich schämte mich, und ich zitterte.

Weinte ich? Ich denke schon. Ja. Bernhardt wiegte mich in seinen Armen.

«Ganz ruhig», sagte er zu mir.

«Mir geht es nicht gut», sagte ich zu ihm.

«Es wird wieder, Lieutenant», sagte er zu mir.

«Irgendetwas stimmt nicht mit mir», sagte ich zu ihm.

«Du bist ein guter Mann», sagte er zu mir.

«Mir tut alles weh», sagte ich zu ihm.

«Ich habe dich, Tom», sagte er zu mir.

«Ich kann mich nicht bewegen», sagte ich zu ihm.

«Versuch nicht, dich zu bewegen», sagte er zu mir.

«Ich möchte Jane sehen», sagte ich schniefend.

«Jane liebt dich», sagte er zu mir.

«Ich muss ins Krankenhaus», sagte ich.

«Pssst.»

«Bringst du mich ins Krankenhaus?», bat ich meinen Vater.

«Das werde ich tun.»

«Versprichst du's mir?», fragte ich.

«Ich verspreche es.»

Und damit hob er mich hoch und schleuderte mich in die Luft, er warf mich in die Luft und ließ mich im Werfen los. Seine Arme ließen mich los, und ich ließ Rebeccas Hand los, und ich war frei.

«Auf Wiedersehen, Tom», sagte das Mädchen mit dem Hund auf dem Nacken, und ich flog über das Aquarium und die Tische und Stühle hinweg davon.

«Auf Wiedersehen, Rebecca», sagte ich zu dem Mädchen, dessen Vater ich wahrscheinlich – nein, sicher – niedergestochen hatte.

«Bis bald, Tom», sagte Bernhardt, um das Gewicht erleichtert, die Arme von der Last dieses Abends befreit.

«Auf Wiedersehen», rief ich ihm zu.

«Wir sehen dich später, Tom!» rief eine andere Stimme. Das klang sehr wie Peter Konwicki – der alte Gegner, der mir in einer Ausgehnacht zum Freund geworden war. Oder war es Sherwin, der ein heiseres, müdes, postkoitales Adieu wünschte? Dies waren meine Freunde, die am Ende unseres Mahls ein trauriges Lebewohl sagten.

«Gute Besserung!», riefen sie mir von unten alle zu.

«Auf Wiedersehen», rief ich zu ihnen zurück, «auf Wiedersehen.»

Mir tat es leid, dass Dan noch nicht von der Herrentoilette zurück war. Wo lag das Problem? Hatte er sich versehentlich eingeschlossen? Ich hätte Dan gerne auf Wiedersehen gesagt.

«Auf Wiedersehen», winkten Bernhardt und Maria und Manuel. Sie hatten mit mir in der Nische gesessen.

«Auf Wiedersehen!»

«Bis bald!»

«Lebwohl.»

«A *bientôt*!»

«Auf Wiedersehen», ein letztes Mal, «auf Wiedersehen.»

Und als ich dieses Mal durch das Dach stieß, stieß ich wirklich und tatsächlich durch das Dach. Es war einfach. Es passierte einfach so. Ich spürte nicht das Geringste, so wie ich gewusst hatte, dass ich nichts spüren würde.

Die Luft draußen war bitterkalt. Überall ergoss sich Licht von oben. Wir würden mit Sicherheit Frost bekommen. Was war mit dem Frühling geschehen? Was würde aus Janes Tulpen werden, die draußen neben der Auffahrt blühten?

Ich konnte das Dach des Pancake House sehen mit

seinem über dem Eingang angebrachten Neonschild. Ich hörte den Donner von der anderen Seite des Flusses. Ich sah den Parkplatz mit seinen hoch aufragenden Bäumen, die die Autos umrahmten, die Pappeln, die lange Schatten auf die benachbarten Felder warfen, all die Bäume und die Büsche unter den Bäumen, die von hoch oben wie ein erleuchteter und windzerzauster Spielzeugwald aussahen; und ich konnte in weiter Ferne den aufgelassenen Flugplatz sehen.

Was war mit dem Licht, das herabfiel und die stürmische Nacht zum Tag machte? Muss ich erwähnen, dass es vom Krankenhaus kam? Es kam vom Krankenhaus. Das Krankenhaus war gekommen, um mich zu holen. Es war mein Leuchtfeuer und mein Zuhause. Es schützte mich vor dem Regen. Es wartete über mir.

Bevor ich in das Krankenhaus hineinging, schaute ich Richtung Norden. Ich suchte den nächtlichen Horizont in diese und in jene Richtung ab, um zu sehen, ob ich zufällig durch das Licht und den Nebel und jenseits des schrecklichen Lichts vor dem Hintergrund der äußeren Dunkelheit auf Eureka irgendwelche Autos ausmachen konnte. Und, wissen Sie, durch eine kurze, winzige Öffnung in den Wolken konnte ich ein kleines Automobil erkennen, das den steilen Hügel hinaufkroch, der zu einem flachen Gipfel ansteigt, bevor er in einer Achterbahnfahrt abfällt, an der Bücherfabrik vorbei und in die überdachte Brücke hinein.

Es war gut zu wissen, dass Jane sich Zeit nahm und bei dem widerlichen Wetter vorsichtig fuhr. Ich erinnere sie immer daran, sich anzuschnallen. Um ehrlich zu sein, manchmal schreie ich sie deswegen an. Ich würde es Manuel oder jemand anderem auf Erden überlassen müssen, ihr bei ihrer Ankunft im Pancake House & Bar zu sagen, wo sie mich findet.

In der Zwischenzeit und bis ich mich, in Ermangelung einer besseren Art, es auszudrücken, wie ein Mann fühlte – bis dahin stieg ich auf, auf, auf, in die Intensivstation mit ihren schimmernden neuen Betten, die mit makellosen, weißen Laken bezogen waren. Und mir kam der Gedanke, mich zu fragen, ob – wäre ich in der Lage gewesen, bei meiner panikartigen Flucht aus Bernhardts Armen und meinem eigenen Körper –, wäre ich in der Lage gewesen zu reisen, wie ich in mein unbekanntes, unendliches Universum hatte reisen wollen, hinaus, am Mond vorbei und bis zu den entferntesten Sternen und darüber hinaus –, nun, dann fragte ich mich, ob die Dinge, die ich dort vielleicht gesehen und empfunden hätte, draußen am Rande des Alls und der Zeit –, ob diese Dinge, was immer sie auch hätten gewesen sein mögen (was immer sie *sein* mögen), die Dinge, die ich vielleicht hätte sehen können (die ich vielleicht sehen *würde*) –, ob diese Dinge, das fragte ich mich, für mich möglicherweise irgendwie so ausgesehen oder sich so angefühlt hätten wie diese Himmelfahrt ins Licht?

Und würde Jane, wenn sie mich nackt auf einer kalten Krankenstation in einem Metallbett fände, würde sie zu mir ins Bett kriechen und mich einen Augenblick lang halten und meinen Kopf streicheln und mir liebevoll etwas ins Ohr flüstern, wieder und wieder, und mir sagen, dass wir schließlich verheiratet seien und es ihr nichts ausmachte?